한국어역 만엽집 12

- 만엽집 권 제15 · 16 -

한국어역 만엽집 12

- 만엽집 권제15·16 -

이연숙

도서
출판 박이정

대장정의 출발
이연숙 박사의『한국어역 만엽집』간행을 축하하며

이연숙 박사는 이제 그 거대한『만엽집』의 작품들에 주를 붙이고 해석하여 한국어로 본문을 번역한다. 더구나 해설까지 덧붙임으로써 연구도 겸한다고 한다.

일본이 자랑하는 대표적인 고전문학이 한국에서 재탄생하게 된 것이다. 다만 총 20권 전 작품을 번역하여 간행하기 위해서는 오랜 세월을 기다리지 않으면 안 된다. 현재 권 제4까지 번역이 되어 3권으로 출판이 된다고 한다.

『만엽집』전체 작품을 번역하는데 오랜 세월이 걸리는 것은 틀림없다. 그러나 대완성을 향하여 이제 막 출발을 한 것이다. 마치 일대 대장정의 첫발을 내디딘 것과 같다.

이 출발은 한국, 일본뿐만이 아니라 전 세계적으로도 대단한 일이라고 할 수 있다.

사실『만엽집』은 천년도 더 된 오래된 책이며 방대한 분량일 뿐만 아니라 단어도 일본 현대어와 다르다. 그러므로『만엽집』의 완전한 번역은 아직 세계에서 몇 되지 않는다.

영어, 프랑스어, 체코어 그리고 중국어로 번역되어 있는 정도이다.

한국어의 번역에는 김사엽 박사의 번역이 있지만 유감스럽게도 전체 작품의 번역은 아니다. 그 부분을 보완하여 이연숙 박사가 전체 작품을 번역하게 된다면 세계에서 외국어로는 다섯 번째로 한국어역『만엽집』이 탄생하게 되는 것이다. 중국어 번역은 두 사람에 의해 이루어졌으므로 이연숙 박사는 세계의 영광스러운 6명 중의 한 사람이 되는 것이다.

『만엽집』의 번역이 이렇게 적은 이유로 몇 가지를 들 수 있다.

첫째, 이미 말하였듯이 작품의 방대함이다. 4500여 수를 번역하는 것은 긴 세월이 필요하므로 젊었을 때부터 시작하지 않으면 안 되는 것이다.

둘째로, 『만엽집』은 시이기 때문이다. 산문과 달라서 독특한 언어 사용법이 있으며 내용을 생략하여 압축된 부분도 많다. 그러므로 마찬가지로 방대한 분량인 『源氏物語』이상으로 번역하기가 어려울 것이다.

셋째로, 고대어이므로 정확한 의미를 파악하기가 힘이 든다는 것이다. 더구나 천년 이상 필사가 계속되어 왔으므로 오자도 있다. 그래서 일본의 『만엽집』전문 연구자들도 이해할 수 없는 단어들이 있다. 외국인이라면 일본어가 웬만큼 숙달되어 있지 않으면 단어의 의미를 찾아내기가 불가능한 것이다.

넷째로, 『만엽집』의 작품은 당시의 관습, 사회, 민속 등 일반적으로 문학에서 다루는 이상으로 광범위한 분야에 대한 지식이 없으면 이해하기 어려운 것이다. 번역자로서도 광범위한 학문적 토대와 종합적인 지식이 요구되는 것이다. 그러므로 어지간해서는 『만엽집』에 손을 댈 수 없는 것이다.

간략하게 말해도 이러한 어려움이 있는 것이다. 과연 영광의 6인에 들어가기가 그리 쉬운 일이 아님을 누구나 알 수 있을 것이다.

그러나 이연숙 박사는 이것이 가능하다고 생각된다. 아직 젊을 뿐만 아니라 오랜 세월 동안 『만엽집』의 대표적인 연구자로서 자타가 공인하는 업적을 쌓아왔으므로 그 성과를 토대로 하여 지금 출발을 하면 그렇게 오랜 세월이 걸리지 않을 것이라 생각된다. 고대 일본어의 시적인 표현도 이해할 수 있으므로 번역이 가능하리라 확신을 한다.

특히 이연숙 박사는 향가를 깊이 연구한 실적도 평가받고 있는데, 향가야말로 일본의 『만엽집』에 필적할 만한 한국의 고대문학이므로 『만엽집』을 이해하기 위한 소양이 충분히 갖추어졌다고 생각되기 때문이다.

이러한 여러 점을 생각하면 지금 이연숙 박사의 『한국어역 만엽집』의 출판 의의는 충분히 잘 알 수 있는 것이다.

　김사엽 박사도 『만엽집』 한국어역의 적임자의 한 사람이었다고 생각되며 사실 김사엽 박사의 책은 일본에서도 높이 평가되고 있고 山片蟠桃상을 받은 바 있다. 그러나 이 번역집은 완역이 아니다. 김사엽 박사는 완역을 하지 못하고 유명을 달리하였다.

　그러므로 그 뒤를 이어서 이연숙 박사는 『만엽집』을 완역하여서 위대한 업적을 이루기를 바란다. 그런 의미에서도 이 책의 출판의 의의가 큰 것을 알 수 있다.

　이러한 대장정의 출발로 나는 이연숙 박사의 『한국어역 만엽집』의 출판을 진심으로 기뻐하며 깊은 감동과 찬사를 금할 길이 없다. 전체 작품의 완역 출판을 기다리는 마음 간절하다.

2012년 6월

中西 進

책머리에

『萬葉集』은 629년경부터 759년경까지 약 130년간의 작품 4516수를 모은, 일본의 가장 오래된 가집으로 총 20권으로 이루어져 있다. 『만엽집』은 많은(萬) 작품(葉)을 모은 책(集)이라는 뜻, 萬代까지 전해지기를 바라는 작품집이라는 뜻 등으로 해석되고 있다. 이 책에는 이름이 확실한 작자가 530여명이며 전체 작품의 반 정도는 작자를 알 수 없다.

일본의 『만엽집』을 접한 지 벌써 30년이 지났다. 『만엽집』을 처음 접하고 공부를 하는 동안 언젠가는 번역을 해보아야겠다는 꿈을 가지게 되었다. 그러나 작품이 워낙 방대한데다 자수율에 맞추고 작품마다 한편의 논문에 필적할 만한 작업을 하고 싶었던 지나친 의욕으로 엄두를 내지 못하여 그 꿈을 잊고 있었는데 몇 년 전에 마치 일생의 빚인 것처럼, 거의 잊다시피 하고 있던 번역에 대한 부담감이 다시 되살아났다. 그것은 생각해보니 다음과 같은 이유에서였던 것 같다.

먼저 자신이 오래도록 관심을 가지고 연구한 분야가 개인의 연구단계에 머물고만 있을 것이 아니라, 보다 많은 사람들에게 실질적인 도움을 줄 수 있었으면 하는 바람 때문이었던 것 같다.

『만엽집』을 번역하고 해설하여 토대를 마련해 놓으면 전문 연구자들이 연구 대상 작품을 번역해야 하는 부담을 덜고 시간을 절약할 수 있을 것이며, 국문학 연구자들도 번역을 통하여 한일문학 비교연구가 가능하게 되어 연구의 지평을 넓힐 수 있을 것이기 때문이었다.

다음으로 일본에서의 향가연구회 영향도 있었던 것 같다.

1999년 9월 한일문화교류기금으로 일본에 1년간 연구하러 갔을 때, 향가에 관심이 많은 일본 『만엽집』 연구자와 중국의 고대문학 연구자들이 향가를 연구하자는데 뜻이 모아져, 산토리 문화재단의 지원으로 향가 연구를 하게 되었으므로 그 연구회에 참여하게 되었다. 7명의 연구자들이 정기적으로 모여 신라 향가 14수를 열심히 읽고 토론하였다. 외국 연구자들과의 향가연구는 뜻 깊은 것이었다. 한국·중국·일본 동아시아 삼국의 고대 문학 연구자들이 한자리에 모여 각국의 문헌자료와 관련하여 향가 작품에 대한 생각들을 나누며 연구를 하는 동안, 향가가 그야말로 이상적으로 연구되고 있다는 생각이 들었다.

연구 결과물이 『향가-주해와 연구-』라는 제목으로 2008년에 일본 新典社에서 출판되었다. 이 책이 일본의 연구자들뿐만 아니라 일반인들도 한국의 문화와 정신을 잘 이해할 수 있는 계기가 될 수 있듯이, 마찬가지로 『만엽집』이 한국어로 번역된다면 우리 한국인들도 일본의 문화와 정신을 이해하는데 도움이 될 수 있을 것이라 생각되었다. 그래서 講談社에서 출판된 中西 進 교수의 『만엽집』1(1985)을 텍스트로 하여 권제1부터 권제4까지 작업을 끝내어 2012년에 3권으로 펴내었다. 그리고 2013년 12월에 『만엽집』 권제5, 6, 7을 2권으로, 2014년에는 권제8, 9를 2권으로, 2015년에는 中西 進 교수의 『만엽집』2(2011)를 텍스트로 하여 권제10을 한권으로 출판하였다. 2016년에 中西 進 교수의 『만엽집』3(2011)을 텍스트로 하여 권제11을 한 권으로, 2017년 2월에는 권제12를 또 한 권으로 출판하였다. 그리고 8월에 권제13, 14를 한 권으로, 이번에는 中西 進 교수의 『만엽집』3(2011), 4(2011)를 텍스트로 하여 권제15, 16을 한 권으로 엮어 출판하게 되었다.

　『만엽집』 권제15는 3578번가부터 3785번가까지 총 208수 수록하고 있다. 권제15는 雜歌, 相聞, 挽歌 등과 같은 『만엽집』의 일반적인 분류 명칭이 없다. 권제15는 크게 두 작품군으로 구성되어 있다. 전반은 3578번가부터 3722번가까지의 145수인데 이 작품들은 天平 8년(736)에 신라에 파견된 사신들이 이별을 슬퍼하며 주고받은 작품들, 항해하는 동안의 어려움 등을 노래한 작품들이다. 이 작품들 중에서 103수는 작자를 알 수 없으며, 또 옛 노래를 읊은 것이 몇 작품 있다. 작자를 기록하지 않은 작품은 대체로 전부 동일인이 지은 것이며 그 사람은 아마 小判官 이하 녹사 정도일 것이라고 하는 설도 있다. 후반은 3723번가부터 3785번가까지의 63수인데 이 작품들은 天平 11년(739) 무렵, 죄를 지어서 越前으로 유배된 나카토미노 아소미 야카모리(中臣朝臣宅守)가 도읍에 남아 있는 아내인 사노노 치가미노 오토메(狹野茅上娘子)와 주고받은 노래 들이다. 앞의 145수는 長歌가 5수, 短歌가 137수, 577·577형식인 旋頭歌가 3수이다. 이 63수는 모두 短歌이다.

『만엽집』 권제16에는 3786번가부터 3889번가까지 총 104수가 실려 있다. 長歌가 8수, 短歌가 92수, 旋頭歌가 3수, 575777형식인 佛足石體歌가 1수 수록되어 있다. 有由緣幷雜歌라는 분류명칭으로 되어 있으며 전설을 소재로 한 노래, 웃음을 유발하는 戲笑歌, 민요 등이 실려 있는데 대부분의 작품의 제목이나 左注에서 노래가 지어진 사연을 설명하고 있다.

『만엽집』의 최초의 한국어 번역은 1984년부터 1991년까지 일본 成甲書房에서 출판된 김사엽 교수의『한역 만엽집』(1~4)이다. 이 번역서가 출판된 지 30년 가까이 되었지만 그동안 보지 않았다. 왜냐하면 스스로 번역을 시도해 보지도 않고 다른 사람의 번역을 접하게 되면 자연히 그 번역에 치우치게 되어 자신이 번역을 할 때 오히려 지장이 있을 수 있다고 생각되었기 때문이다. 2012년에 권제4까지 번역을 하고 나서 처음으로 살펴보았다.

김사엽 교수의 번역집은『만엽집』의 최초의 한글 번역이라는 점에서 그 의의는 매우 크다고 할 수 있다. 그러나 살펴보니 몇 가지 아쉬운 점도 있었다.

『만엽집』권제16, 3889번가까지 번역이 된 상태여서 완역이 이루어지지 않았다는 점, 텍스트를 밝히지 않고 있는데 내용을 보면 岩波書店의 일본고전문학대계『만엽집』을 사용하다가 중간에는 中西 進 교수의『만엽집』으로 텍스트를 바꾼 점, 음수율을 고려하지 않은 점, 고어를 많이 사용하였다는 점, 세로쓰기라는 점 등을 들 수 있다.

그러나 당시로서는 어쩔 수 없는 상황도 있었을 것이라 생각된다. 또 이런 선학들의 노고가 있었기에 한국에서『만엽집』에 대한 관심도 지속되어 온 것이라 생각되므로 감사드린다.

책이 출판될 때마다 여러분들께서 깊은 관심을 보이고 많은 격려를 하여 주셨으므로 용기를 얻었다. 완결하여야 한다는 부담감이 있지만 지금까지 힘든 고개들을 잘 넘을 수 있도록 인도해 주신 하나님께 영광을 돌려 드린다.

講談社의 『만엽집』을 번역할 수 있도록 허락하여 주시고 추천의 글까지 써 주신 中西 進 교수님, 『만엽집』노래를 소재로 한 작품들을 표지에 사용할 수 있도록 허락하여 주신 일본 奈良縣立萬葉文化館의 稻村和子 관장님, 그리고 작품 자료를 보내어 주신 西田彩乃 학예원께 감사드린다. 그리고 이 책이 출판될 수 있도록 도와주신 박이정의 박찬익 사장님과 편집부에 감사드린다.

2017. 10. 16.

四峇向靜室에서

이 연 숙

일러두기

1. 왼쪽 페이지에 萬葉假名, 일본어 훈독, 가나문, 左注(작품 왼쪽에 붙어 있는 주 : 있는 작품의 경우에 해당함) 순으로 원문을 싣고 주를 그 아래에 첨부하였다.
2. 오른쪽 페이지에는 원문과 바로 대조하면서 볼 수 있도록 작품의 번역을 하였다.
   그 아래에 해설을 덧붙여서 노래를 알기 쉽게 설명하면서 차이가 나는 해석은 다른 주석서를 참고하여 여러 학설을 제시함으로써 이해를 돕고자 하였다.
3. 萬葉假名 원문의 경우는 원문의 한자에 충실하려고 하였지만 훈독이나 주의 경우는 한국의 상용한자로 바꾸었다.
4. 텍스트에는 가나문이 따로 있지 않고 필요한 경우에 한자 위에 가나를 적은 상태인데, 번역서에서 가나문을 첨부한 이유는, 훈독만으로는 읽기 힘든 경우가 있으므로 작품을 정확하게 읽을 수 있도록 돕기 위함과 동시에 번역의 자수율과 원문의 자수율을 대조해 볼 수 있도록 하기 위함이었다. 권제5부터 가나문은 中西 進의『校訂 萬葉集』(1995, 초판)을 사용하였다. 간혹『校訂 萬葉集』과 텍스트의 읽기가 다른 경우가 있었는데 그럴 경우는 텍스트를 따랐다.
5. 제목에서 인명에 '천황, 황태자, 황자, 황녀' 등이 붙은 경우는 일본식 읽기를 그대로 적었으나 해설에서는 위 호칭들을 한글로 바꾸어서 표기를 하는 방식을 택하였다. 한글로 바꾸면 전체적인 읽기가 좀 어색한 경우는 예외적으로 호칭까지 일본식 읽기를 그대로 표기한 경우도 가끔 있다.
6. 인명이나 지명과 같은 고유명사는 현대어 발음과 다르고 학자들에 따라서도 읽기가 다르므로 텍스트인 中西 進의『萬葉集』발음을 따랐다.
7. 고유명사를 일본어 읽기로 표기하면 무척 길어져서 잘못 띄어 읽을 수 있기 때문에 가능하면 성과 이름 등은 띄어쓰기를 하였다.
8. 『만엽집』에는 특정한 단어를 상투적으로 수식하는 수식어인 마쿠라 코토바(枕詞)라는 것이 있다. 어원을 알 수 있는 것도 있지만 알 수 없는 것도 많다. 中西 進 교수는 가능한 한 해석을 하려고 시도를 하였는데 대부분의 주석서에서는 괄호로 묶어 해석을 하지 않고 있다. 이 역해서에서도 괄호 속에 일본어 발음을 그대로 표기를 하고, 어원이 설명 가능한 것은 해설에서 풀어서 설명하는 방향으로 하였다. 그러므로 번역문을 읽을 때에는 괄호 속의 枕詞를 생략하고 읽으면 내용이 연결이 될 수 있다.
9. 『만엽집』은 시가집이므로 반드시 처음부터 읽어 나가지 않아도 되며 필요한 작품을 택하여 읽을 수 있다. 그런 경우를 위하여 필요한 사항은 가능한 한 작품마다 설명을 하려고 하였다. 그러므로 작자나 枕詞 등의 경우, 같은 설명이 여러 작품에 보이기도 하는 것은 이런 이유 때문이다.
10. 번역 부분에서 극존칭을 사용하기도 하였는데 이것은 음수율에 맞추기 힘든 경우, 음수율에 맞추기 위함이었다.

11. 권제5의, 제목이 없이 바로 한문으로 시작되는 작품은, 中西 進의 『萬葉集』의 제목을 따라서 《 》 속에 표기하였다.

12. 권제7은 텍스트에 작품번호 순서대로 배열되지 않은 부분들이 있는데, 이런 경우는 번호 순서대로 배열을 하였다. 그러나 목록은 텍스트의 목록 순서를 따랐다.

13. 권제16의 제목이 없는 작품은, 中西 進의 『萬葉集』의 제목을 따라서 《 》 속에 표기하였다.

14. 해설에서 사용한 大系, 私注, 注釋, 全集, 全注 등은 주로 참고한 주석서들인데 다음 책들을 요약하여 표기한 것이다.

大系 : 日本古典文學大系 『萬葉集』 1~4 [高木市之助 五味智英 大野晉 校注, 岩波書店, 1981]
全集 : 日本古典文學全集 『萬葉集』 1~4 [小島憲之 木下正俊 佐竹昭廣 校注, 小學館, 1981~1982]
私注 : 『萬葉集私注』 1~10 [土屋文明, 筑摩書房, 1982~1983]
注釋 : 『萬葉集注釋』 1~20 [澤瀉久孝, 中央公論社, 1982~1984]
全注 : 『萬葉集全注』 1~20 [伊藤 博 外, 有斐閣, 1983~1994]

차례

작품 목록

- 츠쿠시(筑紫)의 客館에 도착하여 멀리 고향을 바라보고 마음 아파하며 지은 노래 4수 (3652~3655)
- 칠석에 은하수를 바라보고, 각각 생각을 말하여 지은 노래 3수 (3656~3658)
- 해변에서 달을 바라보고 지은 노래 9수 (3659~3667)
- 츠쿠시노 미치노쿠치(筑前)國의 시마(志麻)郡의 韓亭에 도착해서 지은 노래 6수 (3668~3673)
- 히키츠(引津) 선착장에 배를 정박하여 지은 노래 7수 (3674~3680)
- 히노 미치노쿠치(肥前)國 마츠라(松浦)郡의 코마(狛) 섬에 배를 정박한 밤에 지은 노래 7수 (3681~3687)

挽歌
- 이키(壹岐) 섬에 도착해서, 유키노 므라지 야카마로(雪連宅滿)가 사망하였을 때 지은 노래 1수[아울러 短歌 2수] (3688~3690)
- 후지이노 므라지 코오유(葛井連子老)가 지은 노래 1수와 短歌 2수 (3691~3693)
- 므사바(六鯖)가 지은 노래 1수와 短歌 2수 (3694~3696)
- 츠시마(對馬嶋)의 아사지(淺茅) 포구에 도착하여 배를 정박하였을 때 지은 노래 3수 (3697~3699)
- 타카시키(竹敷) 포구에 배를 정박하였을 때 지은 노래 18수 (3700~3717)
- 츠쿠시(筑紫)에 돌아와서 바닷길로 入京하려 하여 하리마(播磨)國의 이헤(家) 섬에 도착해서 지은 노래 5수 (3718~3722)

나카토미노 아소미 야카모리(中臣朝臣宅守)가 쿠라베(藏部)의 女嬬 사노노 치가미노 오토메(狹野茅上娘子)를 취했을 때 칙령으로 유배를 판결받아, 코시노 미치노쿠치(越前)國에 유배되었다. 이에 부부의 이별하기는 쉽고 만나기는 어려운 것을 서로 탄식하여 각각 아픈 마음을 말하여 주고받은 노래 63수
- 이별에 임하여 娘子가 슬퍼하고 탄식하여 지은 노래 4수 (3723~3726)
- 나카토미노 아소미 야카모리(中臣朝臣宅守)가 출발해서 지은 노래 4수 (3727~3730)
- 유배지에 도착해서 나카토미노 아소미 야카모리(中臣朝臣宅守)가 지은 노래 14수 (3731~3744)

- 娘子가 도읍에 남아서 슬퍼하고 마음 아파하며 지은 노래 9수 (3745~3753)
- 나카토미노 아소미 야카모리(中臣朝臣宅守)가 지은 노래 13수 (3754~3766)
- 娘子가 지은 노래 8수 (3767~3774)
- 나카토미노 아소미 야카모리(中臣朝臣宅守)가 다시 보낸 노래 2수 (3775~3776)
- 娘子가 답하여 보낸 노래 2수 (3777~3778)
- 나카토미노 아소미 야카모리(中臣朝臣宅守)가 花鳥에 의탁해서 생각을 말하여 지은 노래 7수 (3779~3785)

만엽집 권 제16 목록

사연이 있는, 雜歌
- 두 남자가, 娘子에게 청혼할 때 결국 남자에게 시집가는 것을 싫어하여 숲속에 들어가서 죽었을 때, 각각 마음을 말하여 지은 노래 2수 (3786~3787)
- 세 명의 남자가, 함께 한 사람의 여성에게 구혼을 했는데 娘子가 탄식하여 물속에 빠졌을 때, 슬픔을 이기지 못하여 각각 마음을 말하여 지은 노래 3수 (3788~3790)
- 타케토리(竹取) 노인이, 아홉 명의 神女를 만났을 때, 염치없이 가까이 한 것을 사죄하여 지은 노래 1수[아울러 短歌] (3791~3793)
- 娘子들이 답한 노래 9수 (3794~3802)
- 娘子가 몰래 남자와 교제했을 때, 부모에게 알리려고 해서 그 남편에게 보낸 노래 1수 (3803)
- 남자가, 혼자 사절로 먼 곳에 부임했을 때, 娘子가 해를 거듭하여 슬퍼하고 모습이 초췌해졌다. 남자가 돌아와서 눈물을 흘리고 읊조린 노래 1수 (3804)
- 娘子가 남편의 노래를 듣고, 소리에 응하여 답한 노래 1수 (3805)
- 여자가 몰래 남자와 교제하였는데, 그 부모의 꾸짖는 것을 남자가 두려워할 때, 娘子가 남편에게 보낸 노래 1수 (3806)
- 카즈라키노 오호키미(葛城王)가 미치노쿠(陸奥)에 갔을 때, 접대가 소홀해서 왕의 마음이 기쁘지 않자 采女가 술잔을 받들고 부른 노래 1수 (3807)
- 남녀 무리가 모여 들놀이를 했을 때 시골 부부가 있었는데 얼굴과 자태가 다른 사람들보다 빼어났다. 이에 미모를 찬탄한 노래 1수 (3808)
- 사랑을 받던 娘子가, 사랑이 식어져 보낸 물건을 되돌려 받았을 때, 낭자가 원망한 노래 1수 (3809)
- 옛날에 娘子가 남편과 서로 헤어진 후에, 남편 본인은 오지 않고 단지 선물만 보내자 娘子가 답한 노래 1수 (3810)
- 남편을 그리워하는 노래 1수와 短歌 (3811~3812)
- 옛날에 娘子가 남편을 그리워해서 병에 걸려 드러누워 그 남편을 불러 죽을 때 읊조린 노래 1수 (3813)
- 보내는 노래 1수 (3814)

- 娘子가, 남편에게 버림을 받고 다시 다른 성에게 시집갔을 때, 남자가 재혼한 것을 모르므로 재혼한 사연을 밝히는 노래 1수 (3815)
- 호즈미(穗積)親王의, 연회 날 술이 한창일 때의 노래 1수 (3816)
- 카하무라(河村)王이 연회에서 거문고를 타고 먼저 부른 노래 2수 (3817~3818)
- 오타히(小鯛)王이 연회에서 거문고를 잡고 먼저 부른 노래 2수 (3819~3820)
- 코베(兒部)女王이 비웃은 노래 1수 (3821)
- 시히노노 므라지 나가토시(椎野連長年)의 노래 1수 (3822)
- 또 답한 노래 1수 (3823)
- 나가노 이미키 오키마로(長忌寸意吉麿)의 노래 8수 (3824~3831)
- 이무베노 오비토(忌部首)가 여러 종류의 사물을 읊은 노래 1수 (3832)
- 사카히베(境部)王이 여러 종류의 사물을 읊은 노래 1수 (3833)
- 작자 미상의 노래 1수 (3834)
- 니히타베(新田部)親王에게 바치는 노래 1수 (3835)
- 교우몬(行文)大夫가 아첨하는 사람을 비방하는 노래 1수 (3836)
- 府官이 술과 음식을 차려서 右兵衛(이름은 알 수 없다)를 불러 연잎과 관련하여 노래를 짓게 했을 때, 곧 요구에 응한 노래 1수 (3837)
- 무의미한 노래 2수 (3838~3839)
- 이케다노 아소미(池田朝臣)가 오호미와노 아소미 오키모리(大神朝臣奧守)를 놀리는 노래 1수 (3840)
- 오호미와노 아소미 오키모리(大神朝臣奧守)가 답하여 놀리는 노래 1수 (3841)
- 헤구리노 아소미(平群朝臣)가 놀리는 노래 1수 (3842)
- 호즈미노 아소미(穗積朝臣)가 답하는 노래 1수 (3843)
- 하니시노 스쿠네 미미치(土師宿禰水通)가 코세노 아소미 토요히토(巨勢朝臣豊人) 등의 검은 얼굴색을 놀리는 1수 (3844)
- 코세노 토요히토(巨勢豊人)가 이것을 듣고 답하여 놀리는 1수 (3845)

- 승려를 희롱하여 놀리는 노래 1수 (3846)
- 법사가 답한 노래 1수 (3847)
- 이무베노 쿠로마로(忌部黑麿)가 꿈속에서 지은 노래 1수 (3848)
- 河原寺의 일본 거문고 곁의 무상 노래 2수 (3849~3850)
- 또 무상의 노래 2수 (3851~3852)
- 오호토모노 스쿠네 야카모치(大伴宿禰家持)가, 요시다노 므라지 이하마로(吉田連石麿)의 야윈 것을 놀리는 노래 2수 (3853~3854)
- 타카미야(高宮)王이 여러 종류의 사물을 읊은 노래 2수 (3855~3856)
- 남편을 그리워하는 노래 1수 (3857)
- 다시 그리움의 노래 2수 (3858~3859)
- 츠쿠시노 미치노쿠치(筑前)國의 시카(志賀)의 어부 노래 10수 (3860~3869)
- 무명씨의 노래 6수 (3870~3875)
- 토요노 미치노쿠치(豊前)國의 어부 노래 1수 (3876)
- 토요노 미치노시리(豊後)國의 어부 노래 1수 (3877)
- 노토(能登)國의 노래 3수 (3878~3880)
- 코시노 미치노나카(越中)國의 노래 4수 (3881~3884)
- 乞食者가 부른 노래 2수 (3885~3886)
- 무서운 것 노래 3수 (3887~3889)

만엽집

권제15

遣新羅使人¹等，悲別贈答，及海路慟情陳思，幷當所誦之古歌

3578 武庫能浦乃　伊里江能渚鳥　羽具久毛流　伎美乎波奈礼弖　古非尓之奴倍之

　　　　 武庫の浦²の　入江の渚鳥　羽ぐくもる³　君を離れて　戀に死ぬべし

　　　　 むこのうらの　いりえのすどり　はぐくもる　きみをはなれて　こひにしぬべし

---

1 **遣新羅使人**: 목록에 상세하다. 天平 8년(736) 2월 28일에 대사 임명. 4월17일 拜朝, 6월에 출항하였는가.
2 **武庫の浦**: 難波 포구에서 비교적 가깝다.
3 **羽ぐくもる**: '羽ぐくむ'의 수동형이다.

신라에 파견된 사신들이 이별을 슬퍼하면서 주고받은 노래와 바닷길에서
마음 아파하며 생각을 말하고, 또 감동을 받은 곳에서 읊은 옛 노래

3578 무코(武庫)의 포구의/ 이리에(入江)의 물가 새/ 날개로 덮던/ 그대를 이별하니/ 그리워
죽겠지요

해설

무코(武庫)의 포구의 이리에(入江)의 물가에 사는 새, 그 새끼가 어미 새의 날개에 감싸여서 보호를
받듯이 그렇게 소중하게 해주던 그대와 작별을 하면 그리움에 죽어 버리겠지요라는 내용이다.
소중하게 사랑해 주던 남편이 遣新羅使 일행으로 신라로 떠나가면 그리워서 못 견딜 것 같다는 노래이다.
遣新羅使 일행으로 떠나는 사람의 아내의 노래이다.
신라에 파견된 사신들에 대해 全集에서는, '『續日本紀』에는, 天平 8년(736) 2월에 종5위하 阿倍朝臣繼
麻呂를 견신라대사로 임명하고, 4월에 拜朝, 이듬해 정월 27일, 대판관 任生使主宇太麻呂, 소판관 大藏忌
寸麻呂 등이 귀경하였지만 대사인 阿倍繼麻呂는 大馬에서 사망하고, 부사인 종6위하 大伴宿禰三中은
전염병으로 늦어진 이유가(3월 28일 귀경하여 拜朝) 보인다. 귀국한 사람은 모두 85명이었다. 이를 전후
한 신라와 일본의 관계는 그다지 좋지 못하였으며 이때도 신라국의 대우가 예를 벗어나 사신들의 뜻을
받아들이지 않았다고 하며, 이 신라 방문은 지불한 희생에 비해 효과가 없었다'고 하였다[『萬葉集』 4,
p.43].
私注에서는, '이하 11수는 출발을 하려고 할 때의 증답이며, 이 1수는 사신의 한 사람의 아내이거나
연인이 남편에게 준 것이라고 생각된다. (중략) 작자의 이름을 기록하지 않은 것은, 전해진 대로 기록하
면서 빠뜨린 것인지 처음부터 특정한 개인이 자신의 심정을 노래한 것이 아니라 남아 있는 사람과 떠나가
는 사람을 위하여, 이른바 전문적인 작자가 대신해서 지은 것이기 때문일 것이다. 혹은 계속해서 보이는
逸名 작자가 사실은 그 代作者일지도 모른다고 해도 지나친 억지는 아닐 것이다. 天平 5년의 견당사
때는 笠金村이 대작자로 되어 있다'고 하였다[『萬葉集私注』 8, p.6]. 吉井 巖은, '이 노래가 지어진 장면
은 難波津에서 출항하는 사신이 떠나기 전에 이별하는 장면이다. 또 이 작품의 '君'은 다음 작품과 관련하
여 생각하면 사신이며, 작자는 사신과 사랑을 하던 여인이라 생각된다. 그러나 남자가 여자를 '깃으로
덮는다'는 표현은 어울리지 않는 것 같다. 口譯은 이 작품을 사신이 모친에게 보낸 노래라고 한다. 이
작품만 독립시켜서 생각할 경우, 이와 같은 折口의 설이 옳으며, 또는 본래 그러한 내용의 이별의 노래가
遣新羅使人의 작품으로 이용된 것은 아닐까 하는 것도 고려할 필요가 있다고 생각한다'고 하였다[『萬葉
集全注』 15, p.28].
武庫の浦를 大系에서는, '옛날에는 兵庫縣 西宮市 津門(츠토)을 중심으로 동서로 펼쳐진 바다였던
듯하다'고 하였다[『萬葉集』 4, p.54].

3579　大船尓　伊母能流母能尓　安良麻勢婆　羽具久美母知弖　由可麻之母能乎

　　　　大船¹に　妹乗るものに　あらませば²　羽ぐくみ³持ちて　行かましものを

　　　　おほふねに　いものるものに　あらませば　はぐくみもちて　ゆかましものを

3580　君之由久　海邊乃夜杼尓　奇里多々婆　安我多知奈氣久　伊伎等之理麻勢

　　　　君が行く　海邊の宿に　霧⁴立たば　吾が立ち嘆く　息と知りませ

　　　　きみがゆく　うみへのやどに　きりたたば　あがたちなげく　いきとしりませ

---

1 **大船**: 신라에 파견된 사신들이 탄 배를 가리킨다.
2 **あらませば**: 'ませば…まし'는 현실에 반대되는 가상을 나타낸다.
3 **羽ぐくみ**: 날개로 덮는 것이다.
4 **霧**: 안개는 내쉬는 숨이라고 생각되었다.

3579 크나큰 배에/ 만약 아내 타는 것/ 이라고 하면/ 날개로 덮어서는/ 데리고 갈 것인데

🌸 **해설**

신라로 가는 사신들이 타는 큰 배에, 만약 아내가 나와 같이 탈 수가 있다면, 지금까지 그랬듯이 날개로 덮듯이 소중히 해서 함께 데리고 갈 것인데라는 내용이다.

신라로 가는 배에 아내를 함께 태워서 갈 수 없으므로 잠시 이별을 해야 하는 것이 유감이라는 뜻이다.

앞의 3578번가에 답한 노래이다.

私注에서는, '작품이 정돈된 것에 비해 감동이 적은 것은. 다른 사람이 대신 지은 것이라는 견해로 설명할 수 있다고 생각된다. 사신을 태우는 배에는 정원이 있으므로, 당연히 그 외의 사람, 특히 여자는 태울 수 없었던 것은 사실이라고 볼 수 있다'고 하였다『萬葉集私注』 8, p.7].

3580 그대가 가는/ 바닷가의 숙소에/ 안개가 끼면/ 내가 탄식을 하는/ 숨이라 알아줘요

🌸 **해설**

그대가 배를 타고 가는 바닷가의 숙소에 안개가 만약 낀다면 그것은 내가 탄식을 하는 숨이라고 알아주세요라는 내용이다.

中西 進은 이 작품을 여성의 노래이며, '3615 · 3616번가와 내용이 잘 조화되므로 같은 사람의 작품인가'라고 하였다.

大系에서는 '立ち嘆く'의 '立ち'는 접두어'라고 하였다『萬葉集』 4, p.54]. 그러나 注釋에서는, '萬葉集에서는 확실하게 접두어라고 볼 수 있는 '立ち'는 없으므로, '立ち'의 뜻을 가지는 것으로 보아야만 한다'고 하였다『萬葉集注釋』 15, p.13].

私注에서는, '남편을 떠나보내는 여성의 노래이다. 3578번가와 동일한 작자가 다시 보낸 것일 리가 없다. 다음의 답가와 함께 이것은 이것대로 다른 한 쌍의 노래라고 생각된다. 다만 노래의 풍격은 완전히 같고, 형식만 정제되고 감동이 강한 곳도 깊은 곳도 없다. 다른 사람이 대신 지은 노래라는 설을 강하게 주장해도 좋은 자료이다'고 하였다『萬葉集私注』 8, p.8].

3581　秋佐良婆　安比見牟毛能乎　奈尓之可母　奇里尓多都倍久　奈氣伎之麻佐牟

秋さらば　相見むものを¹　何しかも　霧に立つべく　嘆きしまさ²む

あきさらば　あひみむものを　なにしかも　きりにたつべく　なげきしまさむ

3582　大船乎　安流美尓伊太之　伊麻須君　都追牟許等奈久　波也可敝里麻勢

大船を　荒海³に出し　います⁴君　障むことなく　早歸りませ⁵

おほふねを　あるみにいだし　いますきみ　つつむことなく　はやかへりませ

3583　真幸而　伊毛我伊波伴伐　於伎都奈美　知敝尓多都等母　佐波里安良米也母

眞幸くて⁶　妹が齋はば⁷　沖つ波　千重に立つとも　障りあらめやも⁸

まさきくて　いもがいははば　おきつなみ　ちへにたつとも　さはりあらめやも

---

1 **相見むものを**: 귀국을 가을로 예정하고 있었던 듯하다.→3586·3619·3629.
2 **嘆きしまさ**: 'し'는 강세조사이며, 'まさ'는 경어이다.
3 **荒海**: 'あるみ'는 'あらうみ'를 줄인 것이다.
4 **います**: '行く'의 높임말이다.
5 **早歸りませ**: 경어이다.
6 **眞幸くて**: 'て'는 현대어의 'と(~라고)'에 가깝다.
7 **齋はば**: 몸을 정결하게 하여 기원하는 것이다.
8 **障りあらめやも**: 'や'는 강한 부정을 동반한 의문을 나타낸다.

3581 가을이 되면/ 서로 만날 것인데/ 무엇 때문에/ 안개가 낄 정도로/ 탄식을 하시나요

🌸 해설

　　가을이 되면 신라에서 돌아오므로 서로 만날 수 있는 것인데 무엇 때문에 안개가 낄 정도로 그렇게 길게 탄식을 하시는가요라는 내용이다.

　　앞의 여성의 노래에 대해, 곧 만날 수 있으니 탄식하지 말라고 남성이 위로하는 노래이다.

　　吉井 巖은, 遣新羅使 노래들은 허구이며 심정적으로는 '연인', 시간적으로는 '가을'을 모티브로 하여 전개하도록 구성되어 있다는 伊藤 博의 견해에 동의하여, '가을에 재회한다고 하는 모티브는 책상 위에서 문예적 관심에 의해 생겨난 것이며, 신라에 파견되는 사신들의 현실에서는 생겨날 수 없었던 것'이라고 하였다『萬葉集全注』 15, p.33].

　　全集에서는, '경어 'ます'는 남성이 여성에게 사용한 드문 예'라고 하였다『萬葉集』 4, p.44].

3582 크나큰 배를/ 험한 바다에 내어/ 가시는 그대/ 아무런 탈이 없이/ 빨리 돌아오세요

🌸 해설

　　큰 배를 험한 바다로 저어 나가서 신라에 사신 일행으로 가는 그대여. 부디 아무런 탈이 없이 무사하게 하루라도 빨리 돌아오세요라는 내용이다.

　　여성이, 신라로 떠나가는 남성에게 주는 노래이다.

3583 무사하라고/ 아내가 빈다면요/ 바다의 파도/ 천 겹으로 일어도/ 무슨 탈이 있을까요

🌸 해설

　　무사하게 해 달라고 아내가 몸을 정결하게 하고 신에게 빌어 준다면, 바다의 파도가 천 겹이나 되도록 험하게 일어나더라도 배를 타고 가는 자신에게 무슨 탈이 있을까요라는 내용이다.

　　무사하도록 아내가 정성껏 빌어 준다면 아무리 거센 파도가 일어나도 사고 따위는 없이 안전할 것이라는 뜻이다. 3582번가에 대해 남성이 답한 노래이다. '眞幸くて'를 全集에서는 中西 進과 마찬가지로 '무사하라고'로 해석하였다『萬葉集』 4, p.44]. 私注에서는, '내가 무사하고'로 해석하였다『萬葉集私注』 8, p.9]. 그러나 大系와 注釋에서는 '아내가 무사하고'로 해석하였다'고 하였다(『萬葉集』 4, p.55), (『萬葉集注釋』 15, p.15]. 3582번가 내용으로 보면 남편이 무사하도록 아내가 비는 것이다.

3584　和可礼奈波　宇良我奈之家武　安我許呂母　之多尓乎伎麻勢　多太尓安布麻弖尓

別れなば[1]　うら[2]悲しけむ　吾が衣　下にを着ませ[3]　直に[4]逢ふまでに

わかれなば　うらがなしけむ　あがころも　したにをきませ　ただにあふまでに

3585　和伎母故我　之多尓毛伎余等　於久理多流　許呂母能比毛乎　安礼等可米也母

吾妹子が　下にも着よと　贈りたる　衣の紐を　吾解かめやも[5]

わぎもこが　したにもきよと　おくりたる　ころものひもを　あれとかめやも

3586　和我由恵尓　於毛比奈夜勢曽　秋風能　布可武曽能都奇　安波牟母能由恵

わが故に　思ひな痩せそ　秋風の　吹かむその月　逢はむものゆゑ

わがゆゑに　おもひなやせそ　あきかぜの　ふかむそのつき　あはむものゆゑ

---

1 **別れなば**: 'な'는 완료를 나타낸다.
2 **うら**: 마음이다.
3 **下にを着ませ**: 연인끼리 옷을 교환하는 풍속이 있었다.
4 **直に**: 마음뿐만이 아니라 직접 만나고 싶다는 뜻이다.
5 **吾解かめやも**: 옷끈을 서로 묶는 것은 사랑의 표시이다. 푸는 것은 그 반대이다. 'めやも'는 강한 부정을 동반한 의문을 나타낸다.

3584 헤어진다면/ 마음이 슬프겠죠/ 나의 옷을요/ 속에 입어 주세요/ 직접 만날 때까지는

🌸 해설

　지금 이렇게 헤어진다면 마음이 무척 슬퍼지겠지요. 나의 옷을 살갗에 닿게 속에 입어 주세요. 다시 직접 만날 수 있을 때까지는이라는 내용이다.

　'うら悲しけむ'에 대해 私注에서는, '떠나보내는 여성의 마음으로 보이지만 이어지는 내용으로 보아 떠나는 남자 쪽 같다'고 하였다『萬葉集私注』8, p.10]. 注釋에서는, '역시 작자의 슬픔으로 상대방의 마음도 자연스럽게 포함한 것으로 보아야 하지 않을까'라고 하여 서로 슬퍼하는 것이라고 하였다『萬葉集注釋』15, p.16]. 吉井 巖도 두 사람의 마음이 슬픈 것으로 보았다『萬葉集全注』15, p.38].

　3751・3778번가에 비슷한 내용이 보인다.

3585 나의 아내가/ 속에라도 입으라/ 보내주었던/ 옷의 끈을 말이죠/ 내가 풀 것인가요

🌸 해설

　나의 아내가 속에다 입으라고 준 옷의 끈을 내가 어찌 풀 것인가라는 내용이다.

　단단히 묶고 있을 것이라는 뜻으로 사랑이 변하지 않을 것임을 다짐한 것이다.

　私注에서는, '남편이며 연인인 사람이 이러한 노래를 지을 리가 없다. 졸작이라도 어딘가 마음에 닿는 한 단어 정도는 있어야 할 것이다. 代作이라고 할 때 비로소 납득이 간다'고 하였다『萬葉集私注』8, p.10].

　이 작품은 3584번가의 답가이다.

3586 나를 위하여/ 근심마오 야윌라/ 가을바람이/ 부는 달이 되면요/ 만나게 될 것이니

🌸 해설

　나를 걱정하느라고 몸이 수척해지는 일은 없도록 하세요. 가을바람이 부는 달이 되면 다시 만나게 될 것이니까요라는 내용이다.

　떠나가는 남성이 여성에게 준 노래이다. 이 작품에 대한 여성의 답가는 없다.

　大系에서는 이 작품을 답가로 보고 앞에 贈歌 1수가 탈락된 것일까'라고 하였다『萬葉集』4, p.55].

3587　多久夫須麻　新羅邊伊麻須　伎美我目乎　家布可安須可登　伊波比弖麻多牟

栲衾[1]　新羅へいます　君が目を[2]　今日か明日かと　齋ひて[3]待たむ

たくぶすま　しらきへいます　きみがめを　けふかあすかと　いはひてまたむ

3588　波呂波呂尓　於毛保由流可母　之可礼杼毛　異情乎　安我毛波奈久尓

はろはろに[4]　思ほゆるかも　然れども　異しき心を　吾が思はなくに[5]

はろはろに　おもほゆるかも　しかれども　けしきこころを　あがもはなくに

　左注　右十一首, 贈答[6]

3589　由布佐礼婆　比具良之伎奈久　伊故麻山　古延弖曽安我久流　伊毛我目乎保里

夕されば　ひぐらし[7]來鳴く　生駒山　越えて[8]そ吾が來る　妹が目を欲り

ゆふされば　ひぐらしきなく　いこまやま　こえてそあがくる　いもがめをほり

　左注　右一首, 秦間満[9]

---

1 **栲衾**: '栲'는 흰 천이다. 신라의 '시라'를 수식한다. 고독한 규방의 이불도 암시한다.
2 **君が目を**: 눈을 기다리는 것, 즉 만나는 것을 기다리는 것이다.
3 **齋ひて**: 몸을 정결하게 하여 기원하는 것이다.
4 **はろはろに**: 3587번가의 신라와의 거리를 나타내는가.
5 **吾が思はなくに**: 다른 마음을 품지 않는 것은, 여성이 몸을 정결하게 하여 근신하는 것에 대응하는 심정인가.
6 **贈答**: 끝의 3수는 다소 독립가인 느낌이 있다.
7 **ひぐらし**: 늦여름의 쓰르라미이다.
8 **越えて**: 사람의 눈을 피하여 이곳을 넘었는가. 그러므로 저녁 무렵이다. 難波에서.
9 **秦間満**: 眞麿와 같다. 어떠한 사람인지 알 수 없다.

3587 (타쿠부스마)/ 신라국으로 가는/ 그대 만날 날/ 오늘 내일 하면서/ 삼가며 기다리죠

🌸 **해설**

　　신라로 떠나가는 그대를 직접 만날 날을 오늘인가 내일인가 하고 몸을 정결하게 하여 삼가 근신하면서 기다리지요라는 내용이다.

　　이 작품은 여성의 작품이다.

　　中西 進은 3588번가와 증답인가라고 하였다.

　　吉井 巖은, 이 작품의 '君が目'과 3589번가의 '妹が目'이 마음의 교류의 접점이라고 보고 '3589번가와 원래 증답이었던 것은 아닐까'라고 추정하였다『萬葉集全注』 15, p.42].

3588 아득히 멀리/ 생각이 되는군요/ 그렇지만도/ 이상한 마음일랑/ 나는 갖지 않아요

🌸 **해설**

　　신라는 아득히 멀리 생각이 되는군요. 그렇지만 그대의 마음과 다른 이상한 마음을 가지려고 나는 생각하지 않아요라는 내용이다.

　　먼 곳으로 떠나가지만 상대방 여성을 배신하는 마음을 가지지 않을 것이라고 말하고 있다.

　　좌주　위의 11수는 증답

3589 저녁이 되면/ 쓰르라미 와 우는/ 이코마(生駒) 산을/ 넘어서는 내가 오네/ 아내 만나고 싶어

🌸 **해설**

　　저녁이 되면 쓰르라미가 와서 우는 이코마(生駒) 산을 넘어서 나는 오네. 아내를 만나고 싶어서라는 내용이다.

　　私注에서는, '배가 출발할 때까지 시간이 있었으므로 몰래 아내를 만나기 위하여 生駒山을 넘어서 나라(奈良)로 왕복한 것이라 생각된다'고 하였다『萬葉集私注』 8, p.13].

　　吉井 巖은 이 작품을 3587번가와 증답관계에 있는 것으로 보았다『萬葉集全注』 15, p.46].

　　秦間滿을 3681번가의 작자인 秦田麿와 동일인이라고 보는 설도 있다.

　　좌주　위의 1수는 하다노 마마로(秦間滿)

3590　伊毛尓安波受　安良婆須敝奈美　伊波祢布牟　伊故麻乃山乎　故延弓曽安我久流

妹に逢はず　あらばすべ無み[1]　石根[2]踏む　生駒の山を　越えてそ吾が來る

いもにあはず　あらばすべなみ　いはねふむ　いこまのやまを　こえてそあがくる

　　左注　右一首, 臲還私家陳思

3591　妹等安里之　時者安礼杼毛　和可礼弖波　許呂母弓佐牟伎　母能尓曽安里家流

妹とありし　時はあれども　別れては　衣手[3]寒き[4]　ものにそありける

いもとありし　ときはあれども　わかれては　ころもでさむき　ものにそありける

3592　海原尓　宇伎祢世武夜者　於伎都風　伊多久奈布吉曽　妹毛安良奈久尓

海原に　浮寝せむ夜は[5]　沖つ風　いたくな吹きそ[6]　妹もあらなくに[7]

うなはらに　うきねせむよは　おきつかぜ　いたくなふきそ　いももあらなくに

---

　1 **あらばすべ無み**: 아무 일도 손에 잡히지 않고.
　2 **石根**: 'ね'는 접미어이다. 편리한 龍田을 넘는 것을 피하고 힘든 것을 감수하여. 그 강조가 다음의 '越えてそ'의 'そ'이다.
　3 **衣手**: 소매 전체를 말한다.
　4 **寒き**: 베개로 할 소매가 없는 것을 깨달은 추위이다.
　5 **浮寢せむ夜は**: 포구에 들어가서 육지에서 잠자는 것이 아닌 밤이다.
　6 **いたくな吹きそ**: 'な…そ'는 금지를 나타낸다.
　7 **妹もあらなくに**: 'なく'는 부정의 명사형이다. 'に'는 역접적 영탄을 나타낸다.

3590　아내 만나잖고/ 있으면 방도 없네/ 돌부리 밟고/ 이코마(生駒)의 산을요/ 넘어서는 내가
　　　　오네

해설

　　아내를 만나지 않고 있으면 아무 일도 손에 잡히지 않고 하므로 방법이 없네. 그래서 돌부리를 밟으며
남의 눈을 피하여 이코마(生駒)의 산을 힘들게 넘어서는 내가 오네라는 내용이다.
　　全集에서는, '軍防令에 의하면 일단 조정에 배알하고 節刀를 받은 대장군은 집에 돌아갈 수 없게 되어
있었다. 대사도 마찬가지일 것이다. 이 작품에서 잠시 자신의 집에 돌아간다고 되어 있는 것은 작자가
집으로 돌아가는 것에 대한 제약을 받지 않는 하급 수행원이라는 증거인가'라고 하였다『萬葉集』4,
p.46].

　　　좌주　위의 1수는, 잠시 동안 집에 돌아가 아내에게 마음을 전한 것

3591　아내와 있었을/ 그때는 좋았는데/ 헤어진 후는/ 옷소매가 차가운/ 것으로 느껴지네요

해설

　　아내와 함께 있을 때는 좋았는데 헤어지고 나서는 옷소매가 차가운 것으로 느껴지네라는 내용이다.
옷소매를 베개로 하는 아내가 없으니 옷소매가 차갑게 느껴진다는 뜻이다.
　　吉井 巖은 '衣手寒き'라는 표현에 대해 '7월 중순이 지난 大阪에서의 일이므로 역시 이상하다. '衣手寒
き'의 표현은 결코 계절을 무시하고 불리어지고 있지 않는 것이다. 그것이 가능한 것은 실감과 동떨어진
책상 위에서의 문학적 조작일 뿐이겠다'고 하였다『萬葉集全注』15, pp.48~49].

3592　넓은 바다에/ 떠서 잠을 자는 밤/ 바닷바람아/ 심하게 불지 말게/ 아내도 있지 않은데

해설

　　넓은 바다에 떠 있는 배 위에서 잠을 자는 밤에는 바다의 바람아. 심하게 불지를 말게나. 아내도
곁에 있지 않은데라는 내용이다.
　　아내와 함께 잘 수 없는 밤에는 바람이 불면 추우니 불지 말라는 뜻이다.
　　全集에서는, '이 노래는 출항할 때 부른 것으로 출발 후의 여행의 불안을 예상하고 말한 것이다'고
하였다『萬葉集』4, p.46].

3593　大伴能　美津尓布奈能里　許藝出而者　伊都礼乃思麻尓　伊保里世武和礼

　　　大伴の　御津[1]に船乗り　漕ぎ出ては　いづれの島に　廬せむ[2]われ

　　　おほとも の　みつにふなのり　こぎでては　いづれのしまに　いほりせむわれ

　　　左注　右三首, 臨發之時作歌

3594　之保麻都等　安里家流布祢乎　思良受志弖　久夜之久妹乎　和可礼伎尓家利

　　　潮待つと[3]　ありける[4]船を　知らずして　悔しく妹を　別れ來にけり[5]

　　　しほまつと　ありけるふねを　しらずして　くやしくいもを　わかれきにけり

3595　安佐妣良伎　許藝弖天久礼婆　牟故能宇良能　之保非能可多尓　多豆我許恵須毛

　　　朝びらき[6]　漕ぎ出て來れば　武庫の浦[7]の　潮干の潟に　鶴[8]が聲すも

　　　あさびらき　こぎでてくれば　むこのうらの　しほひのかたに　たづがこゑすも

　1　**大伴の　御津**: 難波 포구. 예로부터 官船이 출발하고 도착하였으므로 御津이라고 불리었다.
　2　**廬せむ**: 임시 거처이다.
　3　**潮待つと**: 항해에 편리한 조류를 기다린다.
　4　**ありける**: 'けり'는 '정신이 드니…였다'라는 뜻이다. 일단 집에 돌아가서 예정대로 포구에 되돌아오니 연기되어 있었다.
　5　**別れ來にけり**: 3589번가 이하의 작자와 같은가.
　6　**朝びらき**: 아침에 포구를 출발하는 것이다.
　7　**武庫の浦**: 武庫川의 하구이다.
　8　**鶴**: 6월 말에 학이 있다는 것을 의문시하는 견해가 있다. 3578번가와 대응시켜서 물새를 학이라고 한 것인가.

3593　오호토모(大伴)의/ 포구에서 배타고/ 노 저어 가서/ 어느 곳의 섬에서/ 잠을 자게 될 건가

🌸 **해설**

　　오호토모(大伴) 포구에서 배를 타고 노를 저어서 출발을 하여 나간 후에는 앞으로 어느 섬에서 잠을 자게 될 것인가라는 내용이다.

　　좌주　위의 3수는, 출발할 때 지은 노래

3594　조류 기다려/ 출항 연기된 것을/ 알지 못하고/ 분하게도 아내와/ 이별하고 왔었네

🌸 **해설**

　　배가 출발하기에 좋은, 간조와 만조의 차이가 큰 때를 기다리느라고 출발이 연기된 것도 알지 못하고 분하게도 아내와 이별하고 왔네라는 내용이다.
　　출발이 연기된 것을 알았더라면 좀 더 아내와 함께 시간을 보낼 수 있었는데 그렇게 하지 못한 것이 유감스럽다는 뜻이다.

3595　아침에 떠나/ 노를 저어서 오면/ 무코(武庫)의 포구의/ 물이 빠진 갯벌에/ 학 우는 소리 나네

🌸 **해설**

　　아침에 포구를 떠나 노를 저어서 오면 무코(武庫) 포구의 물이 빠진 갯벌에는 학이 우는 소리가 들리네라는 내용이다.
　　私注에서는, '여름 6월에 출발한 것으로 보이므로 양력 7월 하순에서 8월 상순경으로 생각되기 때문에 학이 우는 계절인지 아닌지 의문스럽다'고 하였다『萬葉集私注』8, p.17].

3596 和伎母故我　可多美尓見牟乎　印南都麻　之良奈美多加弥　与曽尓可母美牟

　　　吾妹子が　形見に見むを　印南都麻[1]　白波高み　外に[2]かも見む

　　　わぎもこが　かたみにみむを　いなみつま　しらなみたかみ　よそにかもみむ

3597 和多都美能　於伎津之良奈美　多知久良思　安麻乎等女等母　思麻我久流見由

　　　わたつみの[3]　沖つ白波[4]　立ち來らし　海人少女ども　島隠る[5]見ゆ

　　　わたつみの　おきつしらなみ　たちくらし　あまをとめども　しまがくるみゆ

3598 奴波多麻能　欲波安氣奴良之　多麻能宇良尓　安佐里須流多豆　奈伎和多流奈里

　　　ぬばたまの[6]　夜は明けぬらし[7]　玉の浦[8]に　あさりする鶴　鳴き[9]渡るなり[10]

　　　ぬばたまの　よはあけぬらし　たまのうらに　あさりするたづ　なきわたるなり

---

1 **印南都麻**: 숨겨 놓은 아내의 전설을 가지고 있는 지명 'いなみつま'를, 아내를 생각하는 추억거리로 한다. 兵庫縣 加古川의 하구이다.
2 **外に**: 멀리서.
3 **わたつみの**: 두려움이 있다.
4 **沖つ白波**: 거친 파도이다.
5 **島隠る**: 파도를 피해서.
6 **ぬばたまの**: 烏扇(범부채). 열매의 검은 색으로 인해 검은 것을 수식하는 枕詞이다.
7 **夜は明けぬらし**: 학의 소리에 의한 추량이다.
8 **玉の浦**: 岡山縣 倉敷市 玉島인가, 岡山市 西大寺인가.
9 **鳴き**: 6월 말에 학이 있다는 것을 의문시하는 견해가 있다.
10 **渡るなり**: 傳聞 추정이다.

3596 나의 아내의/ 흔적으로 보려는/ 이나미츠마(印南都麻)/ 흰 파도가 높아서/멀리서 보는 걸까

해설

나의 아내로 생각하고 보고 싶은데 이나미츠마(印南都麻)는 흰 파도가 높아서 멀리서 보아야 하는 것일까라는 내용이다.

이나미츠마(印南都麻)를 가까이에서 보면서 아내를 생각하고 싶은데, 파도 때문에 멀리서 보아야만 하는 아쉬움을 노래한 것이다.

'이나미츠마(印南都麻)'의 '츠마'가 일본어 '아내'라는 뜻이므로 거기에 이끌려 지어진 노래이다.

3597 바다의 신의/ 바다의 흰 파도가/ 오는 듯하네/ 소녀 해녀들 배가/ 섬에 숨는 것 보네

해설

바다의 신이 다스리는 바다의 흰 파도가 일어나 밀려오는 듯하네. 소녀 해녀들이 탄 배가 파도를 피해 섬으로 숨으려고 노를 저어가는 것이 보이네라는 내용이다.

3598 (누바타마노)/ 밤은 샌 듯하네요/ 타마(玉)의 포구에/ 먹이를 찾는 학이/ 울며 나는 것 같네

해설

칠흑같이 어두운 밤이 지나고 날이 샌 듯하네. 타마(玉) 포구에서 먹이를 찾는 학이 울며 나는 것 같네라는 내용이다.

3599　月余美能　比可里乎伎欲美　神嶋乃　伊素末乃宇良由　船出須和礼波

　　　月よみ¹の　光を清み　神島²の　磯廻³の浦ゆ　船出すわれは

　　　つくよみの　ひかりをきよみ　かみしまの　いそまのうらゆ　ふなですわれは

3600　波奈礼蘇尓　多弖流牟漏能木　宇多我多毛　比佐之伎時乎　須疑尓家流香母

　　　離磯⁴に　立てるむろの木⁵　うたがたも⁶　久しき時を　過ぎにけるかも

　　　はなれそに　たてるむろのき　うたがたも　ひさしきときを　すぎにけるかも

3601　之麻思久母　比等利安里宇流　毛能尓安礼也　之麻能牟漏能木　波奈礼弖安流良武

　　　しましくも⁷　一人あり得る　ものにあれや⁸　島のむろの木　離れてあるらむ⁹

　　　しましくも　ひとりありうる　ものにあれや　しまのむろのき　はなれてあるらむ

左注　右八首, 乗船入海路上作哥

---

1 **月よみ**: 달이다.
2 **神島**: 岡山縣 笠岡市라는 설과 廣島縣 福山市라는 설이 있다.
3 **磯廻**: 'ま'는 'み'와 같다. 灣曲을 말한다.
4 **離磯**: 鞆浦의 仙醉島인가. 旅人도 노래하였다. 446번가 이하.
5 **むろの木**: 두송나무이다.
6 **うたがたも**: 진실로.
7 **しましくも**: 'しましく'는 'しばらく(잠시)'와 같다.
8 **ものにあれや**: 'や'는 강한 부정을 동반한 의문을 나타낸다.
9 **離れてあるらむ**: 이유를 추량하고 있다.

3599 떠 있는 달의/ 빛이 청량하므로/ 카미시마(神島)의/ 이소(磯)의 포구에서/ 배를 내네요
　　　나는

🌸 **해설**

　　달빛이 맑고 깨끗해서 카미시마(神島)의 이소(磯)의 포구에서 배를 내네요. 나는이라는 내용이다.
私注에서는, '神島 포구에서 밤에 배를 정박을 하지 않고 달이 밝은 것을 이용해서 계속 항해를 하려고
하는 때의 작품일 것이다'고 하였다『萬葉集私注』 8, p.20). '磯廻'를 지명으로 보는 설과 그렇지 않다고
보는 설이 있다.

3600 떨어진 바위/ 서 있는 두송나무/ 정말 참으로/ 길고 긴 세월을요/ 지내온 것이네요

🌸 **해설**

　　떨어진 섬의 바위에 서 있는 두송나무는 참으로 길고 긴 세월을 지내온 것이네요라는 내용이다.
'うたがたも'를 大系와 全集에서는 '틀림없이'로 해석하였다(大系『萬葉』 4, p.59), (全集『萬葉集』
4, p.48)]. 私注에서는, '불안정하게'로 해석하였다『萬葉集私注』 8, p.21). 注釋과 吉井 巖은, '허망하게도'
로 해석하였다(『萬葉集注釋』 15, p.28), (『萬葉集全注』 15, p.63)]. '불안정하게'나 '허망하게도' 보다는
'참으로'가 어울릴 듯하다.

3601 잠깐이라도/ 혼자서 있는 것이/ 가능한 것일까/ 바위의 두송나무/ 떨어져서 있는 걸까

🌸 **해설**

　　잠깐이라도 혼자서 있는 것이 어떻게 가능한 것일까. 섬의 두송나무는 왜 떨어진 외딴 바위에 있는
것일까라는 내용이다.
　　작자는 아내와 잠시라도 헤어져서 혼자 있기가 힘들고 외로운데 두송나무는 왜 오랜 세월을 혼자서
있는 것일까라는 뜻이다.
　　大系와 私注에서는 '잠시라도 혼자서 있을 수 있는 것이므로 섬의 두송나무는 저렇게 떨어져서 있는
것일까'로 해석하였다(『萬葉集』 4, p.59), (『萬葉集私注』 8, p.22)]. 이렇게 해석하면 'しましくも'의 해석
이 어색하게 된다. 작자가 잠시라도 혼자 있을 수 없다고 해석하는 것이 좋은 것 같다.

　　좌주 위의 8수는, 배를 타고 바다로 나가 항로에서 지은 노래

當所誦詠[1]古謌

3602　安乎尓余志　奈良能美夜古尓　多奈妣家流　安麻能之良久毛　見礼杼安可奴加毛

　　　あをによし[2]　奈良の都に　たなびける　天の白雲　見れど飽かぬかも[3]

　　　あをによし　ならのみやこに　たなびける　あまのしらくも　みれどあかぬかも

　　　左注　右一首, 詠雲

3603　安乎楊疑能　延太伎里於呂之　湯種蒔　忌忌伎美尓　故非和多流香母

　　　青柳の　枝きり下し[4]　齋種蒔き[5]　ゆゆしき君に　戀ひ渡るかも

　　　あをやぎの　えだきりおろし　ゆたねまき　ゆゆしききみに　こひわたるかも

---

1 **當所誦詠**: 감동을 받은 장소에서 불렀다.
2 **あをによし**: 靑, 丹과 제4구의 白의 조화.
3 **見れど飽かぬかも**: 찬양하는 노래의 상투적인 표현이다.
4 **枝きり下し**: 파종 의례로, 물이 들어가는 곳에 버드나무 가지를 꽂은 것인가.
5 **齋種蒔き**: '齋'에서 다음으로 이어진다.

감동을 받은 곳에서 부른 옛 노래

3602 (아오니요시)/ 나라(奈良)의 도읍지에/ 쏠리어 있는/ 하늘의 흰 구름은/ 봐도 싫증나지 않네

🌼 해설

　푸른 흙과 붉은 흙이 좋은 나라(奈良)의 도읍지에 쏠리어 있는 하늘의 흰 구름은 아무리 보아도 싫증이 나지를 않네라는 내용이다.

　全集에서는, '여행 중에 흰 구름을 보고 奈良 도읍지에서의 옛 노래를 생각해내고 읊조린 것'이라고 하였다『萬葉集』 4, p.49].

　'あをによし'는 奈良을 상투적으로 수식하는 枕詞이다.

　　좌주 위의 1수는 구름을 노래

3603 푸른 버들의/ 가지를 잘라 꽂고/ 씨를 뿌리듯/ 삼가해야 할 그대/ 계속 그리워하네

🌼 해설

　푸른 버들의 가지를 잘라서 밭에 꽂고, 삼가하여 정결하게 한 씨를 뿌리듯이, 그렇게 삼가하고 가까이 하기를 두려워해야 할 그대를 계속 그리워하네라는 내용이다.

　全集에서는, '푸른 버들가지를 꺾어서 못자리의 중앙에 꽂고 그 뿌리가 내리고 잎이 나오는 것을 보고 농사의 길흉을 점치는 풍속에 의해 'ゆゆし'를 수식하였다'고 하였다『萬葉集』 4, p.49].

　全集에서는, '사랑해서는 안 되는 상대를 사랑하는 노래'라고 하였다『萬葉集』 4, p.49]. 吉井 巖은, '천황의 명령을 따라서 항해를 해야 하는, 신라로 사신을 떠나는 일행들의 상황을 아내의 입장에서 표현한 것'이라고 하였다『萬葉集全注』 15, p.69].

3604　妹我素弓　和可礼弖比左尓　奈里奴礼杼　比登比母伊毛乎　和須礼弖於毛倍也

妹が袖　別れて¹久に　なりぬれど　一日も妹を　忘れておもへや²

いもがそで　わかれてひさに　なりぬれど　ひとひもいもを　わすれておもへや

3605　和多都美乃　宇美尓伊弓多流　思可麻河伯　多延無日尓許曽　安我故非夜麻米

わたつみの³　海に出でたる　飾磨川⁴　絶えむ日にこそ⁵　吾が戀止まめ

わたつみの　うみにいでたる　しかまがは　たえむひにこそ　あがこひやまめ

左注　右三首, 戀歌

3606　多麻藻可流　乎等女乎須疑弖　奈都久佐能　野嶋我左吉尓　伊保里須和礼波

玉藻苅る⁶　乎等女を過ぎて　夏草の⁷　野島が崎に　廬すわれは

たまもかる　をとめをすぎて　なつくさの　のしまがさきに　いほりすわれは

左注　柿本朝臣人麿歌曰⁸, 敏馬乎須疑弖　又曰, 布祢知可豆伎奴

---

1 **別れて**: 2608번가와 유사하다.
2 **忘れておもへや**: 947번가와 유사하다. 'や'는 강한 부정을 동반한 의문을 나타낸다.
3 **わたつみの**: 바다의 신. 바다라는 뜻이 되었다. 큰 바다라는 뜻을 담아서 'わたつみの海'라고 하였다. 海를 상투적으로 수식하는 枕詞이다.
4 **飾磨川**: 船場川.
5 **絶えむ日にこそ**: 끊어지는 날이 없다. 3004번가에 비슷한 표현이 보인다.
6 **玉藻苅る**: 소녀의 동작에서 지명 乎等女로 이어진다. 乎等女는 葦屋처녀 전설의 땅인가.
7 **夏草の**: 여름풀이 무성한 들판이다. 소녀에서 황량한 곳으로 여행한다. 그곳에서 숙박한다. 野島が崎는 兵庫縣 淡路島 북쪽 끝이다.
8 **柿本朝臣人麿歌曰**: 250번가에 의한 설명이다.

3604 아내의 소매/ 떠나서 이미 오래/ 되었지만요/ 하루라도 아내를/ 잊을 수가 있을까요

🌸 **해설**

　　아내와 서로 교차하던 옷소매를 떠나 헤어진 지 이미 며칠이나 되었지만 하루라도 아내를 어찌 잊을 수가 있을까요라는 내용이다.

　　全集에서는, '3603번가와 창화한 노래일 것이다'고 하였다『萬葉集』 4, p.49].

3605 바다의 신의/ 바다로 흘러가는/ 시카마(飾磨) 강물/ 끊어지는 날에야/ 내 사랑 그치겠지

🌸 **해설**

　　바다의 신이 다스리는 바다로 흘러가는 시카마(飾磨) 강의 물이 끊어지는 날이 있다면 그날에야 나의 사랑이 그치겠지라는 내용이다.

　　시카마(飾磨) 강의 물이 끊어지는 날이 없을 것이므로 작자의 사랑도 끊임이 없을 것이라는 뜻이다.

　　中西 進은 1수 전체가 옛 노래가 아니며 뒷부분이 옛 노래에 의한 것이라고 하였다.

　　'飾磨川'을 大系에서는, '姬路市를 흘러서 飾磨區의 바다로 들어가는 船場川의 옛 이름'이라고 하였다『萬葉集』 4, p.60].

　　[좌주] 위의 3수는, 사랑의 노래

3606 해초를 뜯는/ 오토메(乎等女)를 지나서/ (나츠쿠사노)/ 노시마(野島)의 곳에서/ 야숙을 하네 나는

🌸 **해설**

　　해초를 뜯는 소녀, 소녀라는 뜻의 오토메(乎等女)를 지나서 여름풀이 무성한 들이라는 뜻을 이름으로 한 노시마(野島)의 곳에서 야숙을 하네 나는이라는 내용이다.

　　[좌주] 카키노모토노 아소미 히토마로(柿本朝臣人麿)의 노래에 이르기를, 미누메(敏馬)를 통과해서(敏馬を過ぎて). 또 말하기를, 배는 가까워졌네(船近づきぬ)라고 하였다.

3607 之路多倍能　藤江能宇良尓　伊射里須流　安麻等也見良武　多妣由久和礼乎

白栲の[1]　藤江の浦[2]に　漁する　海人[3]とや見らむ　旅行くわれを

しろたへの　ふぢえのうらに　いざりする　あまとやみらむ　たびゆくわれを

左注　柿本朝臣人麿歌曰[4], 安良多倍乃　又曰, 須受吉[5]都流　安麻登香見良武

3608 安麻射可流　比奈乃奈我道乎　孤悲久礼婆　安可思能門欲里　伊敞乃安多里見由

天離る[6]　鄙の長道を[7]　戀ひ來れば　明石の門より　家[8]のあたり見ゆ

あまざかる　ひなのながちを　こひくれば　あかしのとより　いへのあたりみゆ

左注　柿本朝臣人麿歌曰 夜麻等[9]思麻見由

3609 武庫能宇美能　尓波余久安良之　伊射里須流　安麻能都里船　奈美能宇倍由見由

武庫の海[10]の　庭[11]よくあらし　漁する　海人の釣船　波の上ゆ[12]見ゆ

むこのうみの　にはよくあらし　いざりする　あまのつりふね　なみのうへゆみゆ

左注　柿本朝臣人麿歌曰[13], 氣比[14]乃宇美能又曰, 可里許毛能　美太礼弖出見由　安麻能都里船

---

1 **白栲の**: 흰 천. 여기서는 천을 상투적으로 수식하는 枕詞이다. 藤은 거친 섬유이며 통상적으로 '荒栲の'라고 한다.
2 **藤江の浦**: 兵庫縣　明石市.
3 **海人**: 당시 다른 시골 백성으로 보여지고 있었다.
4 **柿本朝臣人麿歌曰**: 252번가에 의한 설명이다.
5 **須受吉(すずき)**: 물고기의 이름이다.
6 **天離る**: 하늘을 멀리 벗어났다. '鄙'를 상투적으로 수식하는 枕詞이다.
7 **鄙の長道を**: 255번가에는 'ゆ'라고 되어 있다.
8 **家**: 고향이다.
9 **夜麻等(大和島)**: 大和를 포함하는 島山. 실제로는 生駒·葛城의 연이은 봉우리를 본 것인가. 255번가에 의한 설명이다.
10 **武庫の海**: 難派 포구에서 비교적 가깝다.
11 **庭**: 해면.
12 **波の上ゆ**: 'ゆ'는 경과를 나타낸다. 파도 사이로.
13 **柿本朝臣人麿歌曰**: 256번가에 의한 설명이다.
14 **氣比(笥飯)**: 淡路島의 서해안이다.

3607 (시로타헤노)/ 후지에(藤江)의 포구서/ 고기를 잡는/ 어부라고 볼 건가/ 여행을 하는 나를

✿ **해설**

사람들은 후지에(藤江)의 포구에서 고기를 잡는 어부라고 볼 것인가. 여행을 하고 있는 나를이라는 내용이다.

좌주 카키노모토노 아소미 히토마로(柿本朝臣人麿)의 노래에 이르기를, 아라타헤노(荒たへの). 또 말하기를, 농어를 낚는 어부라고 볼 건가(鱸釣る 海人とか見らむ)라고 하였다.

3608 (아마자카루)/ 시골의 멀고 먼 길/ 그리며 오면/ 아카시(明石) 해협에서/ 고향 쪽이 보이네요

✿ **해설**

아득하게 먼 시골의 길고 긴 길을 도읍을 그리워하면서 오면 아카시(明石) 해협으로부터 고향 쪽이 보이네요라는 내용이다.

吉井 巖은, '이 작품은 國見歌의 발상을, 고향을 그리워하는 여행 노래로 사용한 것일 것이다'고 하였다 [『萬葉集全注』 15, p.76].

좌주 카키노모토노 아소미 히토마로(柿本朝臣人麿)의 노래에 이르기를, 야마토(大和) 섬 보이네 (大和島見ゆ)라고 하였다.

3609 무코(武庫)의 바다의/ 표면은 잠잠한 듯/ 고기를 잡는/ 어부의 낚싯배가/ 파도 사이로 보이네

✿ **해설**

무코(武庫)의 바다의 표면은 파도가 그다지 세지 않고 잠잠한 듯하네. 고기를 잡는 어부의 낚싯배가 파도 사이로 보이네라는 내용이다.

'波の上ゆ'를 大系・私注・注釋・全集・全注에서는 '파도 위로 보이네'로 해석하였다. 해면이 잠잠하다고 하였고, '上'을 사용하였으므로 '파도 사이로'보다는 '파도 위로 보이네'가 더 좋은 해석 같다.

좌주 카키노모토노 아소미 히토마로(柿本朝臣人麿)의 노래에 이르기를, 케히(筍飯)의 바다의(筍飯の海の), 또 말하기를, 벤 풀과 같이 어지럽게 나감 보네 어부의 고깃배여(苅薦の 亂れて出づ見ゆ 海人の釣舟)라고 하였다.

3610 安胡乃宇良尓　布奈能里須良牟　乎等女良我　安可毛能須素尓　之保美都良武賀

あごのうらに　ふなのりすらむ　をとめらが　あかものすそに　しほみつらむか

安胡の浦¹に　船乗りすらむ　少女らが　赤裳²の裾に　潮満つらむか

あごのうらに　ふなのりすらむ　をとめらが　あかものすそに　しほみつらむか

> **左注**　柿本朝臣人麿歌曰³, 安美能宇良⁴
>
> 又曰, 多麻母⁵能須蘇尓

七夕歌一首

3611 於保夫祢尓　麻可治之自奴伎　宇奈波良乎　許藝弖天和多流　月人乎登古

大船に　眞楫⁶繁貫き　海原を　漕ぎ出て渡る　月人壯子⁷

おほふねに　まかぢしじぬき　うなはらを　こぎでてわたる　つきひとをとこ

> **左注**　右, 柿本朝臣人麿歌⁸

---

1 **安胡の浦**: 三重縣의 英虞(아고)灣인가. 安藝라는 설은 너무 멀다.
2 **赤裳**: 관직에 있는 여성의 치마 풍의 下衣.
3 **柿本朝臣人麿歌曰**: 40번가에 의한 설명이다.
4 **安美能宇良(網の浦)**: 三重縣 鳥羽市인가.
5 **多麻母(玉裳)**: 玉은 美稱이다.
6 **眞楫**: 배의 양쪽 현에 단 노를 말한다.
7 **月人壯子**: 달을 의인화한 것이다. 月人인 남자이다.
8 **柿本朝臣人麿歌**: 만엽집에 보이지 않는다. 더구나 칠석을 직접 노래한 것도 아니다.

3610 아고(安胡)의 포구에/ 뱃놀이 하고 있을/ 아가씨들의/ 빨간 치맛자락에/ 바다 물결이 칠까

❀ 해설

아고(安胡)의 포구에서 배를 타고 놀고 있을 것인 소녀들의 빨간 치맛자락에 물결이 치고 있을까라는 내용이다.

全集에서는, '持統 천황 6년에 伊勢 행행이 있었고 그 때 藤原京에 머물고 있던 柿本人麻呂는, 함께 따라간 여성 관료들이 뱃놀이를 즐기고 있을 것이라고 상상하여 노래를 짓고 있다'고 하였다[『萬葉集』 4, p.51].

좌주 카키노모토노 아소미 히토마로(柿本朝臣人麿)의 노래에 이르기를, 아마(網)의 포구(網の 浦). 또 말하기를, 고운 치맛자락에(玉裳の裾に)라고 하였다.

全集에서는, '이 左注의 형식은 40번가와 같다. 이상 5수의 노래는 권제1과 권제3의 人麻呂의 노래와 그 노래 구에 차이가 있다. 좌주에서 내보인 것이 그것들의 원형이라고 생각되는 것에 가깝지만 그래도 다소 차이가 있다'고 하였다[『萬葉集』 4, p.51].

칠석 노래 1수

3611 커다란 배에/ 노를 많이 달고서/ 넓은 바다를/ 저어가서 건너는/ 달의 사람 남자여

❀ 해설

큰 배의 양쪽 현에 멋진 노를 많이 달고는 넓은 바다를 저어가서 건너는 달의 사람 남자여라는 내용이다.

大系에서는, '月人壯子를 겨우라고 하는 설도 있으나 칠석을 소재로 한 한시에 달이 나오는 관습을 모방한 것이다'고 하였다[『萬葉集』 4, pp.62~63].

吉井 巖은, '이 칠석 노래를, 첫 부분의 제목으로 일괄되는 제1부의 마지막에 넣은 것은 서로 헤어져서 다시 가을인 7월에 재회한다고 하는 주제를 한층 강조한 것이었다. 그리고 사신들은 칠석 때 서로 만나는, 하늘에 빛나는 달에 자신들의 배를 비유하고, 달의 남자에 스스로를 비유하여 건너갔다고 말하려는 것이다. 칠석 때 불리어진 것은 아니고 의도에 따라 칠석 노래 중에서 선택하여 첨가된 것이다'고 하였다[『萬葉集全注』 15, p.84].

좌주 위는, 카키노모토노 아소미 히토마로(柿本朝臣人麿)의 노래

備後國水調郡長井浦[1]舶泊之夜作歌三首

3612 安乎尓与之 奈良能美也故尓 由久比等毛我母 久左麻久良 多妣由久布祢能 登麻利都豆
武仁[旋頭歌也]

あをによし[2] 奈良の都に 行く人もがも 草枕[3] 旅行く船の 泊告げむに[4][旋頭歌[5]なり]

あをによし ならのみやこに ゆくひともがも くさまくら たびゆくふねの とまりつげ
むに[せどうかなり]

左注 右一首, 大判官[6]

3613 海原乎 夜蘇之麻我久里 伎奴礼杼母 奈良能美也故波 和須礼可祢都母

海原を 八十島隠り[7] 來ぬれども 奈良の都は 忘れかねつも[8]

うなはらを やそしまがくり きぬれども ならのみやこは わすれかねつも

3614 可敝流散尓 伊母尓見勢武尓 和多都美乃 於伎都白玉 比利比弖由賀奈

歸るさ[9]に 妹に見せむに わたつみの 沖つ白玉[10] 拾ひて行かな[11]

かへるさに いもにみせむに わたつみの おきつしらたま ひりひてゆかな

---

1 **備後國水調郡長井浦**: 廣島縣 三原市 絲崎港.
2 **あをによし**: 아름다운 풍경에 도읍을 생각한다.
3 **草枕**: 지금은 항해 중이며 육로로 가는 것은 아니지만 힘들다는 표현이다.
4 **泊告げむに**: 가족에게.
5 **旋頭歌**: 577·577 형식의 노래이다. 본래 집단구송가의 형식이나 이 무렵에는 개인의 창작에도 사용되었다.
6 **大判官**: 부사 다음의 관료이다. 여기에서는 **壬生使主宇太**(미부노오미우다)麿.
7 **海原を 八十島隠り**: 섬들을 지나서. '原', '八十'은 강조를 나타낸다.
8 **忘れかねつも**: 'つ'는 완료를 나타내는 조동사이다.
9 **歸るさ**: 'さ'는 때를 말한다.
10 **沖つ白玉**: 'おき'는 평면으로도 상하로도 말한다. 바닥에서 파도가 끌어낸 해변의 진주. 白玉은 진주 등이다.
11 **拾ひて行かな**: 'な'는 원망을 나타내는 종조사이다.

키비노 미치노시리(備後)國 미츠키(水調)郡의
나가이(長井) 포구에 배를 정박한 밤에 지은 노래 3수

3612 (아오니요시)/ 나라(奈良)의 도읍지로/ 가는 사람 있다면/ (쿠사마쿠라)/ 여행을 가는 배의
/ 정박을 알릴 텐데[旋頭歌이다]

해설

　푸른 흙 붉은 흙이 좋은 나라(奈良)의 도읍지로 가는 사람이 만약 있다면 좋겠네. 그렇다면 내가
타고 있는, 힘든 여행을 하고 있는 배가 오늘 밤 정박하는 것을 알려줄 텐데[577·577형식의 旋頭歌이다]
라는 내용이다.
　자신이 타고 있는 배가 정박하는 곳 등, 소식을 가족들에게 알리고 싶은 마음을 노래한 것이다.

　　　[좌주]　위의 1수는, 大判官

3613 넓은 바다를/ 많은 섬들 지나서/ 왔지만서도/ 나라(奈良)의 도읍지는/ 잊기가 힘드네요

해설

　넓고 넓은 바다 위를, 많은 섬들을 지나서 멀리 왔지만 여전히 나라(奈良)의 도읍지는 잊어버리기가
힘드네요라는 내용이다.
　도읍을 떠나 멀리까지 왔지만 역시 도읍 생각이 난다는 내용이다.

3614 돌아갔을 때/ 아내에게 보이자/ 바다의 신의/ 바다의 진주일랑/ 주워 가지고 가자

해설

　돌아갔을 때 사랑하는 아내에게 보여주기 위해 바다의 진주를 주워 가지고 가자라는 내용이다.
　私注에서는 이 작품도 앞의 작품(3613번가)과 동일 작자의 작품으로 보았다[『萬葉集私注』 8, p.33].

風速浦¹舶泊之夜作歌二首

3615　和我由恵仁　妹奈氣久良之　風早能　宇良能於伎敝尓　奇里多奈妣家利

わが故に　妹嘆くらし　風早の　浦の沖邊に²　霧たなびけり

わがゆゑに　いもなげくらし　かざはやの　うらのおきへに　きりたなびけり

3616　於伎都加是　伊多久布伎勢婆　和伎毛故我　奈氣伎能奇里尓　安可麻之母能乎

沖つ風　いたく吹きせば³　吾妹子が　嘆きの霧に　飽かましものを⁴

おきつかぜ　いたくふきせば　わぎもこが　なげきのきりに　あかましものを

---

1 **風速浦**: 廣島縣 竹原市의 서쪽이다.
2 **浦の沖邊に**: 'へ'는 근처이다.
3 **いたく吹きせば**: 현실에 반대되는 가상의 현실을 나타내는 조사이다. 실제로는 바다를 이동하기만 하는 안개이며 강풍은 아니다.
4 **飽かましものを**: 충분한 상태이다.

카자하야(風速) 포구에 배를 정박한 밤에 지은 노래 2수

3615 나 때문에요/ 아내 탄식하나 봐/ 카자하야(風早)의/ 포구 바다 근처에/ 안개가 끼어 있네

🌸 해설

나 때문에 아내가 탄식을 하고 있는가 보다. 카자하야(風早) 포구의 바다 근처에 안개가 끼어 있는 것을 보니 그렇다는 내용이다.

카자하야(風早) 포구의 바다 근처에 끼어 있는 안개가, 작자를 생각하는 아내의 한숨이라고 보고 노래한 것이다.

3616 바닷바람이/ 강하게 불어오면/ 나의 아내가/ 탄식하는 안개에/ 충분히 닿을 텐데

🌸 해설

바닷바람이 만약 강하게 불어온다면 바람이 안개를 몰아올 것이고 그렇다면 나의 아내가 탄식하는 한숨이 변하여 된 안개에 충분히 닿을 수 있을 텐데라는 내용이다.

바람이 강하게 불면 작자를 생각하면서 내쉬는 아내의 한숨이 변하여 된 안개에 충분히 닿아서 아내를 만난 것처럼 아내를 느낄 수 있을 텐데 그렇지 못하니 아쉽다는 뜻이다.

安藝國長門嶋[1]舶泊礒邊作歌五首

3617 伊波婆之流　多伎毛登杼呂尓　鳴蟬乃　許惠乎之伎氣婆　京師之於毛保由

石走る　瀧[2]もとどろに　鳴く蟬の　聲をし聞けば[3]　都し思ほゆ

いはばしる　たきもとどろに　なくせみの　こゑをしきけば　みやこしおもほゆ

左注 右一首，大石蓑麿[4]

3618 夜麻河伯能　伎欲吉可波世尓　安蘇倍杼母　奈良能美夜故波　和須礼可祢都母

山川の[5]　清き川瀬に　遊べども　奈良の都は　忘れかねつも[6]

やまがはの　きよきかはせに　あそべども　ならのみやこは　わすれかねつも

---

1 **長門嶋**: 廣島縣 吳市의 남쪽, 倉橋島이다.
2 **石走る 瀧**: 완곡한 표현이다. 급류 등이다. 'とどろに'는 매미의 우는 소리를 형용한 것이다.
3 **聲をし聞けば**: 매미의 소리에서 급류(吉野 등)를 연상하여 도읍을 생각한다.
4 **大石蓑麿**: 寫經生 출신. 지위가 낮은 관리인가.
5 **山川の**: 여기서는 산지에서 흘러내리는 개울을 말한다.
6 **忘れかねつも**: 3613번가와 같다. 일행이 공통적으로 느끼는 감정을, 같은 구로 즐겨서 표현한 것이겠다.

아키(安藝)國의 나가토(長門) 섬에서 해안에 배를 정박하고 지은 노래 5수

3617 바윌 흐르는/ 급류 울릴 정도로/ 우는 매미의/ 소리를 들으면요/ 도읍이 생각나네요

바위 위를 흐르는 급류 소리도 울릴 정도로 시끄럽게 울어대는 매미의 소리를 들으면 도읍이 생각나네
요라는 내용이다.
'瀧もとどろに 鳴く蟬の 聲'을 大系에서는, '급류 소리보다 더 시끄럽게 울어대는 매미의 소리'로 해석
하였다『萬葉集』 4, p.64].

> 좌주 위의 1수는, 오호이시노 미노마로(大石蓑麿)
> '大石蓑麿'를 大系에서는, '天平 18년 12월의 王廣麿寫經生手實斷簡 속에 이름이 보이며 東大寺 寫經
> 所에 근무했던 것을 알 수 있다'고 하였다『萬葉集』 4, p.64].

3618 산속 개울의/ 맑은 옅은 여울에/ 놀아 보아도/ 나라(奈良)의 도읍은요/ 잊을 수가 없네요

산속 개울의 맑은 옅은 여울에서 주연을 베풀며 놀아 보아도 역시 도읍인 나라(奈良)를 잊을 수가
없네요라는 내용이다.
즐겁게 놀아도 역시 고향 생각이 사라지지 않는 것을 노래한 것이다.

3619 伊蘇乃麻由　多藝都山河　多延受安良婆　麻多母安比見牟　秋加多麻氣弓

磯の間ゆ　激つ山河[1]　絶えずあらば　またもあひ見む[2]　秋かたまけて

いそのまゆ　たぎつやまがは　たえずあらば　またもあひみむ　あきかたまけて

3620 故悲思氣美　奈具左米可祢弓　比具良之能　奈久之麻可氣尓　伊保利須流可母

戀繁み　慰めかねて[3]　ひぐらしの[4]　鳴く島陰に　廬するかも

こひしげみ　なぐさめかねて　ひぐらしの　なくしまかげに　いほりするかも

3621 和我伊能知乎　奈我刀能之麻能　小松原　伊久与乎倍弓加　可武佐備和多流

わが命を　長門の島[5]の　小松原[6]　幾代を經てか　神さびわたる[7]

わがいのちを　ながとのしまの　こまつばら　いくよをへてか　かむさびわたる

---

1 **山河**: 山河는 목숨을 비유한 것이다.
2 **またもあひ見む**: 'あひ見む'은 'かへり見む'(37번가 등)와 다르다.
3 **慰めかねて**: 계속 그립기 때문에 마음을 위로하기 힘들어.
4 **ひぐらしの**: 한층 여정을 부추기는 것이다.
5 **長門の島**: 목숨(命)이 길다(長)에서 長門의 섬.
6 **小松原**: 많은 소나무이다. '小'는 애칭이다.
7 **神さびわたる**: 'わたる'는 세월을 보내는 것이다.

3619 바위 사이로/ 흐르는 山河처럼/ 안 끊어진다면/ 또 만날 수 있겠지/ 가을 무렵이 되어

✿ 해설

바위 사이로 세차게 흐르는 산속의 개울처럼 내 목숨이 끊어지지 않고 있다면 다시 아내와 만날 수 있겠지. 가을 무렵이 되어서라는 내용이다.

'あひ見む'을 中西 進은 아내를 다시 만나는 것으로 해석하였다. 吉井 嚴도 中西 進과 마찬가지로 아내를 만나는 것으로 해석하였다『萬葉集全注』15, p.94]. 그런데 大系에서는, '동료와 함께 산천을 바라보는 것으로도, 산천에서 만나자는 뜻으로도 볼 수 있다. 또 'あひ'는 단순히 접두어로도 볼 수 있다'고 하였다『萬葉集』4, p.64]. 注釋과 全集에서도, '돌아올 때 다시 이 풍경을 바라보자'로 해석하였다[(『萬葉集注釋』15, p.49), (『萬葉集』4, p.54)]. 私注에서는, 아내를 다시 만나자는 마음 같아 보이지만 애매한 표현이며, 경치를 다시 보자는 뜻도 된다고 하였다『萬葉集私注』8, p.36].

3620 깊은 그리움/ 달래기가 힘들어/ 쓰르라미가/ 우는 섬 쪽에다가/ 임시 거처 만드네

✿ 해설

그리움이 계속 밀려와서 그 괴로움을 달래기가 힘들었기 때문에, 쓰르라미가 우는 섬 쪽에다가 임시로 숙박할 곳을 만드네라는 내용이다.

'戀繁み'를 大系에서는, '도읍(의 풍물과 사람들)을 그리워하는 마음'으로 해석하였다『萬葉集』4, p.65].

3621 (와가이노치오)/ 나가토(長門)의 섬의요/ 소나무 들판/ 몇 대를 지났는가/ 정말 신비스럽네

✿ 해설

내 목숨이 길기를 바란다는 뜻을 이름으로 한 나가토(長門) 섬의 소나무 들판은 얼마나 많은 세월이 지나서 이렇게 완전히 멋진 모습이 되었는가라는 내용이다.

從長門浦¹舶出之夜, 仰觀月光作歌三首

3622 月余美乃　比可里乎伎欲美　由布奈藝尓　加古能己惠欲妣　宇良末許具可聞

月よみ²の　光を清み³　夕凪に　水手⁴の聲呼び　浦廻⁵漕ぐかも

つくよみの　ひかりをきよみ　ゆふなぎに　かこのこゑよび　うらまこぐかも

3623 山乃波尓　月可多夫氣婆　伊射里須流　安麻能等毛之備　於伎尓奈都佐布

山の端に　月かたぶけば⁶　漁する　海人の燈火　沖になづさふ⁷

やまのはに　つきかたぶけば　いざりする　あまのともしび　おきになづさふ

3624 和礼乃未夜　欲布祢波許具登　於毛敝礼婆　於伎敝能可多尓　可治能於等須奈里

吾のみや　夜船は漕ぐと　思へれば　沖邊の方に　楫の音すなり⁸

われのみや　よふねはこぐと　おもへれば　おきへのかたに　かぢのおとすなり

---

1 **長門浦**: 廣島縣 吳市의 남쪽, 倉橋島.
2 **月よみ**: 달이다.
3 **光を清み**: '漕ぐ'로 이어진다. 게다가 저녁뜸이기도 해서.
4 **水手**: 'かぢこ'의 축약형이다.
5 **浦廻**: 'ま'는 'み'와 같다. 灣曲을 말한다.
6 **月かたぶけば**: 달빛이 사라지자 漁火가 잘 보인다. 3672번가와 다른 풍취이다.
7 **なづさふ**: 본래 물에 잠긴다는 뜻이다. 여기서는 배가 浮沈하는 모양을 나타낸다.
8 **楫の音すなり**: 'なり'는 傳聞 추정이다.

나가토(長門) 포구에서 배가 출발한 밤에 달빛을 바라보며 지은 노래 3수

3622 저녁달의요/ 빛이 밝고 좋아서/ 저녁뜸에요/ 선원들 소리 맞춰/ 포구 노 저어 가네

✿ 해설

> 달빛이 밝고 좋아서 저녁 무렵 바람이 잠잠한 때에 선원들이 소리를 맞추면서 해안을 노를 저어서 가네라는 내용이다.

3623 산 끝 쪽으로/ 달이 기울어지면/ 고기를 잡는/ 어부들의 어화가/ 바다에 떠 있네요

✿ 해설

> 산 끝 쪽으로 달이 기울어져서 달빛이 없어지면, 밤에 고기를 잡는 어부들이 밝힌 불이 바다의 파도 사이로 보였다가 사라졌다가 하네요라는 내용이다.
> 中西 進은 이 작품이 뛰어난 노래라고 하였다.

3624 나 혼자만이/ 밤에 배 노 젓는다/ 생각하는데/ 바다 가운데에서/ 노 소리 나는 듯하네

✿ 해설

> 나 혼자만이 밤에 배를 노 젓고 있다고 생각을 하고 있는데 바다 한가운데에서 노를 젓는 소리가 들리는 듯하네라는 내용이다.
> 밤에 작자가 타고 있는 배만 노를 저으며 항해를 한다고 생각하고 있었는데 바다에서 다른 배가 노를 젓고 있는 소리가 들리는 것 같다는 뜻이다.
> 적막한 바다를 항해하는 외로움에서 다른 배의 노 젓는 소리에 반가움을 표현한 것이겠다.
> 私注에서는, '밤에는 배를 내지 않는 것이 일반적이므로 노를 젓는 것은 자신들 뿐이라고 생각하고 있는데 희한하게도 그 외에도 노를 젓는 사람이 있어서 바다 쪽에서 노 소리가 들려온다고 하는 것이다. 다소 특수한 사건과 거기에 수반되는 감동을 노래하고 있다. 여행이 길어짐에 따라 점차 실제로 느끼는 감동을 노래하게 된 것일 것이다'고 하였다『萬葉集私注』 8, p.39].
> 吉井 巖은 밤에 출항한 근거에 대해, '후반의 大畠瀬戸를 통과하는 항해가 낮의 항해가 아니면 안 되었기 때문이다'고 하였다『萬葉集全注』 15, p.100].

古挽謌[1]一首并短謌

3625　由布左礼婆　安之敝尓佐和伎　安氣久礼婆　於伎尓奈都佐布　可母須良母　都麻等多具比弖

和我尾尓波　之毛奈布里曽等　之路多倍乃　波祢左之可倍弖　宇知波良比　左宿等布毛能乎

由久美都能　可敝良奴其等久　布久可是能　美延奴我其登久　安刀毛奈吉　与能比登尓之弖

和可礼尓之　伊毛我伎世弖思　奈礼其呂母　蘇弖加多思吉弖　比登里可母祢牟

夕されば　葦邊に騷き　明け來れば　沖になづさふ[2]　鴨すらも[3]　妻と副ひて[4]　わが尾には
霜な降りそと　白妙の[5]　羽さし交へて　打ち拂ひ　さ寢とふ[6]ものを　行く水の　還らぬ如く
吹く風の　見えぬ如く　跡も無き[7]　世の人にして　別れにし　妹が着せてし　藝れ衣[8]
袖片敷きて[9]　一人かも寢む

ゆふされば　あしべにさわき　あけくれば　おきになづさふ　かもすらも　つまとたぐひて
わがをには　しもなふりそと　しろたへの　はねさしかへて　うちはらひ　さぬとふものを
ゆくみづの　かへらぬごとく　ふくかぜの　みえぬがごとく　あともなき　よのひとにして
わかれにし　いもがきせてし　なれごろも　そでかたしきて　ひとりかもねむ

---

1 **古挽謌**: 구송되고 있던 오래된 挽歌라는 뜻이다. 앞부분의 전경, 독수공방이 현재 상황에 맞으므로 구송한
　것이다.
2 **沖になづさふ**: 물 위에 떴다가 날았다가 한다.
3 **鴨すらも**: 하물며 인간은이라는 뜻이다.
4 **妻と副ひて**: 挽歌에서의 'たぐひ'는 '두 사람이 나란히 있는 것'(794번가)이다.
5 **白妙の**: 흰 천이다. 여기서는 사람이 사랑하는 사람과 소매를 서로 교차하여 자는 표현을 응용한 것이다.
6 **さ寢とふ**: 'とふ'는 'といふ'의 축약형이다.
7 **跡も無き**: 무상한 세상이다.
8 **藝れ衣**: 오래 입어서 낡아진 옷이다.
9 **袖片敷きて**: 사랑하는 사람과 옷소매를 서로 교차해서 까는 것을 'ま(眞)'라고 생각하고, 반대로 혼자 자는
　것을 '片敷く'라고 한다.

옛 挽歌 1수와 短歌

3625 저녁이 되면/ 갈대 근처서 울고/ 날이 밝으면/ 바다로 날아가는/ 오리들조차/ 제 짝과 함께 하여/ 내 꼬리에는/ 서리 내리지 말라/ (시로타헤노)/ 날개 서로 교차해/ 털어 주면서/ 잠잔다고 하는데/ 흐르는 물이/ 못 돌아오는 듯이/ 부는 바람이/ 보이지 않는 듯이/ 흔적도 없는/ 세상 사람으로서/ 떠나가 버린/ 아내가 입혀 줬던/ 낡아진 옷의/ 소매 한쪽만 깔고/ 혼자서 자는 건가

해설

저녁이 되면 갈대밭 근처에서 울고, 날이 밝으면 바다 쪽으로 날아가서는 파도 사이에 떠 있는 오리들이여. 그런 오리들조차 제 짝과 함께 하여 꼬리 깃털에 차가운 서리가 내리지 말라고 흰 날개를 서로 교차해서 털어 주면서 잠을 잔다고 하는 것을. 흘러가는 물이 돌아오지 않는 것처럼, 부는 바람이 눈에 보이지 않는 것처럼, 남길 흔적도 없는 세상 사람으로서 죽어서 떠나 버린 아내. 그 아내가 입혀 준, 오래 입어서 낡아진 옷의 소매 한쪽만 깔고는 혼자서 자는 건가라는 내용이다.

오리조차 짝과 함께 지내며 잠을 자고 하는데, 인간으로서 마땅히 아내와 함께 잠을 자야 할 자신은 아내가 사망하고 없으므로 아내가 입혀 준 옷소매를 한쪽만 깔고 외롭게 잔다는 뜻이다.

挽歌이지만 제목에서 옛날 만가를 노래한 것이라고 하였으므로 작자의 아내가 실제로 사망한 것을 슬퍼하여 부른 것이 아니고, 여행을 하면서 아내 없이 자야 하는 외로운 마음을 옛 만가를 이용하여 나타낸 것이겠다.

이 작품에 대해 私注에서는, '이 長歌는 명백하게 권제4의(509번가) 丹比笠麿의 작품을 모방한 것이라고 생각되므로 이 노래의 작자는 丹比大夫, 또는 丹比笠麿로도 생각할 수 있지만 笠麿는 어떤 사람인지 알 수 없고 日本書紀에도 보이지 않는 것은 大夫라고 불릴 수 있는 5位 벼슬을 하지 않은 사람 같으며, 그런 점에서 보면 笠麿를 이 작품의 丹比大夫라고 하는 것은 이치에 맞지 않지만, 혹은 大夫를 단순한 경칭으로 사용한 것이라고 생각할 수 없는 것은 아니다. 이 노래는 다른 데는 보이지 않으므로 노래를 구송할 때 어느 정도 개변된 것인지도 모른다. 원래 작품은 만가이지만 여기에서는 만가를 필요로 하는 사건도 전해지고 있지 않으므로 아마도 아내와 작별하고 있는 마음을 丹比大夫의 만가로 나타내려고 한 것이겠다. 그러므로 뒷부분은 상당히 손질을 하고 내용을 바꾼 것이라 생각된다'고 하였다『萬葉集私注』8, p.41].

反歌一首

3626 多都我奈伎　安之敝乎左之弖　等妣和多類　安奈多頭多頭志　比等里佐奴礼婆

鶴[1]が鳴き　葦邊をさして　飛び渡る　あなたづたづし[2]　一人さ寝れば

たづがなき　あしへをさして　とびわたる　あなたづたづし　ひとりさぬれば

[左注]　右, 丹比大夫悽惆亡妻謌

属物發思[3]謌一首并短謌

3627 安佐散礼婆　伊毛我手尓麻久　可我美奈須　美津能波麻備尓　於保夫祢尓　真可治之自奴伎

可良久尓々　和多理由加武等　多太牟可布　美奴面乎左指天　之保麻知弖　美乎妣伎由氣婆

於伎敝尓波　之良奈美多可美　宇良末欲理　許藝弓和多礼婆　和伎毛故尓　安波治乃之麻波

由布左礼婆　久毛爲可久里奴　左欲布氣弖　由久敝乎之良尓　安我己許呂　安可志能宇良尓

布祢等米弖　宇伎祢乎詞都追　和多都美能　於枳敝乎見礼婆　伊射理須流　安麻能乎等女波

小船乗　都良々尓宇家里　安香等吉能　之保美知久礼婆　安之辨尓波　多豆奈伎和多流

安左奈藝尓　布奈弖乎世牟等　船人毛　鹿子毛許恵欲妣　柔保等里能　奈豆左比由氣婆

---

1 **鶴**: 학(たづ)의 발음을 제4구에서 'たづたづし'로 이어간다.
2 **あなたづたづし**: 의지할 곳 없는 상태를 말한다.
3 **属物發思**: 권제7에 '就所發思'와 '寄物發思', 권제12에 '羇旅發思'의 분류가 있다.

反歌 1수

3626 학이 울면서/ 갈대밭 근처 향해/ 날아가네요/ 아아 마음 외롭네/ 혼자 자고 있으니

해설

> 학이 울면서 갈대밭 근처를 향해서 날아가고 있네요. 아아 마음이 외롭네요. 혼자 잠을 자고 있으니라
> 는 내용이다.
> 학이 우는 소리를 들으며 아내 없이 혼자 잠을 자고 있으니 처량하다는 뜻이다.
> 全集에서는, '외롭게 갈대밭을 향하여 학이 날아가는 것처럼, 아아 외롭네. 혼자 자고 있으니'로 해석하
> 였다『萬葉集』 4, p.56〕.

> **좌주** 위는, 타지히노 마헤츠키미(丹比大夫)가 사망한 아내를 슬퍼하며 지은 노래이다.

사물에 촉발되어 생각을 표현한 노래 1수와 短歌

3627 아침이 되면/ 아내가 손에 쥐는/ 거울과 같은/ 미츠(御津)의 해변에서/ 크나큰 배에/ 노를
많이 달고는/ 신라 나라로/ 건너가려고 하여/ 바로 정면의/ 미누메(敏馬)를 향하여/ 조류
를 보아/ 항로를 따라 가면/ 바다 쪽은요/ 흰 파도 높으므로/ 해안을 따라/ 노를 저어
가면요/ (와기모코니)/ 아하지(淡路)의 섬은요/ 저녁이 되면/ 구름에 가리었네/ 밤이 깊어
서/ 갈 방향 알지 못해/ (아가코코로)/ 아카시(明石)의 포구에/ 배를 대고는/ 배에서 잠을
자며/ 넓은 바다의/ 바다 쪽 바라보면/ 고기를 잡는/ 소녀 해녀들은요/ 작은 배 타고/
점점이 떠 있네요/ 동이 틀 때의/ 조수가 밀려오면/ 갈대밭에는/ 학이 울며 날고요/ 아침뜸
에는/ 배를 출발시키려/ 사신 일행도/ 사공도 소리 맞춰/ (니호도리노)/ 부침하며 가면요/
이헤(家島)의 섬은/ 구름 쪽에 보이네/ 내가 생각는/ 마음 안정될까고/ 빨리 가서는/ 보려
고 생각해서/ 크나큰 배를/ 저어서 내가 가면/ 바다의 파도/ 높게 일어나 오네/ 멀리서만이

伊敝之麻婆　久毛爲尓美延奴　安我毛敝流　許己呂奈具也等　波夜久伎弖　美牟等於毛比弖　於保夫祢乎　許藝和我由氣婆　於伎都奈美　多可久多知伎奴　与曾能未尓　見都追須疑由伎　多麻能宇良尓　布祢乎等杼米弖　波麻備欲里　宇良伊蘇乎見都追　奈久古奈須　祢能未之奈　可由　和多都美能　多麻伎能多麻乎　伊敝都刀尓　伊毛尓也良牟等　比里比登里　素弖尓波伊礼弖　可敝之也流　都可比奈家礼婆　毛弖礼杼毛　之留思乎奈美等　麻多於伎都流可毛

朝されば　妹が手に纏く[4]　鏡なす[5]　御津の濱び[6]に　大船に　眞楫繁貫き[7]　韓國[8]に　渡り行かむと　直向かふ　敏馬[9]をさして　潮待ちて　水脈びき行けば[10]　沖邊には　白波高み　浦廻[11]より　漕ぎて渡れば　吾妹子に[12]　淡路の島は　夕されば　雲居[13]隱りぬ　さ夜ふけて　行方を知らに[14]　吾が心[15]　明石の浦に　船泊めて　浮寢[16]をしつつ　わたつみ[17]の　沖邊を見れば　漁する　海人の少女は　小船乗り　つららに[18]浮けり　曉の　潮滿ち來れば　葦邊には　鶴鳴き渡る　朝凪に　船出をせむと　船人も[19]　水手[20]も聲よび　鳰鳥の　なづさひ行けば　家島[21]は　雲居に見えぬ　吾が思へる　心和ぐやと　早く來て　見むと思ひて　大船を漕ぎ　わが行けば　沖つ波　高く立ち來ぬ　外のみに　見つつ過ぎ行き　玉の浦[22]に　船を停

---

4 **妹が手に纏く**: 항상 손에 가지고 있다.
5 **鏡なす**: 다음 구에 '見つ'---'御津'으로 이어진다. '御津'은 大伴의 '御津'이다. 難波포구이다.
6 **御津の濱び**: 'び'는 근처를 말한다.
7 **眞楫繁貫き**: 좋은 노를 배의 양쪽 현에 많이 단 것을 말한다.
8 **韓國**: 신라를 가리킨다.
9 **敏馬**: 難波의 정면에 있다.
10 **水脈びき行けば**: 수맥은 항로를 말한다. 항로를 따라 가면.
11 **浦廻**: 'ま'는 'み'와 같다.
12 **吾妹子に**: '逢は'와 아래에 이어진다.
13 **雲居**: 구름과 같다.
14 **行方を知らに**: 'に'는 부정을 나타내는 조동사이다.
15 **吾が心**: '吾が心', '明し'로 이어진다. '明し'는 더럽지 않은 것이지만 사랑과 관계되는 것으로 다른 마음이 없는 것을 나타내는가.
16 **浮寢**: 배에서 자는 것이다.
17 **わたつみ**: 바다 신. 여기서는 바다를 가리킨다.
18 **つららに**: つら(列)つらに.
19 **船人も**: 사신들 일행을 가리킨다.
20 **水手**: 선원들이다.
21 **家島**: 兵庫縣 相生市 바다.
22 **玉の浦**: 岡山縣 倉敷市 玉島인가, 岡山市 西大寺인가.

/ 보면서 지나가서/ 타마(玉)의 포구에/ 배를 정박시키고/ 해안 쪽에서/ 포구의 바위를 보며/ (나쿠코나스)/ 소리 내어 울었네/ 바다의 신이/ 손에 감았단 진주/ 선물로 하여/ 아내에게 보내려/ 주워 가지고/ 소매에는 넣지만/ 가서 전해 줄/ 심부름꾼 없으니/ 갖고 있어도/ 방법이 없으므로/ 다시 놓아 버리네요

🌸 해설

　　아침이 되면 아내가 손에 쥐고 거울을 본다는 뜻을 이름으로 한 미츠(御津)의 해변에서 큰 배에 좋은 노를 많이 달고 신라로 가려고 하여 바로 정면에 있는 미누메(敏馬)를 향해서 조류의 상태를 보면서 항로를 따라 가네. 바다 가운데 쪽은 흰 파도가 높으므로 해안을 따라서 노를 저어 가면, 나의 아내를 만난다고 하는 뜻을 이름으로 한 아하지(淡路) 섬은 저녁이 되면 구름에 가려 버렸네. 밤이 깊어서 갈 방향을 알지 못하여 내 마음이 깨끗하다는 뜻을 이름으로 한 아카시(明石) 해안에 배를 대고 배 위에 누워서 바다 신이 다스리는 넓은 바다 쪽을 보면 고기를 잡는 소녀 해녀들은 작은 배를 타고 점점이 떠 있네. 동이 틀 때 조수가 밀려오면 갈대밭에는 학이 울며 날아가네. 아침에 바람이 잠잠할 때 배를 출발시키려고 하여 배에 탄 사신 일행도 사공들도 함께 소리를 맞추어서 노를 저어 물오리처럼 떴다가 가라앉았다가 하면서 가면 이름도 정겨운 이혜(家島) 섬은 구름 쪽에 보이네. 여러 생각에 가라앉은 나의 마음도 안정이 될까 하여 빨리 가서 보려고 생각하면서 큰 배를 저어 가면 바다 쪽에서 파도가 높게 일어나 밀려오네. 하는 수 없이 멀리서만 이혜(家島) 섬을 바라보면서 지나가서 타마(玉) 포구에 배를 대고 해안 쪽에서 포구의 바위를 보고 있으면 마치 어린아이가 우는 것처럼 소리를 내어서 울어 버리게 되네. 바다의 신이 손에 감고 있다고 하는 진주를 아내에게 선물로 보내려고 생각하여 주워서 소매에는 넣지만, 그것을 가지고 가서 집에 있는 아내에게 전해 줄 심부름꾼이 없으니 진주를 가지고 있어도 어쩔 도리가 없으므로 다시 놓아 버리네라는 내용이다.

　　이 작품에 대해 中西 進은, '難波에서 玉島까지를 노래한 것인데 왜 여기에 실려 있는지 알 수 없다'고 하였다.

　　私注에서는, '이 1수는 권제4의 (509번가) 丹比笠麿의 〈下筑紫國時作歌〉를 모방한 것임이 틀림없다. 마찬가지로 難波의 三津을 나와서 서쪽으로 가는 바닷길에서의 서술이므로 비슷한 결과인 것도 당연하며, 우연일 수도 있지만 이 작품은 결코 509번가를 모르는 사람의 작품이 아니며 모방하지 않은 우연의 일치는 아닌 것이다. 어석에서 인용한 유사한 구는 반드시 많다고 말할 수 없지만, 전체적인 구조는 완전히 같은 것이다. 다만 그것보다 구의 수가 많고 서술이 번잡하며 구의 사용에 무리가 보이는 것이 다를 뿐이다. 즉 모방으로서는 극히 졸렬한 모방이라고 말할 수밖에 없다. 玉浦를 備前이나 備中이라고 하면 이 노래는 훗날 지어서 지은 순서대로 기록에 남긴 것이겠다'고 하였다[『萬葉集私注』 8, p.46].

めて　濱びより[23]　浦磯を見つつ　泣く兒なす　哭のみし泣かゆ[24]　海神の　手纏の玉を[25]　家苞[26]に　妹に遣らむと　拾ひ取り　袖に[27]は入れて　返し遣る[28]　使無ければ　持てれども　驗を無みと[29]　また置きつるかも

あさされば　いもがてにまく　かがみなす　みつのはまびに　おほふねに　まかぢしじぬき
からくにに　わたりゆかむと　ただむかふ　みぬめをさして　しほまちて　みをびきゆけば
おきへには　しらなみたかみ　うらみより　こぎてわたれば　わぎもこに　あはぢのしまは
ゆふされば　くもゐかくりぬ　さよふけて　ゆくへをしらに　あがこころ　あかしのうらに
ふねとめて　うきねをしつつ　わたつみの　おきへをみれば　いざりする　あまのをとめは
をぶねのり　つららにうけり　あかときの　しほみちくれば　あしべには　たづなきわたる
あさなぎに　ふなでをせむと　ふなびとも　かこもこゑよび　にほどりの　なづさひゆけば
いへしまは　くもゐにみえぬ　あがもへる　こころなぐやと　はやくきて　みむとおもひて
おほふねを　こぎわがゆけば　おきつなみ　たかくたちきぬ　よそのみに　みつつすぎゆき
たまのうらに　ふねをとどめて　はまびより　うらいそをみつつ　なくこなす　ねのみしな
かゆ　わたつみの　たまきのたまを　いへづとに　いもにやらむと　ひりひとり　そでにはい
れて　かへしやる　つかひなければ　もてれども　しるしをなみと　またおきつるかも

23 **濱びより**: 濱び는 배가 정박하는 곳이다. 거기에서 바위가 많은 灣曲을 본다. 바위의 황량함에 우는 것인가.
24 **哭のみし泣かゆ**: 우는 것을 강조한 표현이다.
25 **手纏の玉を**: 그 당시의 신앙이다.
26 **家苞**: 싼다는 뜻으로 선물을 가리킨다.
27 **袖に**: 아내와 함께하여 서로 교차할 소매인데.
28 **返し遣る**: 도읍으로.
29 **驗を無みと**: 효과가 없으므로.

吉井 巖도『萬葉集私注』의 설을 지지하여 丹比笠麻呂의 유사한 구와 발상이 순서를 바꾸어서 이 작품의 여러 곳에 활용되었다고 보고 이 작품의 독특한 구성에 대해, '이 작품은 크게 두 부분으로 나눌 수 있다고 생각한다. 처음부터 '鳰鳥の なづさひ行けば 家島は 雲居に見えぬ'까지와 그 뒷부분이다. 전반부는 다시 네 부분으로 나눌 수 있다. 첫째, '朝されば'에서 시작하여 三津에서 출항, '吾妹子に 淡路の島は 夕されば 雲居隱りぬ'에서 끝난다. 전후에 '朝', '夕'을 사용하여 하루 동안의 항해처럼 느끼게 하지만 물론 이것은 사실은 아니다. 말하자면 항해의 제1단계의 심정적인 하루인 것이다. 妹が手, 鏡, 三津(見つ)을 떠나 아내를 만난다고 하는 감동을 담은 '淡路の島'도 멀리 떠나와 버렸다고 하는 심정의 표현이다. 둘째는 'さ夜ふけて'로 시작하고, 셋째는 '曉の'에서 시작하고, 넷째는 '朝凪に 船出をせむと'에서 시작한다. 전반부의 네 부분의 시작하는 단어가 모두 시간을 나타내는 것은 우연이 아니다. 'さ夜ふけて'에서 '朝凪に 船出をせむと'까지는 심정적인 제2일로 전환해 가는 부분인 것이다. 어선의 漁火가 점점이 연속해 있는 것이 보이고, 작자는 그것을 소녀 해녀들의 모습으로 보고 있다. 밀물 때인 새벽에 갈대밭 근처에서 울며 날아가는 학의 소리를 듣고 있다. 그것은 사신 일행들에게, 여행을 떠나 바다 위에 있는 것을 절실하게 느끼게 한 것이겠지만, 거기에는 여전히 잘 보지 못했고 잘 듣지 못했던 풍토에 대한 관심이 작용하고 있다. '吾が心 明石の浦に' 등의 枕詞의 사용 방법에서도 그것을 추정할 수 있다. 그리고 전반부의 마지막 부분에서 아침에 출항을 하는데 이 떠나는 포구는 明石の浦인 것이다. 이야기상으로는 '明石の 門より 家のあたり見ゆ'(3608)로 불렸던 것으로 되어 있는 明石の浦인 것이다. 배가 출발하고 나서 아직은 익숙하지 않은 여행에 힘들어 하고 있을 때, 멀리 꽤 큰 섬들이 보이기 시작했다. 그것은 무슨 섬인가 하면 '家島'라고 한다. 여행할 때 고향의 아내를 상기시키는 그리운 이름의 섬인 것이다. 전반부는 여기서 끝난다. 후반부는 드디어 심정적으로 2일째의 세계이다. 여기에서는 이미 시간을 나타내는 단어는 보이지 않는다. 우리들은 여기서 지리적, 사회적으로 말해 明石에서 家島로의 항해가 자신의 지역 내에서 지역 밖으로 나간 것이며 시간을 가지지 않는 사신 일행의 제2일의 세계는 지역 밖에서의 심정을 표현한 것이라고 하지 않으면 안 된다. 후반부는 세 부분으로 나눌 수가 있다. 첫째는 '沖つ波 高く立ち來ぬ'까지, 둘째는 '泣く兒なす 哭のみし泣かゆ'까지, 셋째는 '驗を無みと また置きつるかも'까지이다. 이 세 부분의 마지막 표현으로도 사신들의 2일째의 심정의 추이를 살펴볼 수 있다. 첫째 부분에서는 그리운 이름을 가진 家島에도 파도가 높아서 가까이 갈 수가 없었다. 家라고 이름이 붙은 것에도 다가갈 수 없는 세계에 들어간 것을 사신들은 안 것이다. 둘째 부분에서는 포구를 보아도 바위를 보아도 소녀 해녀들과 학의 소리에 마음을 기울일 여유는 없고 다만 어린애처럼 울 뿐이었던 것을 말한다. 그러나 여전히 집의 아내에 대해서만은 어떻게 해서라도 마음을 통하고 싶다. 그것은 가능한 것일까. 이 최소한의 희망도 생각해 보면 쓸데없는 것일까 하고 힘이 빠지게 된 구체적인 표현이 마지막 부분에 해당한다고 생각한다' 고 하였다『萬葉集全注』15, pp.119~120]. 권제4의 타지히노마히토 카사마로(丹比真人笠麿)가 츠쿠시(筑紫)國에 내려갈 때 지은 노래 1수와 短歌(丹比真人笠麿下筑紫國時作歌一首 [并短歌])를 모방한 것으로 본 것이다. 509번가에도 '미츠(三津)의 바닷가', '우는 학처럼 소리를 내어 우네', '이에시마(家島)의' 등의 표현이 보이지만 반드시 모방할 정도의 표현은 아니라고 생각된다.

反歌二首

3628　多麻能宇良能　於伎都之良多麻　比利敝礼杼　麻多曽於伎都流　見流比等乎奈美

玉の浦[1]の　沖つ白珠　拾へれど　またそ置きつる　見る人を[2]無み

たまのうらの　おきつしらたま　ひりへれど　またそおきつる　みるひとをなみ

3629　安伎左良婆　和我布祢波弖牟　和須礼我比　与世伎弖於家礼　於伎都之良奈美

秋さらば[3]　わが船泊てむ　忘れ貝[4]　寄せ來て置けれ[5]　沖つ白波

あきさらば　わがふねはてむ　わすれがひ　よせきておけれ　おきつしらなみ

---

1 **玉の浦**: 岡山縣 倉敷市 玉島인가, 岡山市 西大寺인가.
2 **見る人を**: 내가 주운 진주를 보는 사람. 집에 있는 아내이다.
3 **秋さらば**: 가을에 귀국할 예정이었다.
4 **忘れ貝**: 두 장의 조개껍질 중 한쪽만 남은 것을 말한다. 근심, 그리움을 잊게 하는 것으로 사람들이 사용했었다.
5 **寄せ來て置けれ**: 선물로 하기 위하여. 이번에는 도읍으로 가지고 갈 수 있다.

反歌 2수

3628 타마(玉)의 포구의/ 바다에서 온 진주/ 주웠지만요/ 다시 놓아 버리네/ 볼 사람이 없어서

🌸 **해설**

타마(玉) 포구의 바다 쪽에서 밀려온 진주를 주웠지만 다시 놓아 버리네. 그것을 보아야 할 사람인 고향의 아내가 이곳에 없으므로라는 내용이다.

長歌의 끝부분을 그대로 노래한 것이다.

이 작품에 대해 私注에서는, '사실이라기보다는 玉の浦라는 이름에 의해 진주를 주웠다고 하는 것처럼 말뿐인 내용이다'고 하였다[『萬葉集私注』 8, p.47].

3629 가을이 되면/ 내가 탄 배를 대자/ 한쪽 조가비/ 가져다 놓아 주렴/ 바다의 흰 파도여

🌸 **해설**

가을이 되면 도읍으로 돌아가는 배를 여기에 정박하자. 그 때에는 한쪽만 남은 조개껍질을 가져다가 놓아 주려무나. 바다의 흰 파도여라는 내용이다.

귀국하는 길에는 근심을 잊게 한다고 하는, 한쪽만 남아 있는 조개껍질을 가져다 놓으라고 파도에게 부탁하고 있다.

周防國玖河郡麻里布浦¹行之時作歌八首

3630 真可治奴伎　布祢之由加受波　見礼杼安可奴　麻里布能宇良尓　也杼里世麻之乎

眞楫²貫き　船し行かずは　見れど飽かぬ　麻里布の浦に　やどりせましを³

まかぢぬき　ふねしゆかずは　みれどあかぬ　まりふのうらに　やどりせましを

3631 伊都之可母　見牟等於毛比師　安波之麻乎　与曽尓也故非無　由久与思乎奈美

いつしかも⁴　見むと思ひし　安波島⁵を　外にや戀ひむ　行くよし⁶を無み

いつしかも　みむとおもひし　あはしまを　よそにやこひむ　ゆくよしをなみ

---

1 **周防國玖河郡麻里布浦**: 山口縣 岩國市.
2 **眞楫**: 배의 양쪽 현에 단 노를 말한다.
3 **やどりせましを**: 현실에 반대되는 가정을 말한다.
4 **いつしかも**: 언제인가. 빨리.
5 **安波島**: 山口縣 柳井市 근처의 大島를 말하는가. 다만 다음의 3634번가에서 大島를 노래하고 있으므로 알 수 없다.
6 **行くよし**: 'よし'는 계기, 구실, 이유 등을 말한다.

스하(周防)國의 쿠카(玖河)郡의 마리후(麻里布) 포구를 갈 때 지은 노래 8수

3630 노를 달고서/ 배 빨리 가지 말아/ 봐도 안 질리는/ 마리후(麻里布)의 포구서/ 잠을 자고 싶으네

✿ 해설

배의 양쪽 현에 노를 많이 달고 배가 빨리 지나가지 말아서, 아무리 보아도 싫증이 나지 않는 마리후 (麻里布)의 포구에 배를 대고 잠을 자고 싶네라는 내용이다.

공적인 일로 함께 하는 여행이기 때문에 어쩔 수 없지만 만약 가능하다면 마리후(麻里布)의 포구의 경치가 좋으므로 그곳에서 하룻밤 머물고 싶다는 마음을 노래한 것이다.

3631 언젤까 빨리/ 보고 싶다 생각한/ 아하(安波)의 섬을/ 멀리서 그리는가/ 갈 방법이 없어서

✿ 해설

언제일까, 빨리 가서 보고 싶다고 생각하고 있었던 아하(安波) 섬을 멀리서 보며 그리워하며 생각만 하는 것일까. 그곳으로 갈 방법이 없어서라는 내용이다.

私注에서는, '흥미로운 것은 아하시마(粟島)는 麻里布 부근에는 없다고 한다. 지명은 시대에 따라 다르게 부르기도 하므로 빨리 잊어버릴 수도 있음을 생각하면, 그 당시에는 유명한 粟島가 가까이에 있었는지도 모른다. 혹은 粟島는 지명이라고 할 것까지도 없는, 단순히 희미하게 보이는 섬, 암초 같은 것을 뱃사람들이 부르는 것을 듣고 작자가 감상적으로 노래한 것일까. 또는 이 노래는 아하지(淡路) 쪽에서 가끔 노래 불리어진 粟島를 생각해내고 지은 것을, 지은 시간 그대로 麻里布의 노래 사이에 넣은 것일까'라고 하였다[『萬葉集私注』8, pp.48~49].

3632 大船尓　可之布里多弖天　波麻藝欲伎　麻里布能宇良尓　也杼里可世麻之

　　　大船に　戕舸¹振り立てて　濱清き²　麻里布の浦に　宿りかせまし³

　　　おほふねに　かしふりたてて　はまぎよき　まりふのうらに　やどりかせまし

3633 安波思麻能　安波自等於毛布　伊毛尓安礼也　夜須伊毛祢受弖　安我故非和多流

　　　安波島⁴の　逢はじと思ふ　妹にあれや⁵　安寝も寝ずて　吾が戀ひ渡る

　　　あはしまの　あはじとおもふ　いもにあれや　やすいもねずて　あがこひわたる

3634 筑紫道能　可太能於保之麻　思末志久母　見祢婆古非思吉　伊毛乎於伎弖伎奴

　　　筑紫道の　可太の大島⁶　しましくも⁷　見ねば戀しき　妹を置きて來ぬ

　　　つくしぢの　かだのおほしま　しましくも　みねばこひしき　いもをおきてきぬ

---

1 **戕舸**: 배를 묶어 정박시키기 위해서 해안에 말뚝을 세운다.
2 **濱清き**: 형용사이다.
3 **宿りかせまし**: 현실에 반대되는 가상이다. 제목에 '行'이라고 하였으므로 숙박은 하지 않았던 것 같다.
4 **安波島**: 'あはし(아하시)'가 아래에 접속된다.
5 **妹にあれや**: 'や'는 강한 부정을 동반한 의문으로 여기에서 일단 종지한다. 'あればや'를 'あれや'라고 하는
　어법이 따로 있지만 그것은 下句가 지금과 반대가 된다. 3601번가와 같다.
6 **可太の大島**: 山口縣의 大島이다. '大島'의 'しま'에서 'しましく'로 이어진다.
7 **しましくも**: 잠시라도.

3632 크나큰 배를/ 말뚝을 박아 매어/ 해변 깨끗한/ 마리후(麻里布) 포구에서/ 잠을 자고
싶은 걸

🌸 **해설**

큰 배를 밧줄로 묶어서 정박시킬 말뚝을 박아서, 해변이 깨끗한 마리후(麻里布) 포구에서 잠을 자고
싶은 걸이라는 내용이다.

'宿りかせましを 大系에서는, "や…まし"는 내면의 갈등을 나타낸다. 'か…まし'는 그 옛 형태로 역시
내면의 갈등을 나타낸다고 하고 '잠을 잔 것일까'로 해석하였다『萬葉集』 4, pp.70~71]. 吉井 巖은, '이
작품은 3630번가에 답한 것'이라고 하였다『萬葉集全注』 15, p.127]. 'かじ'를 全集에서는, '배를 매어 정박
시키기 위한 말뚝. 그 재료로는 소나무가 많이 사용되었다. '振り立てて'는 힘껏 들어서 바다 속의 모래땅
에 박는 것이다'고 하였다『萬葉集』 4, p.59].

3633 (아하시마노)/ 안 만나려 생각는/ 아내일 것인가/ 편히 잠도 못 자고/ 나는 계속 그립네

🌸 **해설**

어찌하여 아하(安波) 섬의 이름처럼 만나지 않으려고 생각하는 아내일 것인가. 그런 아내가 아닌데도
자신은 편안하게 잠도 자지 못하고 계속 아내를 그리워하네라는 내용이다.

'아하(安波)' 섬과 '아하지(逢はじ)'의 '아하' 발음이 같은 것을 이용한 노래이다.

3634 츠쿠시(筑紫) 길의/ 카다(可太)의 오호시마(大島)/ 잠시라도요/ 못 만나면 그리운/ 아내를
두고 왔네요

🌸 **해설**

츠쿠시(筑紫)로 가는 길에 있는 카다(可太)의 오호시마(大島). 그 이름처럼 잠시라도 만나지 않으면
그리운 아내를, 나는 뒤에 남겨두고 왔네요라는 내용이다.

'오호시마(大島)'와 '시마시쿠(잠시)'의 '시마' 발음이 같은 것을 이용한 노래이다.

筑紫는 지금의 九州 지방이다. 츠쿠시(筑紫)로 가는 길은 육로가 아니라 바닷길을 말한다.

3635　伊毛我伊敝治　知可久安里世婆　見礼杼安可奴　麻里布能宇良乎　見世麻思毛能乎

　　　　妹が家道[1]　近くありせば[2]　見れど飽かぬ　麻里布の浦[3]を　見せましものを

　　　　いもがいへぢ　ちかくありせば　みれどあかぬ　まりふのうらを　みせましものを

3636　伊敝妣等波　可敝里波也許等　伊波比之麻　伊波比麻都良牟　多妣由久和礼乎

　　　　家人[4]は　歸り早來と[5]　伊波比島[6]　齋ひ[7]待つらむ　旅行くわれを

　　　　いへびとは　かへりはやこと　いはひしま　いはひまつらむ　たびゆくわれを

3637　久左麻久良　多妣由久比等乎　伊波比之麻　伊久与布流末弓　伊波比伎尓家牟

　　　　草枕[8]　旅行く人を　伊波比島[9]　幾代經るまで　齋ひ來にけむ

　　　　くさまくら　たびゆくひとを　いはひしま　いくよふるまで　いはひきにけむ

1　**妹が家道**: 집으로 가는 길이다.
2　**近くありせば**: '세바…마시'는 현실에 반대되는 가상이다.
3　**麻里布の浦**: 山口縣 岩國市.
4　**家人**: 아내를 가리킨다. 완곡한 표현이다.
5　**歸り早來と**: 명령형이다.
6　**伊波比島**: 山口縣 熊毛郡 上關町의 祝島이다.
7　**齋ひ**: 몸을 정결하게 하고 빈다.
8　**草枕**: 지금은 배로 여행을 하고 있다.
9　**伊波比島**: 山口縣 熊毛郡 上關町의 祝島이다.

3635 아내 집 가는 길/ 가까이에 있다면/ 봐도 안 질리는/ 마리후(麻里布)의 포구를/ 보여 줄 것인 것을

🌸 **해설**

아내의 집이 바로 갈 수 있는 가까운 곳에 있다면 아무리 보아도 싫증이 나지 않는 마리후(麻里布)의 포구를 보여 줄 것인데라는 내용이다.

마리후(麻里布) 포구의 경치가 좋아서 집에 있는 아내를 생각하며 그 아내에게 보여 주고 싶다는 뜻이다.

3636 집의 아내는/ 빨리 돌아오라고/ 이하히(伊波比)의 섬/ 빌며 기다리겠지/ 여행을 하는 나를

🌸 **해설**

집에 있는 아내는 빨리 돌아오라고, 이하히(伊波比) 섬의 이름처럼 몸을 정결하게 하고 삼가면서 빌며 기다리고 있겠지. 여행을 하고 있는 나를이라는 내용이다.

'いはひ(伊波比) 섬'과 '齋(いは)ひ(제계하다)'의 발음이 같은 'いはひ'인 것을 이용한 노래이다.

吉井 巖은, '마리후(麻里布)에서는 물론, 麻里布 포구를 지나서 熊毛浦에 정박을 해도 長島에 가려진 祝島는 그 남쪽에 있으므로 보이지 않는다. 아직 통과하지 않고 보이지도 않는 섬을 여기에서 노래하는 것은 이상하다. 이 작품과 다음의 祝島를 노래한 작품 2수는 신라에 파견된 사신의 작품이라고 해도 여기에 바뀌어 배치되었다고 생각할 수밖에 없다'고 하였다[『萬葉集全注』 15, p.130].

3637 (쿠사마쿠라)/ 여행하는 사람을/ 이하히(伊波比)의 섬/ 몇 대 지나기까지/ 빌면서 온 것인가

🌸 **해설**

힘든 여행을 하는 사람이 무사하도록 몸을 깨끗하게 하고 신에게 빈다는 뜻을 이름으로 한 이하히(伊波比) 섬은 얼마나 오랜 세월을 빌면서 온 것인가라는 내용이다.

中西 進은 작자 자신도 빌어 주기를 바란다는 뜻이라고 하였다.

'いはひ(伊波比) 섬'과 '齋(いは)ひ(제계하다)'의 발음이 같은 'いはひ'인 것을 이용한 노래이다.

吉井 巖은 마리후(麻里布) 포구 8수에 대해, '8수는 두 사람 이상의 작자에 의해 지어진, 하나의 구상을 가진 작품군이라고 할 수 있다. 그러나 그 구성의 내용을 보면, 그중에 粟島라고 하는 알 수 없는 지명과 앞으로 갈 예정인 大島와 이 항해 중에는 모습도 보이지 않는 祝島를 노래하고 있어 이들 지명이 의미하는 효과를 노래하고 있는 것이 주목된다. 이것들은 창작 장소의 현실과는 맞지 않는 내용이다. 그것은 구상의 의도가 작품을 지을 당시의 장소에 있은 것이 아니라 아마도 후에, 보다 구체적으로 말하면 문학적 효과를 노린, 훗날 편집할 때에 실현된 것을 추정하게 한다'고 하였다[『萬葉集全注』 15, p.133].

過大嶋鳴門¹而經再宿²之後，追作歌二首

3638 巨礼也己能　名尔於布奈流門能　宇頭之保尔　多麻毛可流登布　安麻乎等女杼毛

これやこの³　名に負ふ鳴門の　渦潮に⁴　玉藻苅るとふ　海人少女ども

これやこの　なにおふなるとの　うづしほに　たまもかるとふ　あまをとめども

左注 右一首，田邊秋庭⁵

3639 奈美能宇倍尔　宇伎祢世之欲比　安杼毛倍香　許己呂我奈之久　伊米尔美要都流

波の上に　浮寝せし夜⁶　何ど思へか⁷　心悲しく　夢に見えつる

なみのうへに　うきねせしよひ　あどもへか　こころがなしく　いめにみえつる

---

1 **大嶋鳴門**: 大島와 柳井市(모두 山口縣에 있다) 사이에 있는 해협이다. 鳴門은 조수가 울리는 좁은 곳이다.
2 **再宿**: 宿은 밤을 말한다. 일행은 이미 祝島를 통과하고 있으므로 '追ひて'(후에 생각해서)이다.
3 **これやこの**: 지정의 영탄적 강조를 나타낸다. 소문대로의 경치에 대한 영탄이다.
4 **渦潮に**: 소용돌이치는 바닷물이다. 위험을 강조하여 소녀와 대비하였다.
5 **田邊秋庭**: 성이 없다. 도래계인가. 노래는 새로운 작품이다.
6 **浮寝せし夜**: 배에서 잠을 잔 밤이다.
7 **何ど思へか**: 내 몸의 위험이 전해진 것인가. 그 당시에 꿈은 생각하는 사람이 나타난다고 하는 것이 일반적이었다.

오호시마(大嶋)의 나루토(鳴門)를 지나
이틀 밤을 지낸 후에 생각을 떠올려서 지은 노래 2수

3638 이것이네요/ 명실상부한 나루토(鳴門)/ 소용돌이 속/ 해초를 뜯는다는/ 소녀 해녀들이여

❀ 해설

바로 이것이네, 이것. 이름에 걸맞는 나루토(鳴門)의 소용돌이치는 바닷물에서 해초를 뜯는다고 하는
소녀 해녀들이여라는 내용이다.

　　좌주　위의 1수는, 타나베노 아키니하(田邊秋庭)

3639 파도의 위에서/ 떠서 잠을 잔 밤에/ 뭘 생각했나/ 마음이 슬프게도/ 꿈에 보였답니다

❀ 해설

배를 타고 파도 위에 떠서 배에서 잠을 잔 밤에 무엇을 생각한 것일까. 마음이 슬프게도 꿈에 아내가
보였답니다라는 내용이다.
吉井 巖은, '꿈에 보인 것이 누구인지 불분명하다'고 하였다『萬葉集全注』15, p.136]. 집에 남아 있는,
작자의 아내로 보는 것이 좋을 것이다.

熊毛浦¹舶泊之夜作歌四首

3640　美夜故邊尓　由可牟船毛我　可里許母能　美太礼弖於毛布　許登都夛夜良牟

都邊に　行かむ船もが　苅薦の²　乱れて思ふ³　言告げやらむ

みやこへに　ゆかむふねもが　かりこもの　みだれておもふ　ことつげやらむ

3641　安可等伎能　伊敝胡悲之伎尓　宇良末欲理　可治乃於等須流波　安麻乎等女可母

曉の　家戀しきに　浦廻⁵より　楫の音するは　海人少女⁶かも

あかときの　いへごひしきに　うらまより　かぢのおとするは　あまをとめかも

1　**熊毛浦**: 山口縣 熊毛郡의 郡家인 小郡에서 숙박을 하였는가.
2　**苅薦の**: 수확한 갈대가 어지러운 것을 '亂れ'로 연결시켰다.
3　**亂れて思ふ**: 도읍 생각에 마음이 흐트러진다.
4　**羽栗**: 羽栗翔. 羽栗吉麿와 唐女 사이에서 당나라에서 태어나 후에 당나라에서 사망하였다.
5　**浦廻**: '浦ま'는 '浦み'와 같다.
6　**海人少女**: 少女는 고향 생각에서 착상한 것이다.

쿠마케(熊毛) 포구에 배를 정박한 밤에 지은 노래 4수

3640 도읍 쪽으로/ 가는 배 있었으면/ (카리코모노)/ 어지러운 생각을/ 말로 전하고 싶네

🌸 **해설**

도읍 쪽으로 가는 배가 있었으면 좋겠네. 그렇다면 베어 놓은 갈대들이 어지럽게 널려 있는 것처럼 그렇게 어지러운 나의 생각을 말로 전해 주고 싶네라는 내용이다.

아내에 대한 자신의 마음을 전해 주고 싶은데 그렇게 할 수 있는 방법이 없는 것을 안타까워한 노래이다.

좌주 위의 1수는, 하쿠리(羽栗)

3641 동틀 무렵에/ 집을 그리워하면/ 해안 쪽에서/ 노 소리가 들려오네/ 소녀 해녀일까요

🌸 **해설**

동이 틀 무렵에 집을 그리워하고 있으면 한층 고향생각을 더하게 하려는 것처럼 해안 쪽에서 노를 젓는 소리가 들려오네. 배를 젓는 것은 소녀 해녀인 것일까라는 내용이다.

3642 於伎敝欲理　之保美知久良之　可良能宇良尓　安佐里須流多豆　奈伎弖佐和伎奴

沖邊より　潮滿ち來らし[1]　可良の浦[2]に　あさりする鶴　鳴きて騷きぬ

おきへより　しほみちくらし　からのうらに　あさりするたづ　なきてさわきぬ

3643 於吉敝欲里　布奈妣等能煩流　与妣与勢弖　伊射都氣也良牟　多婢能也登里乎

沖邊より[3]　船人[4]のぼる　呼び寄せて　いざ告げ遣らむ[5]　旅の宿りを

おきへより　ふなびとのぼる　よびよせて　いざつげやらむ　たびのやどりを

一云, 多妣能夜杼里乎　伊射都氣夜良奈

一は云はく, 旅の宿りを　いざ告げ遣らな[6]

あるはいはく, たびのやどりを　いざつげやらな

---

1 **潮滿ち來らし**: 919번가의 발상과 비슷하다.
2 **可良の浦**: 어디인지 소재를 알 수 없다. '韓の浦'일 것이다. 熊毛郡 안에 있다.
3 **沖邊より**: 'より'는 경과를 나타낸다.
4 **船人**: 배에 탄 사람. 뱃사람이 아닌 관료이다.
5 **いざ告げ遣らむ**: 도읍의 가족에게.
6 **いざ告げ遣らな**: 'な'는 願望의 조사이다.

3642 바다 쪽에서/ 조수 밀려오나 봐/ 카라(可良) 포구에서/ 먹이를 찾는 학이/ 계속해 울고
있네

🌸 **해설**

바다 한가운데 쪽에서 조수가 밀려오는 것 같네. 카라(可良) 포구에서 먹이를 찾는 학이 계속해서
울고 있네라는 내용이다.

吉井 巖은, '이 작품은 학이 우는 것을 노래하고 있으므로 사신 일행의 작품으로는 생각할 수 없다'고
하였다『萬葉集全注』15, p.142].

'可良の浦'를 私注에서는, '熊毛浦를 室積이라고 보면 그곳은 외국의 배들이 들어오는 곳이므로 'からの
うら'는 '室積'의 다른 이름, 또는 그 일부분의 이름이라고 생각할 수 있을까'라고 하였다『萬葉集私注』
8, p.56].

大系에서는, '소재 미상. 熊毛浦와 佐婆海 사이이므로 下松市의 笠戶灣 혹은 德山市의 德山灣인 것인가.
외국의 배가 들어오는 곳이므로 室積을 'からのうら'라고 한 것일까 등의 설이 있다'고 하였다『萬葉集』
4, pp.72~73].

3643 바다 쪽에서/ 관료 탄 배가 가네/ 불러 와서는/ 자아 전해 줍시다/ 여행길 잠자리를
또는 말하기를, 여행길 잠자리를/ 자아 전하고 싶네

🌸 **해설**

바다 쪽에서 뱃놀이를 하는 관료가 탄 배가 도읍으로 올라가고 있네. 불러서 자아 전해 주자. 여행하면
서 잠자는 것을이라는 내용이다.

또는 말하기를, 여행길 잠자리의 상황을 도읍에 있는 아내에게 알려 주고 싶네라고 하였다.

바다에서 도읍 쪽으로 가고 있는, 관료가 탄 배를 보고 아내 생각을 하며 소식을 전하고 싶다고 노래한
것이다.

'旅の宿りを'를 全集에서는 '여행 중에 잠자는 곳을'이라고 해석하였다『萬葉集』4, p.62]. 吉井 巖은,
'혼자 잠을 자야 하는 여행 중의 잠자리의 그리움'으로 해석하였다『萬葉集全注』15, p.143].

吉井 巖은〈熊毛浦舶泊之夜作歌四首〉중에서 '제4수는 제3수와 함께 편집할 때에 들어간 것이겠다'고
하였다『萬葉集全注』15, p.146].

佐婆¹海中, 忽遭逆風漲浪²漂流. 經宿而後³, 幸得順風,
到著豊前國下毛郡分間浦⁴. 於是追⁵怛艱難, 悽惆作歌八首

3644　於保伎美能　美許等可之故美　於保夫祢能　由伎能麻尓末尓　夜杼里須流可母

大君の　命恐み⁶　大船の　行きのまにまに⁷　宿りするかも

おほきみの　みことかしこみ　おほふねの　ゆきのまにまに　やどりするかも

[左注]　右一首, 雪宅麿⁸

3645　和伎毛故波　伴也母許奴可登　麻都良牟乎　於伎尓也須麻牟　伊敝都可受之弖

吾妹子は　早も來ぬかと⁹　待つらむを　沖にや住まむ¹⁰　家つかずして¹¹

わぎもこは　はやもこぬかと　まつらむを　おきにやすまむ　いへつかずして

---

1 **佐婆**: 山口縣의 佐波郡. 防府市의 해상이다.
2 **漲浪**: 넘치는 파도이다.
3 **經宿而後**: 하룻밤을 지난 후에.
4 **分間浦**: 大分縣 中津市.
5 **追**: 후에.
6 **命恐み**: 두려워하여.
7 **行きのまにまに**: 배에 운명을 맡기고.
8 **雪宅麿**: 雪은 壹岐이다. 壹岐 출신인가. 宅滿이라고도 쓴다. 후에 壹岐島에서 병으로 사망하였다.
9 **早も來ぬかと**: 'ぬか'는 願望을 나타낸다.
10 **沖にや住まむ**: 오래 머문다는 뜻이다.
11 **家つかずして**: 집에 도착한다.

사바(佐婆) 바다 가운데서 갑자기 역풍을 만나 창일하는 파도에 표류하였다. 하룻밤을 지난 후에 다행히 순풍을 만나 토요노 미치노쿠치(豊前)國 시모츠미케(下毛)郡의 와쿠마(分間) 포구에 도착하였다. 이에 힘들었던 것을 생각하여 탄식하고 슬퍼하여 지은 노래 8수

3644 우리 대왕의/ 명령 두려워하여/ 크나큰 배가/ 가는 대로 맡기며/ 잠을 자는 것일까

✿ 해설

왕이 맡긴 명령을 존중하고 두려워해서, 큰 배가 가는 대로 운명을 맡기고는 여행길의 불편한 잠을 자는 것일까라는 내용이다.
바다에서 풍랑을 만나서 힘들었던 것을 하루가 지나고 나서 생각하여 지은 노래이다.

[좌주] 위의 1수는, 유키노 야카마로(雪宅麿)

3645 나의 아내는/ 빨리 돌아오라고/ 기다릴 텐데/ 바다에 살고 있나/ 집으로 가지 않고

✿ 해설

집에 있는 나의 아내는 빨리 돌아왔으면 좋겠다고 생각하며 나를 기다리고 있을 것인데, 나는 이렇게 배를 타고 바다에 오래 머물고 있는 것일까. 집으로 가까이 가지를 않노라는 내용이다.
배를 타고 오래 여행하는 외로움과 두려움을 노래한 것이다.

3646 宇良末欲里　許藝許之布祢乎　風波夜美　於伎都美宇良尓　夜杼里須流可毛

　　　浦廻より　漕ぎ來し船を　風速み　沖つ御浦に¹　宿りするかも

　　　うらまより　こぎこしふねを　かぜはやみ　おきつみうらに　やどりするかも

3647 和伎毛故我　伊可尓於毛倍可　奴婆多末能　比登欲毛於知受　伊米尓之美由流

　　　吾妹子が　如何に思へか²　ぬばたまの³　一夜もおちず　夢にし見ゆる⁴

　　　わぎもこが　いかにおもへか　ぬばたまの　ひとよもおちず　いめにしみゆる

3648 宇奈波良能　於伎敝尓等毛之　伊射流火波　安可之弖登母世　夜麻登思麻見無

　　　海原の　沖邊に燭し　漁る火⁵は　明して燭せ　大和島⁶見む

　　　うなはらの　おきへにともし　いざるひは　あかしてともせ　やまとしまみむ

---

1 **沖つ御浦に**: 바다에서 표류하며 밤을 샌 것을 말한다.
2 **思へか**: '思へばか'인가. 'か'는 제5구의 '見ゆる'와 이어진다.
3 **ぬばたまの**: 烏扇(범부채). 열매의 검은 색으로 인해 검은 것을 상투적으로 수식하는 枕詞이다.
4 **夢にし見ゆる**: 생각하는 주체가 꿈에 등장하는 것이 일반적이다.
5 **漁る火**: 밤에 고기를 잡기 위해서 밝힌 불이다.
6 **大和島**: 島는 바다에서 본 島山(섬처럼 보이는 산)이다.

3646 해안을 따라/ 노 저어 온 배인데/ 바람이 강해/ 바다에 표류하며/ 잠을 자는 것이네

✿ **해설**

해안을 따라서 노를 저어 온 배인데, 바람이 너무 강하게 불어서 바다 신이 있는 바다에 표류하면서 잠을 자는 것이네라는 내용이다.

'沖つ御浦に 宿りするかも'를 注釋에서는, "沖の島の浦'라고 해야만 할 것을 '島'가 들어가지 않았으므로 불충분한 표현이 된 것이라고 보아야만 한다'고 하였다[『萬葉集注釋』 15, p.77].

大系에서는, 'み는 접두어로 山·坂 등에 붙는 예는 많지만 浦에 붙는 경우는 드물다. 바다 신이 다스리는 곳이므로 외경의 뜻으로 붙인 것으로 추정되기도 한다. 浦는 일반적으로 沖은 아니다. 그래서 'うら'가 마음을 의미하는 것이므로 '沖つ御浦'를 沖中(바다 가운데)의 뜻으로 보기도 하고, '沖の島の浦'로 보는 설도 있다'고 하였다[『萬葉集』 4, p.74].

3647 나의 아내가/ 얼마나 생각길래/ (누바타마노)/ 하루도 빠짐없이/ 꿈에 보이는군요

✿ **해설**

나의 아내가 나를 얼마나 그리워하고 있기 때문일까. 어두운 밤 하룻밤도 빠지지 않고 아내가 꿈에 보이네라는 내용이다.

밤마다 작자의 꿈에 아내가 보이므로 아내가 작자를 많이 생각하고 있다고 노래한 것이다.

3648 넓은 바다의/ 가운데서 밝혀 논/ 고기잡이 불/ 환하게 타올라라/ 야마토(大和) 산을 보자

✿ **해설**

넓은 바다 가운데서 어부들이 고기잡이배에 불을 밝혀서 고기를 잡는 漁火는 환하게 타올라라. 야마토(大和) 산을 보자라는 내용이다.

밤에 배를 타고 있으면서 고향인 야마토(大和) 쪽을 보고 싶으므로 고기잡이의 漁火가 밝게 비추어 주기를 바라는 마음을 노래한 것이다.

3649　可母自毛能　宇伎祢乎須礼婆　美奈能和多　可具呂伎可美尒　都由曽於伎尒家類

鴨じもの[1]　浮寝をすれば　蜷の腸　か黒き[2]髪に　露そ置きにける

かもじもの　うきねをすれば　みなのわた　かぐろきかみに　つゆそおきにける

3650　比左可多能　安麻弖流月波　見都礼杼母　安我母布伊毛尒　安波奴許呂可毛

ひさかたの[3]　天照る月は　見つれども　吾が思ふ妹に　逢はぬ頃かも

ひさかたの　あまてるつきは　みつれども　あがもふいもに　あはぬころかも

3651　奴波多麻能　欲和多流月者　波夜毛伊弖奴香文　宇奈波良能　夜蘇之麻能宇倍由　伊毛我安
多里見牟 旋頭謌也

ぬばたまの[4]　夜渡る月は　早も出でぬかも[5]　海原の　八十島の上ゆ[6]　妹があたり見む
旋頭歌[7]なり

ぬばたまの　よわたるつきは　はやもいでぬかも　うなはらの　やそしまのうへゆ　いもが
あたりみむ せどうかなり

---

1 **鴨じもの**: 'じもの'는 '…가 아닌데 …인 것처럼'이라는 뜻이다.
2 **か黒き**: 'か'는 접두어이다.
3 **ひさかたの**: 먼 곳이라는 뜻으로 '天'을 상투적으로 수식하는 枕詞이다.
4 **ぬばたまの**: 눈앞의 어두움을 말한다.
5 **早も出でぬかも**: 'かも'는 願望을 나타낸다.
6 **八十島の上ゆ**: '上'은 주변이다. 'ゆ'는 '…을 지나서'라는 뜻이다.
7 **旋頭歌**: 577·577 형식의 노래를 말한다.

3649 (카모지모노)/ 떠서 잠을 자면요/ (미나노와타)/ 검은 머리카락에/ 이슬이요 내렸네요

🌸 해설

　　오리도 아닌데 배를 타고 오리처럼 파도에 떠서 잠을 자면 다슬기의 창자처럼 검은 내 머리카락에도 이슬이 내렸네라는 내용이다.
　　배를 타고 파도에 흔들리며 잠을 자는 어려움을 노래한 것이다.
　　'蜷の腸'은 다슬기 창자로 '黑'을 상투적으로 수식하는 枕詞이다.

3650 (히사카타노)/ 하늘의 밝은 달은/ 볼 수 있지만/ 나의 그리운 아내/ 못 만나는 요즈음

🌸 해설

　　먼 하늘에서 비추는 밝은 달은 볼 수 있지만 내가 그리워하는 아내는 만나지 못하는 요즈음이네라는 내용이다.
　　'ひさかたの'는 먼 곳이라는 뜻으로 '天'을 상투적으로 수식하는 枕詞이다.
　　'見つれども'를 注釋에서는 中西 進과 마찬가지로 '볼 수 있었지만'으로 해석하였다(『萬葉集注釋』15, p.79). 그러나 大系・全集에서는 '보았지만'으로 해석하였다(大系『萬葉集』 4, p.75), (全集『萬葉集』 4, p.64)]. 私注와 全注에서도 이렇게 해석하였다.

3651 (누바타마노)/ 밤에 떠가는 달은/ 빨리 나오지 않는가/ 넓은 바다의/ 많은 섬을 지날 때에/ 아내가 있는 곳 보자 旋頭歌이다

🌸 해설

　　깜깜한 밤하늘을 밝게 비추며 떠가는 달은 빨리 떠오르지 않는 것인가. 넓은 바다의 많은 섬들을 지나갈 때 아내가 있는 근처를 보자라는 내용이다. 577・577 형식의 旋頭歌이다.

至筑紫舘[1]遙望本鄉[2]，悽愴作歌四首

3652　之賀能安麻能　一日毛於知受　也久之保能　可良伎孤悲乎母　安礼波須流香母

　　　　志賀[3]の海人の　一日もおちず[4]　燒く鹽の[5]　辛き戀をも　吾はするかも

　　　　しかのあまの　ひとひもおちず　やくしほの　からきこひをも　あれはするかも

3653　思可能宇良尓　伊射里須流安麻　伊敝妣等能　麻知古布良牟尓　安可思都流宇乎

　　　　志賀の浦に　漁する海人　家人[6]の　待ち戀ふらむに　明かし釣る[7]魚

　　　　しかのうらに　いざりするあま　いへびとの　まちこふらむに　あかしつるうを

---

1 **筑紫舘**: 대외적인 客館이다. 福岡城 안에 있었다.
2 **本鄉**: 여기서는 大和를 가리킨다. 고향을 말한다.
3 **志賀**: 博多灣에 면한 섬. 海人族의 본거지의 하나이다.
4 **一日もおちず**: 하루도 빠짐없이.
5 **燒く鹽の**: 해초를 태워 소금을 채취하는 것이다.
6 **家人**: 집에 있는 아내이다.
7 **明かし釣る**: 어둠을 밝히며 고기를 잡는다.

츠쿠시(筑紫)의 客館에 도착하여
멀리 고향을 바라보고 마음 아파하며 지은 노래 4수

3652 시카(志賀)의 어부가/ 하루도 빠짐없이/ 굽는 소금 양/ 쓰라린 사랑을요/ 나는 하는
　　　것이네

🌸 **해설**

　　시카(志賀) 섬의 어부가 하루도 빠지지 않고 해초를 태워서 만드는 소금처럼 그렇게 쓰라린 사랑을
나는 하는 것이네라는 내용이다.
　　'筑紫館'을 私注에서는, '일본서기 持統 2년조에 외국 손님을 접대하였다고 한 기록이 보이므로 후에
大宰府의 鴻臚館으로 불린 것과 같은 것일 것이다. 일본서기 貞觀 11년조의 기록을 보면 그것은 博多에
설치된 것으로 보인다. 현재 福岡 시내에 그 유적지로 보이는 것이 발굴되었다고 전해진다. 외국의 손님
및 그 외 公使들을 위한 客館이었다'고 하였다「萬葉集私注」 8, p.62].

3653 시카(志賀) 포구에서/ 고기를 잡는 어부/ 집의 아내가/ 무척 기다릴 텐데/ 밤새워 잡는
　　　고기

🌸 **해설**

　　시카(志賀) 포구에서 고기를 잡는 어부가, 집의 아내가 그리워하며 기다릴 텐데 밤을 새워서 잡는
고기여라는 내용이다.
　　밤새도록 고기를 잡는 어부를 보고, 집에서 기다리고 있을 어부의 아내를 동정하는 것 같지만 실제로
는 고향에 있는 작자의 아내를 생각한 것이겠다.

3654　可之布江尓　多豆奈吉和多流　之可能宇良尓　於枳都之良奈美　多知之久良思毛

可之布江[1]に　鶴鳴き渡る　志賀の浦に　沖つ白波　立ちし[2]來らしも

かしふえに　たづなきわたる　しかのうらに　おきつしらなみ　たちしくらしも

一云, 美知之伎奴良思
一は云はく, 滿ちし來ぬらし
あるいはいはく, みちしきぬらし

3655　伊麻欲里波　安伎豆吉奴良之　安思比奇能　夜麻末都可氣尓　日具良之奈伎奴

今よりは　秋づきぬらし[3]　あしひきの　山松蔭に　ひぐらし鳴きぬ

いまよりは　あきづきぬらし　あしひきの　やままつかげに　ひぐらしなきぬ

---

1 **可之布江**: 소재를 알 수 없다. 香椎(카시히)의 사투리라고 하는 설도 있다.
2 **立ちし**: 'し'는 강세 조사이다.
3 **秋づきぬらし**: 쓰르라미를 근거로 한 추측이다. 이미 쓰르라미를 노래하고 있지만(3620번가), 산의 소나무 그늘에서 듣는 소리가 시원스러웠던 것인가.

3654 카시후(可之布) 강에/ 학 울며 날아오네/ 시카(志賀)의 포구에/ 바다의 흰 파도가/ 일어나 오는가 봐

또는 말하기를 밀려서 오는가 봐

🌸 **해설**

카시후(可之布) 강으로 학이 울며 날아오네. 시카(志賀)의 포구에는 바다에서 흰 파도가 일어나 오는 것 같네라는 내용이다.

또는 말하기를, 밀려서 오는가 보다라고 하였다.

3655 이제부터는/ 가을이 될 것 같네/ (아시히키노)/ 산의 솔 그늘에서/ 쓰르라미 우네요

🌸 **해설**

이제부터는 가을이 될 것 같네. 힘들게 걸어야 하는 산의 소나무 그늘에서 쓰르라미가 울고 있네라는 내용이다.

쓰르라미가 우는 것을 통해 계절 감각을 노래하였다.

七夕仰觀天漢，各陳所思作歌[1]三首

3656 安伎波疑尓　々保敞流和我母　奴礼奴等母　伎美我美布祢能　都奈之等里弓婆

秋萩に　にほへる[2]わが裳[3]　濡れぬとも　君[4]が御船の　綱し取りてば[5]

あきはぎに　にほへるわがも　ぬれぬとも　きみがみふねの　つなしとりてば

左注 右一首，大使[6]

3657 等之尓安里弓　比等欲伊母尓安布　比故保思母　和礼尓麻佐里弓　於毛布良米也母

年にありて[7]　一夜妹[8]に逢ふ　彦星も　われ[9]にまさりて　思ふらめやも[10]

としにありて　ひとよいもにあふ　ひこほしも　われにまさりて　おもふらめやも

3658 由布豆久欲　可氣多知与里安比　安麻能我波　許具布奈妣等乎　見流我等母之佐

夕月夜[11]　影立ち寄りあひ[12]　天の川　漕ぐ舟人[13]を　見るが羨しさ

ゆふづくよ　かげたちよりあひ　あまのがは　こぐふなびとを　みるがともしさ

---

1 **各陳所思作歌**: 궁전 文雅에 대한 향수이다.
2 **にほへる**: 빛나서 아름답다.
3 **わが裳**: 직녀의 치마이다.
4 **君**: 견우를 가리킨다.
5 **綱し取りてば**: 'よし' 등이 생략된 것이다. 'て'는 강조를 나타낸다.
6 **大使**: 阿倍朝臣繼麿. 돌아올 때 對馬에서 사망하였다.
7 **年にありて**: 1년에.
8 **一夜妹**: 직녀를 가리킨다.
9 **われ**: 작자를 말한다.
10 **思ふらめやも**: 'や'는 강한 부정을 동반한 의문을 나타낸다.
11 **夕月夜**: 7일의 달이다. 月夜는 달이다.
12 **影立ち寄りあひ**: '漕ぐ'에 이어진다. 견우와 종자들(실제로는 자신들을 투영한 것이다)이 함께 서 있는 그림자가 보인다.
13 **漕ぐ舟人**: 자신들은 배에 타고 있는 사람이다. 비교해서 아내를 만나기 위해 노를 젓고 있는 것이 부럽다.

칠석에 은하수를 바라보고 각각 생각을 말하여 지은 노래 3수

3656 가을 싸리에/ 빛나는 내 치마가/ 젖을지라도/ 그대가 타고 온 배/ 밧줄을 잡는다면

✿ 해설

가을 싸리에 아름답게 물이 들어 빛나는 내 치마가 비록 물에 젖는다고 해도 그대가 타고 온 배의 밧줄을 손에 잡을 수 있다면 좋을 텐데라는 내용이다.

직녀의 입장에서 노래한 것이다.

私注에서는, '筑紫館에 머물며 지은 것이겠다. (중략) 天平 8년(736) 7월 7일은 양력 8월 21일에 해당한다. 이때부터 항해는 의외로 많은 시간이 소요된 것처럼 보이는데, 아마도 210일 전후에 날씨가 좋지 않았던 것이 아닌가 하고 이 칠석 날짜로 추측된다'고 하였다[『萬葉集私注』8, p.64].

> **좌주** 위의 1수는, 대사
>
> 大系에서는, '天平 7년(735) 종5위하, 天平 8년 2월 遣新羅大使, 4월에 조정에 배알하고 이 여행 중에 對馬에서 사망하여 돌아오지 못하였다'고 하였다[『萬葉集』4, p.76].

3657 일 년 동안에요/ 하룻밤 아내 만나는/ 견우라 해도/ 나보다 더 심하게/ 생각을 할 것인가

✿ 해설

일 년 동안 단지 하룻밤만 아내와 만난다고 하는 견우라도 나보다 더 아내를 그리워하는 일이 어찌 있을 수 있을 것인가라는 내용이다.

일 년에 하룻밤만 직녀를 만나는 견우가 직녀를 그리워하는 마음보다 작자가 아내를 그리워하는 마음이 더욱 강하다는 뜻이다.

3658 7일 달 속에/ 그림자가 서로 서서/ 하늘 은하수/ 노 젓는 뱃사람을/ 보면은 부럽네요

✿ 해설

칠석날 달 속에 그림자가 함께 서서 하늘 은하수를 노 저어 가는 뱃사람을 보면 부럽네요라는 내용이다.

직녀를 만나기 위해서 노를 저어서 은하수를 건너가는 견우가 부럽다는 뜻이다.

海邊¹望月作歌九首

3659 安伎可是波　比尓家尓布伎奴　和伎毛故波　伊都登加和礼乎　伊波比麻都良牟

秋風²は　日にけに³吹きぬ　吾妹子は　何時⁴とかわれを　齋ひ⁵待つらむ

あきかぜは　ひにけにふきぬ　わぎもこは　いつとかわれを　いはひまつらむ

左注　大使之第二男⁶

3660 可牟佐夫流　安良都能左伎尓　与須流奈美　麻奈久也伊毛尓　故非和多里奈牟

神さぶる⁷　荒津の崎⁸に　寄する波　間無くや妹に　戀ひ渡りなむ⁹

かむさぶる　あらつのさきに　よするなみ　まなくやいもに　こひわたりなむ

左注　右一首, 土師稲足¹⁰

---

1 **海邊**: 博多 해변이다.
2 **秋風**: 제목으로 미루어 생각해보면 밤바람이 되지만, 달을 보고 가을을 느낀 가을바람을 연상했다고 할 수 있다.
3 **日にけに**: 한층.
4 **何時**: 빨리라는 뜻이다.
5 **齋ひ**: 몸을 조심하며 빈다는 뜻이다.
6 **大使之第二男**: 阿倍繼麿의 차남이다.
7 **神さぶる**: '사ぶ'는 그것답게 되는 것이다.
8 **荒津の崎**: 福岡市.
9 **戀ひ渡りなむ**: 'な'는 강세, 'む'는 미래 추량을 나타낸다.
10 **土師稲足**: 어떤 사람인지 알 수 없다. 동족인 토요마로(豊麿)는 神龜 원년(724)의 遣新羅使였다.

해변에서 달을 바라보고 지은 노래 9수

3659 가을바람은/ 날로 더욱 강하네/ 나의 아내는/ 빨리 오라고 나를/ 빌며 기다리겠지

🌸 **해설**

가을바람은 날이 갈수록 더욱 심하게 부네. 나의 아내는 언제 돌아올 것인가 생각하며 빨리 돌아오라고 몸을 정결하게 하고 빌면서 나를 기다리겠지라는 내용이다.

吉井 巖은 大使之第二男에 대해, '사신 일행이라면 이름을 기록했어야만 할 것이다. 대사인 아버지가 사적으로 수행하게 한 것이라면 그러한 조치가 가능했었을까 하는 것이 문제가 될 수 있다. 공적이지 않은 사적인 수행자의 작품이 사신으로 이름을 명기한 土師稻足의 작품 앞에 놓인 것도 일반적이지 않다'고 하였다[『萬葉集全注』 15, p.173].

좌주 대사의 둘째 아들

3660 신비스러운/ 아라츠(荒津)의 곳으로/ 밀리는 파도/ 끊임없이 아내를/ 그리워하는 걸까

🌸 **해설**

신비스러운 아라츠(荒津)의 곳으로 끊임없이 밀려드는 파도처럼, 그렇게 끊임없이 계속해서 아내를 그리워하는 것일까라는 내용이다.

아내가 계속 그리운 것을 아라츠(荒津)의 곳으로 끊임없이 밀려드는 파도로 표현하였다.

좌주 위의 1수는, 하니시노 이나타리(土師稻足)

3661　可是能牟多　与世久流奈美尓　伊射里須流　安麻乎等女良我　毛能須素奴礼奴

　　　風のむた[1]　寄せ來る波に　漁する　海人少女らが　裳の裾濡れぬ[2]

　　　かぜのむた　よせくるなみに　いざりする　あまをとめらが　ものすそぬれぬ

　　　一云, 安麻乃乎等賣我　毛能須蘇奴礼濃

　　　一は云はく, 海人の娘子が　裳の裾濡れぬ

　　　あるはいはく, あまのをとめが　ものすそぬれぬ

3662　安麻能波良　布里佐氣見礼婆　欲曽布氣尓家流　与之恵也之　比等里奴流欲波　安氣婆安氣
奴等母

　　　天の原　ふり放け[3]見れば　夜そ更けにける[4]　よしゑやし[5]　一人寝る夜は　明けば明けぬとも[6]

　　　あまのはら　ふりさけみれば　よそふけにける　よしゑやし　ひとりぬるよは　あけばあけ
ぬとも

　　　左注　右一首, 旋頭哥[7]也

---

　1 **風のむた**: 바람과 함께.
　2 **裳の裾濡れぬ**: 파도를 뒤집어쓰면서 고기를 잡는 모습을 말한다. 같은 표현을 사용한 人麿의 작품(40번가)
　　은 치맛자락이 중심이 되어 있다.
　3 **ふり放け**: 눈을 들어 멀리 달을 바라보면.
　4 **夜そ更けにける**: 함께 잠을 자는 데는 아쉬운 일이다.
　5 **よしゑやし**: 'ゑ', 'やし'는 모두 영탄을 나타낸다.
　6 **明けば明けぬとも**: 이다음에 'よし'가 생략된 것이다.
　7 **旋頭哥**: 577·577 형식의 노래이다.

3661 바람과 함께/ 밀려오는 파도에/ 고기를 잡는/ 소녀 해녀들의요/ 치맛자락 젖었네

또는 말하기를, 소녀인 해녀의요 치맛자락 젖었네

🌸 해설

바람과 함께 밀려오는 파도를 덮어쓰며 고기를 잡는 소녀 해녀들의 치맛자락이 다 젖었네라는 내용이다.
또는 말하기를, 소녀 해녀의 치맛자락 젖었네라고 하였다.
3661번가에서는 원문의 제4구 끝에 '良'이 들어가 복수인 반면 一云에서는 제4구의 중간에 '乃'가 들어가 있으며 한 사람의 해녀를 말하고 있다.

3662 하늘 위를요/ 우러러 바라보면/ 밤은 깊어 버렸네/ 그래 좋아요/ 혼자서 자는 밤은/ 샐 테면 새라고 하지

🌸 해설

눈을 들어서 멀리 하늘을 우러러 바라보면 밤은 이미 깊어 버렸네. 그래 좋아. 혼자서 자는 밤은 샐 테면 새라고 하지라는 내용이다.
혼자 자는 밤은 아쉬울 것도 없으므로 날이 새어도 상관이 없다는 뜻이다.

좌주 위의 1수는, 旋頭歌이다.

3663 和多都美能 於伎都奈波能里 久流等伎登 伊毛我麻都良牟 月者倍尓都追

わたつみ¹の　沖つ繩海苔²　來る時と　妹が待つらむ　月は經につつ³

わたつみの　おきつなはのり　くるときと　いもがまつらむ　つきはへにつつ

3664 之可能宇良尓 伊射里須流安麻 安氣久礼婆 宇良末許具良之 可治能於等伎許由

志賀の浦に　漁する海人　明け來れば　浦廻漕ぐらし　楫の音聞ゆ

しかのうらに　いざりするあま　あけくれば　うらみこぐらし　かぢのおときこゆ

---

1 **わたつみ**: 바다이다.
2 **繩海苔**: 새끼줄처럼 가늘고 긴 해초로 끈말이다.
3 **月は經につつ**: 당초의 예정은 가을에 귀국하는 것이었다. 'つつ'는 계속을 나타낸다.

3663 넓은 바다의/ 끈말을 당기듯이/ 오는 때라고/ 아내 기다릴 것인/ 이번 달도 지나네

✿ 해설

넓은 바다의 끈말을 당기는 것처럼, 돌아올 때라고 생각하며 아내가 기다리고 있을 것인 이번 달도 점점 지나가네라는 내용이다.

가을이 되면 귀국하여 집에 돌아갈 것이라고 아내에게 말하였는데 가을이 되었지만 돌아가지 못함을 안타까워한 노래이다.

끈말을 '당기다線(くる)]'와 '오다(來る)'가, 발음이 'くる'로 같은 것을 이용한 노래이다.

吉井 巖은, '제1, 2구의 序詞에서 'たぐる'의 뜻에서 'くる'로 이어지는 표현은 어부의 작업 체험에 의한 표현이다. 이 작품은 그것을 모방한 것인지도 모르지만 사신의 작품이 아닐 가능성도 있다. (중략) 이 작품을 편집할 때 첨가한 것이라고 의심하게 하는 점이 있다'고 하였다『萬葉集全注』 15, p.180).

3664 시카(志賀) 포구에서/ 고기를 잡는 어부/ 날이 밝으니/ 해안 노 젓는 듯해/ 노 소리가 들리네요

✿ 해설

시카(志賀) 포구에서 고기잡이를 하는 어부는 날이 밝으니 해안을 노를 저어서 가는 듯하네. 노를 젓는 소리가 들리네라는 내용이다.

이 작품에서 어부가 밤새 고기잡이를 하다가 돌아가는 것인지 아침이 되어 고기잡이를 하려고 출발하는 것인지 분명하지 않다.

全集에서는, '조금 전까지 고기를 잡고 있던 사실도 포함한 습관적 현재일 것이다'고 하였다『萬葉集』 4, p.68).

3665　伊母乎於毛比　伊能祢良延奴尓　安可等吉能　安左宜理其問理　可里我祢曽奈久

　　　　妹を思ひ[1]　寝の寝らえぬに[2]　曉の　朝霧隱り　雁がね[3]そ鳴く

　　　　いもをおもひ　いのねらえぬに　あかときの　あさぎりごもり　かりがねそなく

3666　由布佐礼婆　安伎可是左牟思　和伎母故我　等伎安良比其呂母　由伎弖波也伎牟

　　　　夕されば　秋風寒し　吾妹子が　解き洗ひ衣[4]　行きて[5]早着む

　　　　ゆふされば　あきかぜさむし　わぎもこが　ときあらひごろも　ゆきてはやきむ

3667　和我多妣波　比左思久安良思　許能安我家流　伊毛我許呂母能　阿可都久見礼婆

　　　　わが旅は　久しくあらし　この吾が着る[6]　妹が衣の[7]　垢づく見れば

　　　　わがたびは　ひさしくあらし　このあがける　いもがころもの　あかづくみれば

---

　1 **妹を思ひ**: 그리워하고 있다.
　2 **寝の寝らえぬに**: 잠자는 것을 강조한 표현이다. 'え'는 가능을 나타내는 조동사이다.
　3 **雁がね**: 본래 기러기 소리이지만, 기러기를 가리킨다.
　4 **解き洗ひ衣**: 오래 입은, 그 나름으로 애착이 가는 평상복이다.
　5 **行きて**: '아내 곁으로'라는 뜻에서 '行きて'라고 한다.
　6 **この吾が着る**: '着る'는 '着ある'의 축약형이다.
　7 **妹が衣の**: 아내라 생각하고 입고 있는 아내의 옷이다. 그 당시는 연인끼리 옷을 교환하였다.

3665 아내가 그리워/ 잠을 잘 수 없는데/ 동틀 무렵의/ 아침 안개 속에서/ 기러기가 우네요

🌸 **해설**

아내를 그립게 생각하느라 잠을 잘 수가 없는데, 동이 틀 무렵의 아침 안개 속에서 기러기가 우네요라는 내용이다.

全集에서는, '이 노래가 불리어진 7월 중순은 양력으로 8월 하순에 해당하며 도읍보다 최소한 반달 정도 빠른 기러기 소리에 작자는 타향에서 가을이 온 것을 실감하고 있는 것'이다고 하였다『萬葉集』 4, p.68].

3666 저녁이 되면/ 가을바람이 차네/ 나의 아내가/ 뜯어 씻어서 말린 옷/ 돌아가 빨리 입자

🌸 **해설**

저녁이 되면 불어오는 가을바람이 벌써 차갑네. 나의 아내가 솔기를 뜯어서 씻어서 말린 평상복을 집에 돌아가서 빨리 입고 싶네라는 내용이다.

고향 집으로 빨리 돌아가서 아내가 손질을 해 놓은 평상복을 입고 싶다는 뜻이다.

여행하면서 입고 있는 옷도 많이 더러워졌을 것이다. 아내가 정성껏 손질한 옷도 입고 싶고 빨리 고향에 돌아가고 싶은 마음을 노래한 것이다.

3667 나의 여행은/ 오래된 듯하네요/ 내가 입고 있는/ 아내의 속옷이요/ 더러워진 것 보면

🌸 **해설**

내가 하고 있는 여행은 이미 오래된 듯하네. 내가 속에 입고 있는 아내의 속옷이 때가 묻어서 더러워진 것을 보면이라는 내용이다.

到筑前國志麻郡之韓亭¹舶泊經三日. 於時夜月之光皎々²流照. 奄對此華旅情悽噎³, 各陳心緒聊以裁歌六首

3668 於保伎美能　等保能美可度登　於毛敝礼杼　氣奈我久之安礼婆　古非尓家流可母

大君の　遠の朝廷⁴と　思へれど⁵　日長くし⁶あれば　戀ひにけるかも

おほきみの　とほのみかどと　おもへれど　けながくしあれば　こひにけるかも

左注　右一首, 大使⁷

3669 多妣尓安礼杼　欲流波火等毛之　乎流和礼乎　也未尓也伊毛我　古非都追安流良牟

旅にあれど　夜は火燭し　居る⁸われを　闇にや妹が　戀ひつつあるらむ

たびにあれど　よるはひともし　をるわれを　やみにやいもが　こひつつあるらむ

左注　右一首, 大判官⁹

---

1 **筑前國志麻郡之韓亭**: 絲島 반도의 끝이다.
2 **月之光皎々**: 달빛이 빛나는 모습이다.
3 **悽噎**: 슬퍼서 목이 메는 것이다.
4 **遠の朝廷**: 大宰府를 가리켜 말한다. 大宰府는 九州 일원의 행정부로 소규모의 중앙 관제를 가지고 있었다.
5 **思へれど**: 'れ'는 완료를 나타낸다. 이상 3구는 대사로서의 입장을 반영한 표현이다.
6 **日長くし**: 'し'는 강조를 나타낸다.
7 **大使**: 阿倍繼麿이다.
8 **夜は火燭し 居る**: 제4구의 '闇'의 연상에서 신변을 돌아본다.
9 **大判官**: 壬生(미부노) 宇太麿이다.

츠쿠시노 미치노쿠치(筑前)國의 시마(志麻)郡의 韓亭에 도착하여 배를 정박하고 3일을 보내었다. 이때 밤의 달빛이 환하게 비추었다. 그래서 달빛에 대해 旅情을 슬퍼하여 각자 마음속의 생각을 말하여 좀 지은 노래 6수

3668　우리 대왕의/ 먼 곳의 조정이라/ 생각하지만/ 오랜 날수 지나가니/ 그리워지는 건가

✿ 해설

　　이곳도 역시 왕의 먼 곳의 조정이므로, 도읍에서 멀리 떨어져 있는 것이 아니라고 생각을 하지만, 도읍을 떠난 지 날수가 오래되니 역시 도읍이 그리워지는 것이네라는 내용이다.
　　'戀ひにけるかも'를 大系와 注釋에서는 中西 進과 마찬가지로 '도읍을 그리워하는 것'으로 해석하였다 [(『萬葉集』 4, p.79), (『萬葉集注釋』 15, p.92)].
　　全集에서는, '遠の朝廷은 도읍에서 멀리 떨어진 천황의 행정 관청, 또는 그곳에 파견된 관료를 말한다. 여기에서는 후자'라고 하고 '戀ひにけるかも'를 '집이 그리워지네'로 해석하였다[『萬葉集』 4, p.69]. 私注에서도, '아내가 그리워지네'로 해석하였다[『萬葉集私注』 8, p.71]. 吉井 巖도, '왕이 멀리 파견한 관료라는 자부심이 있지만 날수가 길어지니 아내가 그리워지네'로 해석하였다[『萬葉集全注』 15, p.187].

　　　　좌주　위의 1수는, 대사

3669　여행 중이지만/ 밤에는 불 밝히고/ 있는 나인데/ 어둠 속에 아내가/ 그리워하며 있을까

✿ 해설

　　여행을 하고 있다고 하지만 밤에는 불을 밝히고 있는 자신인데, 아내는 어둠 속에서 나를 그리워하며 있을까라는 내용이다.
　　작자를 그리워하며 어둠 속에서 마음도 어둡게 있을 아내를 생각하는 노래이다.
　　全集에서는, '당시 서민들의 주거에서는 일반적으로 등불을 사용하지 않았다'고 하였다[『萬葉集』 4, p.69].

　　　　좌주　위의 1수는, 大判官

3670 可良等麻里　能許乃宇良奈美　多々奴日者　安礼杼母伊敏尔　古非奴日者奈之

韓亭¹　殘²の浦波　立たぬ日は　あれども家に　戀ひぬ日は無し

からとまり　のこのうらなみ　たたぬひは　あれどもいへに　こひぬひはなし

3671 奴婆多麻乃　欲和多流月尓　安良麻世婆　伊敏奈流伊毛尓　安比弓許麻之乎

ぬばたまの³　夜渡る月に　あらませば⁴　家なる妹に　逢ひて來ましを

ぬばたまの　よわたるつきに　あらませば　いへなるいもに　あひてこましを

3672 比左可多能　月者弓利多里　伊刀麻奈久　安麻能伊射里波　等毛之安敏里見由

ひさかたの　月は照りたり　いとま⁵なく　海人の漁は⁶　燭し合へり⁷見ゆ

ひさかたの　つきはてりたり　いとまなく　あまのいざりは　ともしあへりみゆ

---

1 **韓亭**: 한국으로 여행을 가는 동안에 숙박하는 자신을 지명과 겹쳐서 생각했다.
2 **殘**: 福岡市 博多灣 안에 있는 '殘의 島'이다.
3 **ぬばたまの**: 밤을 상투적으로 수식하는 枕詞이지만 현재의 심정을 반영한다.
4 **あらませば**: 'ませば…まし'는 사실에 반대되는 가상의 상상을 나타낸다.
5 **いとま**: 여가를 말한다.
6 **海人の漁は**: 고기를 잡는 것이다. 'いざり'는 漁火를 말하는 단어가 아니다.
7 **燭し合へり**: '見ゆ'는 종지형을 받는다.

3670 카라 토마리(韓亭)/ 노코(殘)의 포구 파도/ 일지 않는 날/ 있지만 나의 집을/ 생각 않는 날 없네

　카라 토마리(韓亭) 가까이에 있는 노코(殘) 섬의 포구의 파도가 일지 않는 날은 있지만, 나의 고향집을 생각하지 않는 날은 없네라는 내용이다.

　비슷한 노래로 권제14의 3422번가(이카호(伊香保) 바람/ 부는 날 안 부는 날/ 있다고 하지만요/ 나의 사랑만은요/ 정해진 때가 없네)가 있다.

3671 (누바타마노)/ 밤에 떠서 가는 달/ 되었으면요/ 집에 있는 아내를/ 만나고 올 것인데

　만약 내가 어두운 밤하늘에 떠가는 달이라면 집에 있는 아내를 만나고 올 수 있을 것인데라는 내용이다.

　아내를 만나고 싶은 마음에 하늘을 자유롭게 떠가는 달이 되었으면 좋겠다고 노래한 것이다.

3672 (히사카타노)/ 달은 빛나고 있네/ 쉴 틈도 없이/ 어부가 漁火를요/ 밝히는 것 보이네요

　멀리 하늘에는 달이 빛나고 있네. 바다에는 쉴 틈도 없이 어부가 물고기를 잡기 위해 漁火를 계속해서 점점이 밝히고 있는 것이 보이네라는 내용이다.

　하늘에는 달이, 바다 위에는 漁火가 밝은 것을 노래하였다.

3673 可是布氣婆　於吉都思良奈美　可之故美等　能許能等麻里尓　安麻多欲曽奴流

風吹けば　沖つ白波　恐みと　殘の亭[1]に　數多夜そ寢る

かぜふけば　おきつしらなみ　かしこみと　のこのとまりに　あまたよそぬる

引津亭[2]舶泊之作歌七首

3674 久左麻久良　多婢乎久流之美　故非乎礼婆　可也能山邊尓　草乎思香奈久毛

草枕　旅を苦しみ　戀ひ居れば　可也の山邊に　さを鹿[3]鳴くも

くさまくら　たびをくるしみ　こひをれば　かやのやまへに　さをしかなくも

3675 於吉都奈美　多可久多都日尓　安敝利伎等　美夜古能比等波　伎吉弖家牟可母

沖つ波　高く立つ日に　あへりきと[4]　都の人は　聞きて[5]けむかも

おきつなみ　たかくたつひに　あへりきと　みやこのひとは　ききてけむかも

左注　右二首, 大判官[6]

---

1 **殘の亭**: 福岡市 博多灣 안에 있는 '殘의 島'이다. 광범위하게 韓亭인 토지도 포함하여 韓亭 또는 '殘의 亭'이라고 하였는가.
2 **引津亭**: 絲島 반도의 서쪽. 可也山의 서쪽이다.
3 **さを鹿**: 'さ', '을'는 접두어이다. 'しか'는 원래 수사슴을 말한다.
4 **あへりきと**: 그러한 날을 만나 버렸다. 佐婆에서의 힘든 항해를 가리킨다. 'り'는 완료, 'き'는 과거를 나타낸다.
5 **聞きて**: 'て'는 완료를 나타낸다.
6 **大判官**: 壬生(미부노) 宇太麿이다.

3673 바람이 불면/ 바다의 흰 파도가/ 무섭다고요/ 노코(殘)의 항구에서/ 많은 밤을 묵었네

❀ 해설

바람이 불면 먼 바다 한가운데에서 일어나는 흰 파도가 무섭다고 해서 노코(殘) 항구에서 많은 밤을 보내며 잠잤네라는 내용이다.

파도가 잠잠하기를 기다리면서 노코(殘) 항구에서 여러 날 머문 것을 말한 것이다.

全集에서는, '양력 8월 말이 되면 현해탄의 파도도 점차 높아져 거칠어지므로 항해하는 것을 위험하다고 생각하였다'고 하였다[『萬葉集』 4, p.70].

히키츠(引津) 선착장에 배를 정박하여 지은 노래 7수

3674 (쿠사마쿠라)/ 여행이 힘들어서/ 그리워하면/ 카야(可也)의 산 근처에/ 수사슴이 우네요

❀ 해설

풀을 베개로 하여 잠을 자야 하는 여행이 힘들어서 집을 생각하며 그리워하고 있으면 카야(可也) 산 근처에서 수사슴이 짝을 그리워하며 우네요라는 내용이다.

짝을 그리워하며 우는 수사슴에 작자의 감정을 이입한 것이다.

3675 바다의 파도/ 드높게 치는 날을/ 만났다고요/ 도읍의 사람들은/ 듣고 알았을까요

❀ 해설

바다 파도가 드높게 치는 날을 만나고 있었다는 것을, 도읍의 사람들은 듣고 알고 있었을까라는 내용이다.

바다 여행을 하면서 위험에 처하기도 했다는 것을 도읍 사람들은 듣고 알고 있었을까라는 뜻이다.

'都の人は'를 全集에서는, '도읍에 있는 아내'로 보았다.

[좌주] 위의 2수는, 大判官

3676　安麻等夫也　可里乎都可比尓　衣弖之可母　奈良能弥夜故尓　許登都夛良武

天飛ぶや[1]　雁を使に　得てしかも[2]　奈良の都に　言告げ遣らむ[3]

あまとぶや　かりをつかひに　えてしかも　ならのみやこに　ことつげやらむ

3677　秋野乎　尓保波須波疑波　佐家礼杼母　見流之留思奈之　多婢尓師安礼婆

秋の野を　にほはす萩は　咲けれども[4]　見るしるし[5]無し　旅に[6]しあれば

あきののを　にほはすはぎは　さけれども　みるしるしなし　たびにしあれば

3678　伊毛乎於毛比　伊能祢良延奴尓　安伎乃野尓　草乎思香奈伎都　追麻於毛比可祢弖

妹を思ひ　寝の寝らえぬに[7]　秋の野に　さ男鹿鳴きつ[8]　妻思ひかねて[9]

いもをおもひ　いのねらえぬに　あきののに　さをしかなきつ　つまおもひかねて

1 **天飛ぶや**: 기러기를 수식하는 것이다. 기러기를 심부름꾼으로 손에 넣고 싶은 것이다. 도읍인 나라(奈良)에 내 소식을 알리자.
2 **得てしかも**: 'かも'는 願望을 나타낸다.
3 **言告げ遣らむ**: 기러기를 보내자.
4 **咲けれども**: 'れ'는 완료를 나타낸다.
5 **しるし**: 효과, 보람이다.
6 **旅に**: 집의 반대이다. 집에 있다면 아내와 함께 본다.
7 **寝の寝らえぬに**: 잠을 자는 것을 강조한 표현이다. 'らえ'는 가능을, 'ぬ'는 부정을 나타낸다.
8 **さ男鹿鳴きつ**: '鳴く'를 '泣く'로 해석한다.
9 **妻思ひかねて**: 너무 그리워서.

3676 (아마토부야)/ 기러기 심부름꾼/ 얻고 싶으네/ 나라(奈良)의 도읍으로/소식 전해 보내자

하늘을 나는 기러기를 심부름꾼으로 얻고 싶네. 그렇게 되면 나라(奈良)의 도읍으로 내 소식을 전하여 보내자라는 내용이다.

기러기를 통해서라도 고향집에 소식을 전하고 싶은 마음을 노래한 것이다.

大系에서는, 'てしか・てしかも는 불가능한 것이라는 것을 알면서도, 만약 그것이 가능하다면 그렇게 하고 싶다는 뜻을 나타낸다'고 하였다『萬葉集』 4, p.81].

3677 가을 들판을/ 물들이는 싸리는/ 피었지만도/ 보아도 보람 없네/ 여행하고 있으니

가을 들판을 아름답게 물들이는 싸리는 잘 피었지만 그것을 보아도 보람이 없네. 혼자 여행을 하고 있으므로라는 내용이다.

집을 떠나서 여행 중에 있으므로 싸리를 함께 볼 아내가 곁에 없어서 아쉽다는 뜻이다.

吉井 巖은, '이 작품은 혹은 3674번가의 혼자 여행하는 戀情과 수사슴에 호응하여 가을 들판의 싸리와 연정이 노래된 것인지도 모른다'고 하였다『萬葉集全注』 15, p.199].

3678 아내 그리워서/ 잠을 잘 수 없는데/ 가을 들판에/ 수사슴이 우네요/ 짝이 너무 그리워서

아내를 생각하고 있으니 그리움에 잠을 잘 수가 없는데, 가을 들판에는 수사슴이 울고 있네요. 짝이 그리운 것을 참지 못하여라는 내용이다.

가뜩이나 아내 생각에 잠이 오지 않는데 수사슴까지 짝을 그리워하여 들판에서 울고 있다는 뜻이다.

3679 於保夫祢尓　真可治之自奴伎　等吉麻都等　和礼波於毛倍杼　月曽倍尓家流

　　　　大船に　眞楫繁貫き　時待つと[1]　われは思へど　月そ經にける[2]

　　　　おほふねに　まかぢしじぬき　ときまつと　われはおもへど　つきそへにける

3680 欲乎奈我美　伊能年良延奴尓　安之比奇能　山妣故等余米　佐乎思賀奈君母

　　　　夜を長み[3]　寝の寝らえぬに[4]　あしひきの　山彦響め[5]　さ男鹿鳴くも

　　　　よをながみ　いのねらえぬに　あしひきの　やまびことよめ　さをしかなくも

---

1 **時待つと**: 정신이 긴장된 것을 말한다. 마지막 구의 영탄과 반대이다.
2 **月そ經にける**: 달이 바뀐다.
3 **夜を長み**: 가을밤이 긴 것과 사모의 정이 깊은 것을 말한다.
4 **寝の寝らえぬに**: '라에'는 가능을, 'ぬ'는 부정을 나타낸다.
5 **響め**: 타동사이다.

3679 크나큰 배에/ 노를 많이 달고서/ 때 기다린다/ 나는 생각하지만/ 한 달이 지나갔네

❀ 해설

큰 배의 양쪽 현에 노를 많이 달고, 출항할 좋은 때를 기다리고 있다고는 생각을 하지만 그래도 벌써 한 달이나 지나가 버렸네라는 내용이다.

출항하기에 좋은 날씨를 기다린다고는 생각하고 이해하지만 그동안 벌써 한 달이 지나가 버려서 귀국 날짜가 늦어지는 것을 안타까워한다는 뜻이겠다.

'時待つと'를, 大系・注釋・全集에서는 '배가 출발하기에 좋은 때를 기다리는 것'으로 해석하였다. 즉 순풍을 기다리는 뜻으로 보았다. 그러나 吉井 巖은, 풍랑이 잠잠해질 때를 기다리는 뜻으로 해석하였다『萬葉集全注』 15, p.201]. '순풍을 기다리는 것'으로 본 해석이나 '풍랑이 잠잠해지기를 기다리는 것'으로 본 해석은, 모두 배가 출항하기를 기다린다는 뜻이므로 큰 차이가 없다고 생각된다. 그런데 私注에서는, '출항할 때를 기다린다고도 해석할 수 있지만 오히려 귀항하여 아내를 만나는 때를 의미하는 것으로 보아야 할 것이다. '月ぞ經にける'는 단지 한 날이 지났다고 하기 보다는 달이 겹친다는 뜻이므로 출발 이후의 시간을 말하는 것이겠다'고 하였다『萬葉集私注』 8, p.78]. 제2구에서 '眞楫繁貫き'라고 하였으므로 배가 출항 준비를 한 상태에서 출발하기를 기다린다고 보는 것이 좋겠다.

3680 밤이 길어서/ 잠을 자기 힘든데/ (아시히키노)/ 메아리를 울리며/ 수사슴이 우는가

❀ 해설

가을밤이 길고 아내 생각에 잠은 잘 오지 않는데 산에 메아리를 울리며 수사슴이 짝을 그리워하여 우는가라는 내용이다.

가뜩이나 아내 생각에 잠이 오지 않는데 수사슴까지 짝을 그리며 산메아리를 울리며 울고 있다는 뜻이다.

3678번가와 비슷한 내용이다.

肥前國松浦郡狛嶋¹亭舶泊之夜，遙望海浪²，各慟旅心作歌七首

3681   可敝里伎弖　見牟等於毛比之　和我夜度能　安伎波疑須々伎　知里尒家武可聞

歸り來て　見むと思ひし³　わが宿の⁴　秋萩薄　散りにけむかも⁵

かへりきて　みむとおもひし　わがやどの　あきはぎすすき　ちりにけむかも

左注　右一首，秦田麿⁶

3682   安米都知能　可未乎許比都々　安礼麻多武　波夜伎万世伎美　麻多婆久流思母

天地の　神を祈ひつつ　吾待たむ　早來ませ⁷君⁸　待たば苦しも

あめつちの　かみをこひつつ　あれまたむ　はやきませきみ　またばくるしも

左注　右一首，娘子⁹

---

1 **狛嶋**: 소재지를 알 수 없다. 佐賀縣 唐津市의 神集島라고도 한다.
2 **海浪**: 壹岐로의 풍랑이다.
3 **見むと思ひし**: 당초에는 가을에 귀국할 예정이었다.
4 **わが宿の**: 'やど'는 주거를 말한다.
5 **散りにけむかも**: 허망하게 좋은 날씨를 기다리고 있는 동안에.
6 **秦田麿**: 어떤 사람인지 알 수 없다.
7 **早來ませ**: 'ませ'는 경어이다.
8 **君**: 사신의 한 사람이다.
9 **娘子**: 지역의 유녀이다. 주연에서 인사로 노래를 부른다. 이름은 알 수 없다.

히노 미치노쿠치(肥前)國 마츠라(松浦)郡의 코마(狛) 섬 선착장에 배를 정박한 밤에 멀리 바다의 파도를 바라보고 旅情을 슬퍼하여 지은 노래 7수

3681 돌아가서는/ 보려고 생각했던/ 우리집의요/ 가을싸리 참억새/ 이미 져 버렸을까

🌸 해설

무사히 귀국하여 집에 돌아가서 보려고 생각을 했던 우리 집의 가을싸리꽃과 참억새는 이미 다 지고 말았을까라는 내용이다.

좌주 위의 1수는, 하다노 타마로(秦田麿)

3682 하늘과 땅의/ 신들에게 빌면서/ 난 기다리죠/ 빨리 오세요 그대/ 기다리면 괴롭네

🌸 해설

하늘과 땅의 신들에게 빌면서 나는 기다리지요. 빨리 돌아오세요 그대여. 오래 기다리고 있으면 괴롭네요라는 내용이다.

吉井 巖은, '이 작품은 작자 자신을 도읍에 있는 田麻呂의 아내의 입장으로 하여 田麻呂의 앞의 작품에 답한 것이라고 생각할 수 있다'고 하였다[『萬葉集全注』 15, p.208].

좌주 위의 1수는, 오토메(娘子)

3683　伎美乎於毛比　安我古非万久波　安良多麻乃　多都追奇其等尓　与久流日毛安良自

君[1]を思ひ　吾が戀ひまく[2]は　あらたまの[3]　立つ月ごとに　避くる[4]日もあらじ

きみをおもひ　あがこひまくは　あらたまの　たつつきごとに　よくるひもあらじ

3684　秋夜乎　奈我美尓可安良武　奈曽許々波　伊能祢良要奴毛　比等里奴礼婆可

秋の夜を　長みにかあらむ[5]　何そここば[6]　寝の寝らえぬも[7]　一人[8]寝ればか

あきのよを　ながみにかあらむ　なそここば　いのねらえぬも　ひとりぬればか

---

1 **君**: 사신 일행의 한 사람이다.
2 **吾が戀ひまく**: 'まく'는 'む'의 명사형이다.
3 **あらたまの**: 새로운 영이다. 年, 月을 상투적으로 수식하는 枕詞이다.
4 **避くる**: 제외한다.
5 **長みにかあらむ**: 밤이 길기 때문일까.
6 **何そここば**: 심하게.
7 **寝の寝らえぬも**: 'も'는 영탄을 나타낸다.
8 **一人**: 아내도 없이 혼자.

3683 그대를 그리는/ 나의 사랑하는 맘/ (아라타마노)/ 달이 바뀔 때마다/ 예외인 날도 없네요

그대를 그리워하는 나의 사랑은 새롭게 달이 바뀔 때마다 하루라도 예외인 날이 없네요라는 내용이다. 앞으로 하루도 빠짐없이 상대방을 그리워한다는 뜻이다.

私注에서는, '앞의 娘子의 노래에 답한 노래라고 해야만 한다. 좌중의 흥을 위한 노래'라고 하였다[『萬葉集私注』 8, p.81]. 全集에서도, 君은 앞의 娘子를 가리킨 것이며, 연회석에서의 인사 노래라고 하였다[『萬葉集』 4, p.73].

大系에서는, '君은 사신 일행 중의 한 사람, 작자는 보내는 쪽의 사람일 것이다'고 하였다[『萬葉集』 4, p.83]. 吉井 巖은, '어쩐지 이 작품이 남성의 작품인 것처럼 생각된다'고 하였다[『萬葉集全注』 15, p.209]. 이처럼 '君'은 여성으로도, 남성으로도 해석되고 있다.

3684 가을밤이요/ 길기 때문인 것일까/ 왜 이렇게도/ 잠들 수가 없는가/ 혼자 잠을 자서인가

가을밤이 길기 때문인 것일까. 왜 이렇게도 심하게 잠을 들 수가 없는 것일까. 혼자서 외롭게 잠을 자기 때문인 것일까라는 내용이다.

잠이 오지 않는 것을 가을밤이 길기 때문일까, 아내 없이 혼자서 자기 때문인 것일까하고 노래한 것이지만 아내 없이 혼자서 자기 때문인 것이다.

3685 多良思比賣　御舶波弖家牟　松浦乃宇美　伊母我麻都倍伎　月者倍尓都々

足姫[1]　御船泊てけむ　松浦の海[2]　妹が待つべき　月は經につつ[3]

たらしひめ　みふねはてけむ　まつらのうみ　いもがまつべき　つきはへにつつ

3686 多婢奈礼婆　於毛比多要弖毛　安里都礼杼　伊敝尓安流伊毛之　於母比我奈思母

旅なれば[4]　思ひ絶えても　ありつれど　家にある妹し[5]　思ひがなしも

たびなれば　おもひたえても　ありつれど　いへにあるいもし　おもひがなしも

3687 安思必奇能　山等妣古由留　可里我祢波　美也故尓由加波　伊毛尓安比弖許祢

あしひきの　山飛び越ゆる　雁がね[6]は　都に行かば[7]　妹に逢ひて來ね

あしひきの　やまとびこゆる　かりがねは　みやこにゆかば　いもにあひてこね

---

1 **足姫**: 息長(오키나가) 足姫尊(타라시히메노 미코토). 神功황후이다. 이른바 三韓 정벌의 고사가 있다.
2 **松浦の海**: 'まつ'의 음을 제4구의 'まつ'에 연결시켰다.
3 **月は經につつ**: 'つつ'는 계속을 나타낸다.
4 **旅なれば**: 자신의 상황이.
5 **家にある妹し**: 'し'는 강조를 나타낸다. 아내의 일만은.
6 **雁がね**: 원래는 기러기 울음이지만 기러기를 나타낸다.
7 **都に行かば**: 만약 가게 되면. 가정이다.

3685 타라시히메(足姫)/ 배가 정박했다는/ 마츠라(松浦)의 바다/ 아내 기다릴 것인/ 달은 계속
      지나네

🌸 해설

    타라시히메(足姫)의 배가 정박을 하였다고 전하는 마츠라(松浦)의 바다여. 그 바다의 이름처럼, 내가
돌아오기를 아내가 기다릴 것인 달은 계속 지나가네라는 내용이다.
    '松浦'의 '松'과 '待つ'의 발음이 같은 것을 이용한 노래이다.

3686 여행 중이니/ 생각하는 것 끊고/ 있지만서도/ 집에 있는 아내는요/ 생각하면 슬프네

🌸 해설

    여행을 하고 있으므로 모든 것을 생각하지 않고 체념하고 있지만, 다만 집에 있는 아내만은 생각하면
슬퍼져서 체념할 수가 없네라는 내용이다.
    여행 중이므로 다른 것은 다 참을 수가 있지만 아내 생각만은 멈출 수가 없다는 뜻이다.
    大系・私注・注釋・全集・全注에서는, '아내를 만나는 것을 체념하고는 있었지만, 그래도 체념이 안
된다'는 뜻으로 해석하였다.

3687 (아시히키노)/ 산을 날아서 넘는/ 기러기는요/ 도읍으로 간다면/ 아내 만나고 와 다오

🌸 해설

    힘들게 가야 하는 산을 날아서 넘어가는 기러기는, 만약 도읍으로 간다면 나의 아내를 만나고 와
다오라는 내용이다.
    3676번가에서도 작자와 아내 사이를 이어주는 매체로 기러기를 노래하였다.
    大系에서는, '때는 가을이고 작자는 九州에 있으므로 기러기가 가는 방향은 도읍 쪽이다'고 하였다『萬
葉集』 4, p.84].

到壹岐嶋, 雪連宅満[1]忽遇鬼病[2]死去之時作歌一首并短謌

3688 須賣呂伎能　等保能朝庭等　可良國尓　和多流和我世波　伊敝比等能　伊波比麻多祢可

多太未可母　安夜麻知之家牟　安吉佐良婆　可敝里麻左牟等　多良知祢能　波々尓麻乎之弖

等伎毛須疑　都奇母倍奴礼婆　今日可許牟　明日可蒙許武登　伊敝比等波　麻知故布良牟尓

等保能久尓　伊麻太毛都可受　也麻等乎毛　登保久左可里弖　伊波我祢乃　安良伎之麻祢尓

夜杼理須流君

天皇[3]の　遠の朝廷[4]と　韓國[5]に　渡るわが背[6]は　家人の[7]　齋ひ待たねか[8]　正身[9]かも

過しけむ　秋さらば　歸りまさ[10]むと　たらちねの[11]　母に申して[12]　時も過ぎ　月も經ぬれ

ば　今日か來む　明日かも來むと　家人は　待ち戀ふらむに　遠の國[13]　いまだも着かず

大和をも　遠く離れて　岩が根[14]の　荒き島根[15]に　宿りする[16]君

すめろきの　とほのみかどと　からくにに　わたるわがせは　いへびとの　いはひまたねか

ただみかも　あやまちしけむ　あきさらば　かへりまさむと　たらちねの　ははにまをして

ときもすぎ　つきもへぬれば　けふかこむ　あすかもこむと　いへびとは　まちこふらむに

とほのくに　いまだもつかず　やまとをも　とほくさかりて　いはがねの　あらきしまねに

やどりするきみ

---

1 **雪連宅満**: 雪은 壹岐이다. 壹岐 출신인가. 宅滿이라고도 쓴다. 후에 壹岐島에서 병으로 사망하였다.
2 **鬼病**: 귀신이 든 병. 業病. 병은 귀신 때문에 드는 것이라고 생각하였다. 여기에서는 두창(천연두)인가. 이 해를 전후해서 일본 온 나라에 천연두가 유행하였다.
3 **天皇**: 'すめ'는 통치한다는 뜻이다. 'ろ'는 '의', 'き'는 남자를 가리킨다고 한다.
4 **遠の朝廷**: 일방적으로 한국을 지배국이라고 생각하였던 표현이다.
5 **韓國**: 신라를 가리킨다.
6 **渡るわが背**: 宅滿을 가리킨다. 다음의 '家人'의 입장에서 부른 호칭이다.
7 **家人の**: 주로 아내를 가리킨다.
8 **齋ひ待たねか**: 의미상으로는 사망해 버렸다고 하는 '宿りする'에 이어지지만, 이 구는 '宿りする君'과 '君'을 수식한다.
9 **正身**: 자신. 아내의 잘못에 대한 본인 자신이다.
10 **歸りまさ**: 'ます'는 경어. 작자의 입장에서 사망한 자에 대한 경어이다.
11 **たらちねの**: 젖이 충분하다는 뜻으로, 그 곁을 떠난 죽음을 암시한다.
12 **母に申して**: 겸양. 母에 대한 경의를 나타낸다.
13 **遠の國**: 신라를 가리킨다.
14 **岩が根**: 바위를 말한다.
15 **島根**: 'ね'는 접미어이다.
16 **宿りする**: 여행에서 임시 거처를 만들어서 자는 잠이다. 여기에서는 죽음을 말한다.

이키(壹岐) 섬에 도착해서, 유키노 므라지 야카마로(雪連宅滿)가 갑자기 병에 걸려 사망하였을 때 지은 노래 1수와 短歌

3688 우리 대왕의/ 먼 곳 조정이라고/ 신라 나라로/ 건너가려는 그대/ 집사람이요/ 조심하지 않았나/ 그대 자신이/ 잘못을 하였는가/ 가을이 되면/ 돌아오지요 하고/ (타라치네노)/ 어머니께 말하고/ 시간 지나고/ 달도 지났으므로/ 오늘 올 건가/ 내일은 올 건가고/ 집사람이요/ 기다리기 힘든데/ 머나먼 나라/ 아직 도착도 않고/ 야마토(大和)도요/ 멀리 떠나가서는/ 바위들이요/ 거칠은 섬에서요/ 잠을 자는 그대여

해설

왕이 다스리는 먼 곳의 조정인 신라로 건너가려고 하는 그대는, 집사람이 몸을 정결하게 하고 빌면서 기다리지 않았기 때문인가. 아니면 그대 자신이 무언가 잘못을 했기 때문인가. 가을이 되면 돌아오지요 하고 젖이 많은 어머니께 말하고, 시간도 지나고 달도 지나갔으므로 오늘은 돌아올 것인가, 내일은 돌아올 것인가 하고 아내가 목이 빠져라고 기다리고 있을 것인데, 머나먼 나라인 신라에 아직 도착도 하지 않고, 한편 야마토(大和)도 멀리 떠나서 이 바위들도 거친 섬에서 잠을 자는 그대여라는 내용이다.

이키(壹岐) 섬에 도착해서, 사신 중의 한 사람인 유키노 므라지 야카마로(雪連宅滿)가 병으로 갑자기 사망하자 그의 죽음을 슬퍼하여 지은 挽歌이다.

反歌二首

3689 伊波多野尓　夜杼里須流伎美　伊敝妣等乃　伊豆良等和礼乎　等波婆伊可尓伊波牟

岩田野[1]に　宿りする君[2]　家人の[3]　いづらとわれを　問はば如何に言はむ

いはたのに　やどりするきみ　いへびとの　いづらとわれを　とはばいかにいはむ

3690 与能奈可波　都祢可久能未等　和可礼奴流　君尓也毛登奈　安我孤悲由加牟

世間は　常かく[4]のみと　別れぬる　君[5]にやもとな[6]　吾が戀ひ行かむ

よのなかは　つねかくのみと　わかれぬる　きみにやもとな　あがこひゆかむ

[左注] 右三首, 挽歌[7]

---

1 **岩田野**: 이키(壹岐) 섬의 남쪽 해안이다.
2 **宿りする君**: 宅滿이다.
3 **家人の**: 宅滿의 아내이다.
4 **常かく**: 허무하게 사별한 것이다.
5 **別れぬる 君**: 宅滿이다.
6 **もとな**: 의지할 곳이 없다는 뜻으로, 이유도 없이.
7 **挽歌**: 죽음을 애도하는 노래이다.

反歌 2수

3689 이하타(岩田) 들에/ 잠을 자는 그대는/ 집사람이요/ 어딨냐고 나에게/ 물으면 뭐라고 말하죠

🌸 해설

이하타(岩田) 들에서 잠을 자는 그대여. 그대의 아내가 그대가 어디에 있느냐고 만약 나에게 물으면 뭐라고 대답을 하면 좋을까요라는 내용이다.

3690 세상살이는/ 항상 이런 것이라/ 사망하였는/ 그대를 허망하게/ 나는 그리며 가나

🌸 해설

세상살이는 항상 이런 것일 뿐이라고, 사망하여 떠난 그대를 허망하게 그리워하면서 나는 여행을 계속하는 것인가라는 내용이다.

좌주 위의 3수는, 挽歌

이 左注에 대해 注釋에서는, '이 3수에는 이름이 없고, 그 다음의 挽歌 3수와 그 다음의 3수에는 이름이 있다. 이러한 방식은 만엽집에서는 드문 예이다. 만약 이 3수가 작자를 알 수 없는 작품이라고 하면 오히려 뒤로 돌려야 할 것인데, 이 기록자에게 있어, 이 작품은 작자를 모르는 것이 아니라 기록자 자신의 작품이라고 보아야 하지 않을까. 그렇게 보면 작자 이름이 없는 다른 작품도 같은 사람이라고 하는 생각이 인정될 수 있을 것 같다'고 하였다[『萬葉集注釋』15, p.109]. 吉井 巖은, "右三首, 挽歌'라고 하는 左注에는 세 가지 문제점이 있다. 첫째는 '3수'라는 것이 제목의 '1수와 短歌'라고 한 것과 다른 점이다. 둘째는 遣新羅使人의 노래들에서는 일반적으로 작자 이름을 기록하지 않은 노래는, 좌주에 합계를 기록하는 일이 없고, 그 예는 후에 첨가한 작품을 더하여 편집된 첫 부분의 노래들인 3605번가까지의 부분에 보이는 것. 셋째는 '만가'라고 하는 노래 내용과 관련한 좌주가 使人들의 작품들 속에서는 특이하며, 둘째 이유와 마찬가지로 첫 부분의 노래들, 후에 첨부된 3625~3626번가의 좌주와, 宅滿에 대한 일련의 좌주만 보이는 것이다. 이상과 같은 점을 종합하여 판단하고, 또 권제15의 후반의 中臣宅守와 娘子와의 증답 노래에는 이러한 좌주가 있었던 것을 생각하면, 이 좌주는 遣新羅使人의 노래들이 최종적으로 편집되었을 때, 3693·3696번가의 좌주와 함께 기록된 것이라고 생각된다'고 하였다[『萬葉集全注』15, p.222].

3691 天地等　登毛尔母我毛等　於毛比都々　安里家牟毛能乎　波之家也思　伊敝乎波奈礼弖　奈美能宇倍由　奈豆佐比伎尔弖　安良多麻能　月日毛伎倍奴　可里我祢母　都藝弖伎奈氣婆　多良知祢能　波々母都末良母　安佐都由尔　毛能須蘇比都知　由布疑里尔　己呂毛弖奴礼弖　左伎久之毛　安流良牟其登久　伊伝見家追　麻都良牟毛能乎　世間能　比登乃奈氣伎波　安比於毛波奴　君尔安礼也母　安伎波疑能　知良敝流野邊乃　波都乎花　可里保尔布伎弖　久毛婆奈礼　等保伎久尔敝能　都由之毛能　佐武伎山邊尔　夜杼里世流良牟

天地と　共にもがもと[1]　思ひつつ[2]　ありけむものを　はしけやし[3]　家を離れて　波の上ゆ[4]　なづさひ[5]來にて　あらたまの[6]　月日も來經ぬ　雁がねも[7]　繼ぎて來鳴けば[8]　たらちねの[9]　母も妻らも[10]　朝露に　裳の裾ひづち[11]　夕霧に　衣手[12]濡れて　幸くしも[13]　あるらむ如く　出でつつ　待つらむものを　世間の[14]　人の嘆きは　相思はぬ　君にあれやも[15]　秋萩の　散らへる[16]野邊の　初尾花[17]　假廬に葺きて[18]　雲離れ　遠き國邊の[19]　露霜[20]の　寒き山邊に　宿りせるらむ

あめつちと　ともにもがもと　おもひつつ　ありけむものを　はしけやし　いへをはなれて　なみのうへゆ　なづさひきにて　あらたまの　つきひもきへぬ　かりがねも　つぎてきなけ　ば　たらちねの　ははもつまらも　あさつゆに　ものすそひづち　ゆふぎりに　ころもでぬれ　て　さきくしも　あるらむごとく　いでみつつ　まつらむものを　よのなかの　ひとのなげき　は　あひおもはぬ　きみにあれやも　あきはぎの　ちらへるのへの　はつをばな　かりほにふ　きて　くもばなれ　とほきくにへの　つゆしもの　さむきやまへに　やどりせるらむ

---

1 **共にもがもと**: 오래 있기를 바라는 마음이다.
2 **思ひつつ**: 宅滿이.
3 **はしけやし**: 'はしけ'는 그립다는 뜻이다. 'や', 'し'는 조사이다. 挽歌에 많이 사용되는 표현이다.
4 **波の上ゆ**: 'ゆ'는 경과를 나타낸다.
5 **なづさひ**: 힘드는 모습이다.
6 **あらたまの**: 새로운 영이라는 뜻이다. 年…月을 상투적으로 수식하는 枕詞이다.
7 **雁がねも**: 본래는 기러기 소리이다. 여기서는 기러기이다.
8 **繼ぎて來鳴けば**: 위의 2구와 병렬해서 가을이 도래한 것을 말한다.
9 **たらちねの**: 젖이 풍족한. 'ね'는 접미어이다.
10 **母も妻らも**: 'ら'는 접미어이다. 복수가 아니다.
11 **ひづち**: 물에 젖는 것이다.
12 **衣手**: 소매이다.
13 **幸くしも**: 宅滿이.
14 **世間の**: 이하, 宅滿의 죽음에 대한 불만이다.
15 **君にあれやも**: 'あれやも'는 'あればやも'의 축약형이다. 마지막 구로 이어진다.
16 **散らへる**: 'へ'는 계속을, 'る'는 완료를 나타낸다.
17 **初尾花**: '尾花'는 참억새의 이삭이다.
18 **假廬に葺きて**: 빈소의 장식으로 띠를 놓았던 것인가.
19 **遠き國邊の**: 壹岐를 가리킨다.
20 **露霜**: 이슬과 서리이다. 이슬의 雅語라고도 한다.

3691　하늘과 땅과/ 함께 오래 살려고/ 생각하면서/ 있었던 것인 것을/ 사랑스러운/ 집을 떠나가
　　　서는/ 파도의 위를요/ 힘들어 하며 와서/ (아라타마노)/ 달과 날도 지났네/ 기러기도요/
　　　계속해서 와 울면/ (타라치네노/ 어머니도 아내도/ 아침 이슬에/ 치맛자락 적시며/ 저녁
　　　안개에/ 옷소매가 젖으며/ 아무 일 없이/ 있을 거라 생각코/ 나와 보면서/ 기다리고 있을
　　　걸/ 이 세상 속의/ 사람의 탄식 따위/ 생각하지 않는/ 그대기 때문인가/ 가을 싸리가/
　　　져 버린 들판 가의/ 참억새 이삭/ 임시 거처에 깔고/ 구름 떠가는/ 멀고도 먼 나라의/
　　　이슬 서리가/ 차가운 산 근처에/ 잠을 자는 것일까

❀ 해설

　　없어지지 않는 영원한 하늘과 땅과 함께 오래 살고 싶다고 그대는 계속 생각하면서 있었을 것인데,
그리운 집을 떠나가서 파도의 위를 힘들게 고생하며 와서, 새로운 달과 날을 맞이하고는 또 보내고
했네. 기러기도 계속해서 와서 우는 계절이 되었으므로, 젖이 많은 어머니도 아내도 아침에는 이슬에
치맛자락을 적시며, 저녁에는 안개에 옷소매가 젖으면서도, 그대가 마치 아무 일도 없이 무사하게 있을
거라고 생각이라도 하는 듯이 문에 나와서 보고는 그대가 돌아오기를 기다리고 있을 것인데, 이 세상
사람의 탄식 따위는 생각해 보려고도 하지 않는 그대이기 때문인가. 가을 싸리꽃이 다 져 버린 들판
가의 참억새의 이삭을 임시 거처에 깔고, 구름이 떠가는 멀고도 먼 나라의, 이슬과 서리가 차가운 산
근처에서 잠을 자고 있는 것일까라는 내용이다.
　　吉井 巖은, '이 長歌를 시작으로 하여 이후의 長反歌 두 歌群에는 제목이 없다. 왜 제목이 없는 것일까.
작자 이름을 기록한 노래에는 모두 제목이 있고, 작자 이름이 명기된 작품이 무기명 작품보다 앞에
실려 있는 것은 이미 살펴본 바와 같다. 이 長反歌의 마지막에 〈右一〉라고 하는 左注가 있지만, '挽歌'라
고 하는 노래 내용과 관련한 좌주가 遣新羅使人들의 작품들 속에서는 특이하며, 첫 부분의 노래들과
후에 첨부된 3625~3626번가 및, 中臣宅守와 娘子의 증답 노래의 좌주에만 보이는 것도 이미 설명하였다.
여기에서는 나아가 이름을 기록할 때 姓인 連을 기록하고 있는 특이한 점을 지적하고 싶다. (중략) 이러
한 내용에서 받는 인상은 앞에서 말한 여러 가지 특이한 점을 생각할 때, 이 노래는 여행하는 동안
지어진 것이 아니고, 후에 雪連과 마찬가지로 도래계 씨족이며 또한 친구이기도 했던 葛井連子老에
의해 유족에게 바쳐진 것은 아닐까 하는 추정을 해 본다. 子老는 養老 3년(719)에 遣新羅使가 되고 天平
15년(743)에는 신라 사신의 접대 일을 맡았으며 이 기간에 신라와의 외교에 깊이 관련하고 있었다고
생각되는 葛井連廣成의 동족이며, 자신도 遣新羅使人의 운명에 깊은 관심이 있었던 것을 추정할 수
있다. 바칠 때에는 제목이 있었는지도 모른다. 그러나 그것은 편집할 때 빼고, 宅滿의 죽음이라는 비극성
을 강조하였으므로 사신의 노래의 하나로 첨부된 것이겠다'고 하였다『萬葉集全注』15, p.228].

反歌二首

3692　波之家也思　都麻毛古杼毛母　多可多加尓　麻都良牟伎美也　之麻我久礼奴流

はしけやし[1]　妻も子どもも　高高に[2]　待つらむ君や　島隠れぬる[3]

はしけやし　つまもこどもも　たかだかに　まつらむきみや　しまがくれぬる

3693　毛美知葉能　知里奈牟山尓　夜杼里奴流　君乎麻都良牟　比等之可奈思母

黄葉の　散りなむ山[4]に　宿りぬる　君[5]を待つらむ　人し悲しも

もみちばの　ちりなむやまに　やどりぬる　きみをまつらむ　ひとしかなしも

[左注]　右三首, 葛井連子老[6]作挽歌

---

1 **はしけやし**: 아내에 대한 영탄이다.
2 **高高に**: 마음을 다하는 것이다.
3 **島隠れぬる**: 죽는 것이다.
4 **散りなむ山**: 낙엽이 진 후에 황량해진 산 속이다. 'なむ'는 미래 완료를 나타낸다.
5 **宿りぬる 君**: 영원히 잠들어 버릴 것인 그대.
6 **葛井連子老**: 도래계의 사람이다. 어떤 사람인지 알 수 없다.

反歌 2수

3692 가련하게도/ 아내도 아이들도/ 마음을 다해/ 기다릴 것인 그대/ 섬에 숨어 버렸네

 해설

집에서 아내도 아이들도 마음을 다해서 돌아오기를 기다리고 있을 것인 그대는 가련하게도 섬에서 사망하여 숨어 버렸네라는 내용이다.

3693 단풍잎들이/ 다 져 버린 산에서/ 잠자고 있는/ 그대 기다릴 것인/ 사람이 슬프네요

 해설

단풍잎이 다 져 버린 산속에서 영원히 잠을 잘 것인 그대를 기다리고 있을 것인 그대의 집사람이 슬프네요라는 내용이다.
사망한 줄도 모르고 기다리고 있을, 죽은 자의 아내를 생각하며 슬퍼한 노래이다.

좌주 위의 3수는, 후지이노 므라지 코오유(葛井連子老)가 지은 挽歌

3694 和多都美能　可之故伎美知乎　也須家口母　奈久奈夜美伎弖　伊麻太尓母　毛奈久由可牟登

　　　由吉家安末能　保都手乃宇良敝乎　可多夜伎弖　由加武士須流尓　伊米能其等　美知能蘇良

　　　治尓　和可礼須流伎美

わたつみの¹　恐き路を　安けくも²　なく惱み來て　今だにも³　喪⁴無く行かむと　壹岐⁵の海

人の　上手の占を⁶　かた灼きて⁷　行かむとするに　夢の如　道の空路に⁸　別れする君

わたつみの　かしこきみちを　やすけくも　なくなやみきて　いまだにも　もなくゆかむと

ゆきのあまの　ほつてのうらへを　かたやきて　ゆかむとするに　いめのごと　みちのそら

ぢに　わかれするきみ

反歌二首

3695 牟可之欲里　伊比祁流許等乃　可良久尓能　可良久毛己許尓　和可礼須留可聞

昔より　言ひける言の⁹　韓國の　辛くも¹⁰此處に　別れするかも

むかしより　いひけることの　からくにの　からくもここに　わかれするかも

---

1 **わたつみの**: 바다. 바다 신이라는 원래의 뜻을 살려서 다음 구로 이어진다.
2 **安けくも**: 편안하다는 뜻이다.
3 **今だにも**: 지금부터. 'だに'는 '적어도…만이라도'.
4 **喪**: 어려움.
5 **壹岐**: 그 당시에는 '이키'라고도 '유키'라고도 하였다.
6 **上手の占を**: 壹岐에 거북이 등껍질을 태워서 점을 치는 관습이 있었던 것이 『三代實錄』貞觀 14년 4월조, 『延喜式』에 보인다. 上手는 잘 하는 것이다. うらへ는 점을 치는 것이다.
7 **かた灼きて**: 모양을 태워서 점을 치는 것이다.
8 **道の空路に**: 여행하는 도중이다. 空은 상태를 말한다.
9 **言ひける言の**: 韓國이라고 하는 말이다. 일반적인 어순으로 말하면 '昔より 韓國と 言ひける言の'이다.
10 **辛くも**: 힘들게도.

3694 바다의 신이/ 무서운 항해 길을/ 평온한 것도/ 없이 고생하면서/ 이제부터는/ 힘든 일
없이 가려/ 유키(壹岐)의 어부가/ 능숙하게 치는 점을/ 모양 태워서/ 가려고 하는 것을/
꿈인 것처럼/ 여행하는 도중에/ 떠나가 버린 그대

❀ 해설

　바다 신이 통치를 하는 무서운 바다 길을 한시도 평온한 적도 없이 고생을 하면서 와서, 이제부터라도
힘든 일이 없이 무사하게 가려고 생각을 해서, 이곳 유키(壹岐)의 어부가 잘 치는 점을, 모양을 태워서
점을 치면서 가려고 하고 있는데 마치 꿈인 것처럼 여행하는 도중에 사망하여 떠나가 버린 그대여라는
내용이다.

反歌 2수

3695 옛날부터요/ 전하여져 온 말인/ 카라쿠니(韓國)의/ 괴롭게도 이곳서/ 헤어지는 것인가

❀ 해설

　옛날부터 전하여져 온 말인 카라쿠니(韓國)의 이름처럼 그렇게 괴롭게도 이곳에서 사망하여 떠나가는
것인가라는 내용이다.
　'韓國の'의 '韓'과 '辛く'의 '辛'이 'から'로 발음이 같은 것을 이용한 노래이다.

3696　新羅奇敵可　伊敵尓可加反流　由吉能之麻　由加牟多登伎毛　於毛比可祢都母

新羅へ[1]か　家にか歸る[2]　壹岐の島[3]　行かむたどき[4]も　思ひかねつも

しらきへか　いへにかかへる　ゆきのしま　ゆかむたどきも　おもひかねつも

左注　右三首, 六鯖[5]作挽歌

---

1 **新羅へ**: 'へ'는 방향을 나타내는 조사이다. 신라는 아득히 먼 곳이고 집은 확실하게 귀착할 수 있는 점이다.
2 **家にか歸る**: 주체는 宅滿이다. 작자로는 挽歌에 적합하지 않다. 宅滿의 혼이라고 하는 것도 심리적으로 맞지 않다. 長歌의 '夢の如'에 대응한다.
3 **壹岐の島**: 'ゆき'라는 이름을 제4구의 '行か'에 접속시킨다. '行く'는 자는 것의 반대이다.
4 **たどき**: 'たづき'와 같다. 방법이다.
5 **六鯖**: 六人部連鯖麿의 약식 표기라고 하지만 알 수 없다. 매화 연회(815번가 이하)에도 이러한 약식 표기는 없다.

3696 신라로 가나/ 집으로 돌아가나/ 유키(壹岐) 섬처럼/ 가야 할 방법을요/ 생각하기 힘드네

✿ **해설**

신라 쪽으로 가는 것인가. 宅滿은 집으로 돌아가는 것인가. 유키(壹岐) 섬의 이름처럼 가는 방법도 생각하기 힘드네라는 내용이다.

'壹岐'와 '行か'의 발음이 같은 것을 이용한 노래이다.

이 노래에서는 주체가 분명하게 드러나 있지 않다. 大系에서는, '宅滿의 혼이 헤맨다고 하는 설도 있지만 작자가 경황이 없는 상태로 보인다'고 하였다『萬葉集』 4, p.89]. 이에 비해 吉井 巖은, '宅滿의 혼은 신라로 가는 것인가. 집으로 돌아가는 것인가. 그 시체가 있는 壹岐 섬으로 가는 방법도 나는 알 수 없는 것이네'로 해석하여 宅滿의 혼을 주체로 보았다『萬葉集全注』 15, p.235].

좌주 위의 3수는. 무사바(六鯖)가 지은 挽歌

'六人部連鯖麿'를 大系에서는, '天平寶字 2년(758) 11월에는 정6위상 伊賀守였으며, 같은 8년 정월에는 외종5위하가 되었던 사람. 六人部連은 火明命의 후예라고 하지만, 백제 酒王의 후예라고 전해지는 집도 있다'고 하였다『萬葉集』 4, p.89].

'六鯖'에 대해 吉井 巖은 氏名을 생략한 것은 自書이기 때문이라고 하고, '作歌에 自書가 남아 있다고 하는 것은 遣新羅使人 노래들 속에서는 드문 예로 주목할 필요가 있다. (중략) 만약 鯖麻呂가 사신으로 선발되었다면 간부 중의 녹사가 그 위계에 맞는 임무였을 것이다. 녹사가 맡은 일의 일부로 노래를 기록하고 자신의 작품에는 氏名을 생략하고 自書했다고 하는 추정은 매우 가능성이 있는 추정이지만, 反歌 제2수를 노래하는 鯖麻呂는 사신일 리가 없고 국내에 있으며 어떤 기회에 壹崎島에서 흉사를 애도하여 지은 것이 이 長反歌이며 그것이 사신들의 노래 속에 후에 들어간 것이라고 생각한다'고 하였다『萬葉集全注』 15, pp.237~238].

到對馬嶋淺茅浦¹舶泊之時，不得順風²，經停五箇日. 於是瞻望物華³，各陳慟心作謌三首

3697　毛母布祢乃　波都流對馬能　安佐治山　志具礼能安米尔　毛美多比尔家里

百船の　泊つる⁴對馬の　淺茅山⁵　時雨⁶の雨に　もみたひにけり⁷

ももふねの　はつるつしまの　あさぢやま　しぐれのあめに　もみたひにけり

3698　安麻射可流　比奈尔毛月波　弓礼々杼母　伊毛曽等保久波　和可礼伎尔家流

天離る　鄙⁸にも月は　照れれども　妹そ⁹遠くは　別れ來にける

あまざかる　ひなにもつきは　てれれども　いもそとほくは　わかれきにける

3699　安伎左礼婆　於久都由之毛尔　安倍受之弓　京師乃山波　伊呂豆伎奴良牟

秋されば¹⁰　置く露霜¹¹に　堪へずして　都の山は　色づきぬらむ¹²

あきされば　おくつゆしもに　あへずして　みやこのやまは　いろづきぬらむ

---

1 **淺茅浦**: 淺茅灣의 해안이다.
2 **順風**: 신라로 가는 순풍이다.
3 **物華**: 자연의 아름다움이다.
4 **泊つる**: 정박하는 나루의 津島(對馬)이다.
5 **淺茅山**: 淺茅灣의 동쪽 끝이다.
6 **時雨**: 늦가을의 소낙비이다.
7 **もみたひにけり**: 'もみづ'에 계속을 나타내는 'ふ'를 붙인 것이다. 'に'는 완료를 나타낸다.
8 **天離る 鄙**: 시골이다.
9 **妹そ**: 달과 다르다는 것을 강조한 것이다.
10 **秋されば**: '置く'에 이어진다.
11 **露霜**: 이슬과 서리이다.
12 **色づきぬらむ**: 단풍이 드는 것을 말한다.

츠시마(對馬嶋)의 아사지(淺茅) 포구에 도착하여
배를 정박하였을 때, 순풍을 얻지 못해 머물며 5일을 보내었다.
이에 아름다운 경치를 바라보고 각각 슬픈 마음을 말하여 지은 노래 3수

3697 많은 배들이/ 정박하는 츠시마(對馬)/ 아사지(淺茅) 산은/ 가을의 소낙비에/ 단풍이 들었
네요

🌸 해설

많은 배들이 정박하는 포구인 츠시마(對馬)의 아사지(淺茅) 산은, 가을에 내리는 소낙비에 아름답게도
단풍이 들었네요라는 내용이다.
吉井 巖은, '이 작품에서 불리어진 내용이 슬픈 마음으로 바라본 풍경이라는 점에 새로운 미가 느껴진
다'고 하였다『萬葉集全注』15, p.240].
'對馬嶋'를 大系에서는, '옛날에는 國으로 취급되었으며 上縣·下縣 2군으로 이루어져 있었다. 지금
長崎縣에 속한다. 조선으로 가는 항로이며 배가 머문다는 뜻에서 津島라고 한다. 對馬國이라는 것은
魏略逸文·魏志倭人傳에 있다. 日本書紀 이하에서 對馬島라고 한 것은 중복한 표기 방식이다'고 하였다
[『萬葉集』4, p.89].

3698 (아마자카루)/ 시골에도 달은요/ 비추지만도/ 아내를 멀리 하고/ 헤어져 온 것이네

🌸 해설

하늘 저 멀리 있는 시골에도 달은 밝게 빛나며 비추지만, 아내와 헤어져서 멀리 온 것이네라는
내용이다.
츠시마(對馬嶋)의 아사지(淺茅) 시골에도 달은 비추지만 아내와 헤어져서 있는 것이 슬프다는 뜻이다.

3699 가을이 되면/ 내리는 이슬 서리/ 견디지 못해/ 도읍의 산들은요/ 단풍이 들었겠지

🌸 해설

가을이 되면 내리는 이슬과 서리를 견디지 못해서 도읍의 산은 지금쯤 이미 아름답게 단풍이 들었겠지
라는 내용이다.

竹敷浦¹舶泊之時，各陳心緒作歌十八首

3700 安之比奇能　山下比可流　毛美知葉能　知里能麻河比波　計布仁聞安留香母

あしひきの　山下²光る　黄葉の　散りの亂ひ³は　今日にもあるかも

あしひきの　やましたひかる　もみちばの　ちりのまがひは　けふにもあるかも

【左注】右一首，大使⁴

3701 多可之伎能　母美知乎見礼婆　和藝毛故我　麻多牟等伊比之　等伎曽伎尓家流

竹敷の　黄葉を見れば　我妹子が　待たむといひし　時⁵そ來にける⁶

たかしきの　もみちをみれば　わぎもこが　またむといひし　ときそきにける

【左注】右一首，副使⁷

---

1 **竹敷浦**: 淺茅灣에 면해 있는 長崎縣 下縣郡 美津島町.
2 **山下**: 산 아래쪽까지.
3 **亂ひ**: 시야가 어지러운 것이다.
4 **大使**: 阿倍繼麿이다. 3656번가 참조.
5 **時**: 귀국 예정인 때이다.
6 **來にける**: 허망하게 여기에 있으며 그때를 만난 억울함이 있고, 아내를 만날 날의 연상이 있다.
7 **副使**: 大伴宿禰三中이다. 일행이 天平 9년(737) 정월에 귀경할 때에는 병 때문에 함께 가지 못하고, 3월에 2차로 귀경하는 일행과 함께 귀경하였다.

타카시키(竹敷) 포구에 배를 정박하였을 때
각각 심정을 말하여 지은 노래 18수

3700 (아시히키노)/ 산 밑까지 빛나는/ 단풍잎이요/ 어지럽게 지는 것/ 오늘 이날인 것이네

🌸 해설

걷기가 힘든 산 아래쪽까지 완전히 아름답게 빛나는 단풍잎이 눈앞에 어지럽게 진다고 하는 것은 바로 오늘 같은 날을 말하는 것이네라는 내용이다.

좌주 위의 1수는, 대사

3701 타카시키(竹敷)의/ 단풍잎을 보면요/ 나의 아내가/ 기다리겠다 말한/ 때가 도래하였네

🌸 해설

타카시키(竹敷) 산의 단풍잎을 보면, 내가 돌아가는 것을 아내가 기다리겠다고 말한 그때가 와 있는 것이네라는 내용이다.

가을에 귀국할 예정이라고 말하였으므로 아내가 기다리고 있을 것인데, 아직 돌아가지 못하고 있는 안타까움을 노래한 것이다.

좌주 위의 1수는, 부사
'副使'를 大系에서는, '大伴宿禰三中. 가계는 알 수 없다. 天平 8년(736) 遣新羅使, 12년 외종5위하, 형부 少輔 겸 大判事·병부 少輔·山陽道 순찰사·大宰少貳·長門守를 역임하고 天平 18년에 종5위하, 19년에는 병부 大判事가 되었다. 사망한 연대는 알 수 없다'고 하였다『萬葉集』 4, p.90].

3702 多可思吉能　宇良末能毛美知　和礼由伎弖　可敞里久流末侶　知里許須奈由米

竹敷の　浦廻[^1]の黄葉　われ行きて　歸り來るまで　散りこすなゆめ[^2]

たかしきの　うらまのもみち　われゆきて　かへりくるまで　ちりこすなゆめ

左注 右一首, 大判官[^3]

3703 多可思吉能　宇敞可多山者　久礼奈爲能　也之保能伊呂尓　奈里尓家流香聞

竹敷の　宇敞可多山[^4]は　紅の　八しほの[^5]色に　なりにけるかも

たかしきの　うへかたやまは　くれなゐの　やしほのいろに　なりにけるかも

左注 右一首, 小判官[^6]

---

1 **浦廻**: 'うらみ'와 같다.
2 **散りこすなゆめ**: 'こす'는 '來す' 뜻의 보조 동사이다. 'な'는 금지를 나타낸다. 'ゆめ'는 '절대로'라는 뜻이다.
3 **大判官**: 壬生宇太麿이다.
4 **宇敞可多山**: 타카시키(竹敷) 근처의 산일 것인데 소재가 확실하지 않다.
5 **八しほの**: '八'은 많다는 뜻이다.
6 **小判官**: 오오쿠라노 이미키 마로(大藏忌寸麿). 도래계의 사람이다. 小判官은 少判官이 맞다.

3702 타카시키(竹敷)의/ 해안의 단풍이여/ 내가 가서는/ 돌아올 그때까지/ 절대 지지 말게나

🌸 **해설**

타카시키(竹敷) 해안의 아름다운 단풍이여. 내가 신라에 가서 돌아올 그때까지 절대 지지 말고 그대로 있어 다오라는 내용이다.

좌주 위의 1수는, 大判官

3703 타카시키(竹敷)의/ 우헤카타(宇敞可多) 산은요/ 붉은색으로/ 몇 번 물들인 듯한/ 색이 된 것이네요

🌸 **해설**

타카시키(竹敷)의 우헤카타(宇敞可多) 산은 붉은색으로 몇 번이나 물을 들인 듯한 아름다운 색이 되었네요라는 내용이다.

산이 붉은 단풍잎으로 물이 잘 들었다는 뜻이다.

'宇敞可多山'을 大系에서는, '竹敷城山 또는 城八幡山'이라고 한다. 산 이름이 아니라 위쪽의 산이라는 견해는 'うへ'의 'へ'가 고대 假名 사용법과 다르다'고 하였다『萬葉集』 4, p.90].

좌주 위의 1수는, 小判官

'小判官'을 大系에서는, '大藏忌寸麿. 天平 9년(737) 정월에 신라에서 돌아와 귀경하였다. 그때 정7위상. 天平勝寶 6년(754)에 외종5위하, 造方相司·養民司를 지내고 天平寶字 7년(763)에 玄蕃頭가 되었다. 寶龜 3년(772)에 정5위하'라고 하였다『萬葉集』 4, p.91].

3704 毛美知婆能　知良布山邊由　許具布祢能　尓保比尓米伎弖　伊伎弖伎尓家里

黄葉の　散らふ[1]山邊ゆ[2]　漕ぐ船の　にほひ[3]に愛でて[4]　出でて來にけり

もみちばの　ちらふやまへゆ　こぐふねの　にほひにめでて　いでてきにけり

3705 多可思吉能　多麻毛奈婢可之　己藝伊奈牟　君我美布祢乎　伊都等可麻多牟

竹敷の　玉藻[5]靡かし　漕ぎ出なむ[6]　君[7]が御船を　何時とか[8]待たむ

たかしきの　たまもなびかし　こぎでなむ　きみがみふねを　いつとかまたむ

左注 右二首, 對馬娘子名玉槻[9]

---

1 散らふ: 계속 지는 것이다.
2 山邊ゆ: 'ゆ'는 경과를 나타낸다.
3 にほひ: 물이 아름답게 든 것을 말한다.
4 愛でて: 사랑하는 것이다.
5 竹敷の 玉藻: 아름다운 해초이다.
6 漕ぎ出なむ: 'な'는 완료를 나타낸다.
7 君: 사신 일행이다.
8 何時とか: 언제인가. 빨리.
9 玉槻: 유녀이다. 玉槻는 對馬의 玉調郡 출신이다.

3704 단풍잎이요/ 계속 지는 산 근처/ 저어 가는 배/ 아름다움을 보러/ 나아온 것이라네

🌸 **해설**

단풍잎이 계속 지는 산 근처를 지나서 노를 저어 가는 배의 색이 아름다운 것을 찬탄하여 나아온 것이라네라는 내용이다.
관료들이 탄 배를 칠한 색이 아름다워서 그것을 보러 나왔다는 뜻이다.

3705 타카시키(竹敷)의/ 해초 쏠리게 하며/ 저어 가 버릴/ 그대 타고 있는 배/ 언제라 기다릴까

🌸 **해설**

타카시키(竹敷)의 해초를 한쪽으로 쏠리게 하면서 노를 저어서 가 버리는, 그대가 타고 있는 배가 돌아오는 것을 언제라고 생각하고 기다릴까요. 빨리 돌아와 주세요라는 내용이다.

[좌주] 위의 2수는, 츠시마(對馬)의 오토메(娘子) 이름은 타마츠키(玉槻)
'玉槻'를 私注에서는, '和名抄에, 對馬 上縣郡 玉調鄉이 있고, 지금도 玉調라는 지명이 淺海灣 동쪽 해안에 남아 있으므로 그곳의 처녀로 출신지에 의해 그렇게 불리어진 것일 것이다. '對馬娘子名玉槻'라고 기록한 것은 집필자의 수식에 의한 것이라고 보아도 좋다. 유녀일 것이라고 한다. 對馬 같은 가난한 섬에서는 왕래하는 선박에 의해 생활하는 사람이 적지 않았을 것이다. 아마 '漕ぐ船の にほひ' 등으로 보아 손님을 접대하기 위한 것이다'고 하였다『萬葉集私注』8, p.98]. 吉井 巖은, '이 娘子를 많은 주석서에서 유녀일 것이라고 하지만, 도읍으로부터의 사신 일행을 접대하기 위하여 玉槻에서 파견된 여성임이 틀림없다. 玉槻는 실제 이름이 아닐 것이다'고 하였다『萬葉集全注』15, p.252].

3706 多麻之家流　伎欲吉奈藝佐乎　之保美弓婆　安可受和礼由久　可反流左尓見牟

玉敷ける[1]　清き渚を　潮滿てば　飽かずわれ行く　歸るさ[2]に見む

たましける　きよきなぎさを　しほみてば　あかずわれゆく　かへるさにみむ

> [左注] 右一首, 大使[3]

3707 安伎也麻能　毛美知乎可射之　和我乎礼婆　宇良之保美知久　伊麻太安可奈久尓

秋山の　黄葉を挿頭し　わが居れば　浦潮[4]滿ち來　いまだ飽かなくに

あきやまの　もみちをかざし　わがをれば　うらしほみちく　いまだあかなくに

> [左注] 右一首, 副使[5]

3708 毛能毛布等　比等尓波美要緇　之多婢毛能　思多由故布流尓　都奇曽倍尓家流

物思ふと　人には見えじ　下紐の[6]　下ゆ[7]戀ふるに　月そ經にける[8]

ものもふと　ひとにはみえじ　したびもの　したゆこふるに　つきそへにける

> [左注] 右一首, 大使[9]

---

1 **玉敷ける**: 천황을 맞이하는 표현으로도 사용되는 句이다.
2 **歸るさ**: 'さ'는 때를 말한다.
3 **大使**: 阿倍繼麿. 돌아올 때 여기에서 사망하였다.
4 **浦潮**: 포구에 밀려오는 바닷물이다. 밀물이 되면 배가 떠오른다.
5 **副使**: 大伴三中이다.
6 **下紐の**: 속옷의 끈이다. 연인끼리 서로 묶어준다.
7 **下ゆ**: 속마음을 통해서.
8 **月そ經にける**: 달이 바뀐다.
9 **大使**: 阿倍繼麿이다.

3706 옥을 깐 듯한/ 맑고 맑은 물가를/ 밀물이 되면/ 아쉽지만 난 가네/ 돌아올 때도 보자

해설

옥을 깔아 놓은 듯이 맑고 깨끗한 물가를 밀물이 되면 만족하지 못한 마음으로 나는 출항하여 가네. 돌아올 때도 보자라는 내용이다.

충분히 보지 못했는데 밀물이 되어서 출항을 하여야만 하는 아쉬움을 노래한 것이다.

좌주 위의 1수는, 대사

3707 가을 산의요/ 단풍을 꺾어 꽂고/ 내가 있으면/ 포구의 조수 찼네/ 아직 못다 즐겼는데

해설

가을 산에 물든 아름다운 단풍을 꺾어서 머리에 꽂고 내가 즐기고 있는 동안에 포구의 조수가 차올라왔네. 아직 충분히 못 즐겼는데라는 내용이다.

아름다운 단풍을 꺾어서 머리에 꽂고 충분히 즐기지도 못했는데, 조수가 차서 출항을 해야 하는 아쉬움을 노래한 것이다.

吉井 巖은, '대사의 노래와 마찬가지로 떠나기 아쉬운 심정을 말하여 낭자의 노래에 답한 인사 노래이다. 그러나 이 작품은 그것만이 아니고, '浦潮滿ち來 いまだ飽かなくに'라고 노래하고 있는 것은 출항때가 가까워지는 것과 함께 아쉬운 정을 말하는 것으로 연회를 파하는 것을 알리는 역할도 하고 있다'고하였다『萬葉集全注』15, p.254].

좌주 위의 1수는, 부사

3708 그리워함을/ 남은 모르겠지요/ 속옷 끈처럼/ 속으로 그릴 동안/ 달도 바뀌었네요

해설

아내를 그리워하고 있다는 것을 남들은 모르겠지요. 그러나 속옷 끈처럼 속으로 집을 그리워하고 있는 동안에 한 달이 또 지나가 버렸네요라는 내용이다.

中西 進은 여기까지가 출항 때 주연을 베푼 자리에서의 노래라고 하였다.

좌주 위의 1수는, 대사

3709　伊敝豆刀尓　可比乎比里布等　於伎敝欲里　与世久流奈美尓　許呂毛弓奴礼奴

家づと[1]に　貝を拾ふ[2]と　沖邊より　寄せ來る波に　衣手[3]濡れぬ

いへづとに　かひをひりふと　おきへより　よせくるなみに　ころもでぬれぬ

3710　之保非奈婆　麻多母和礼許牟　伊射遊賀武　於伎都志保佐爲　多可久多知伎奴

潮干な[4]ば　またもわれ來む[5]　いざ行かむ[6]　沖つ潮騒[7]　高く立ち來ぬ

しほひなば　またもわれこむ　いざゆかむ　おきつしほさゐ　たかくたちきぬ

3711　和我袖波　多毛登等保里弓　奴礼奴等母　故非和須礼我比　等良受波由可自

わが袖は　手本[8]通りて　濡れぬとも　戀忘れ貝[9]　取らずは行かじ

わがそでは　たもととほりて　ぬれぬとも　こひわすれがひ　とらずはゆかじ

---

1 **づと**: 선물이다.
2 **拾ふ**: 그 당시는 'ひりふ'가 일반적이었다.
3 **衣手**: 소매이다.
4 **潮干な**: 'な'는 완료를 나타낸다.
5 **われ來む**: 해안으로 온다는 말이다.
6 **いざ行かむ**: 육지로.
7 **沖つ潮騒**: 파도가 철썩이는 소리이다. 제5구의 '立ち'는 그 소리가 일어나는 것이다.
8 **手本**: 여기서는 팔 위쪽이다. 손목을 말하는 경우도 있다.
9 **戀忘れ貝**: 조개껍질 두 쪽 중에서 한쪽만 남은 것이다.

3709　집의 선물로/ 조가비를 줍느라/ 바다 쪽에서/ 밀려오는 파도에/ 소매 젖어 버렸네

🌸 **해설**

　집에 가져갈 선물로 예쁜 조약돌과 조가비를 줍느라고, 바다 쪽에서 밀려오는 파도에 옷소매가 젖어 버렸네라는 내용이다.

　'衣手濡れぬ'를 全集에서는, '말려 줄 아내가 없는 것을 유감스럽게 생각하여 말한 것'이라고 하였다『萬葉集』4, p.82].

3710　물이 빠지면/ 또다시 와서 보자/ 자아 갑시다/ 바다 쪽 파도 소리/ 드높아져 왔네요

🌸 **해설**

　물이 빠지면 또다시 와서 보자. 자아 이제 그만 가지 않겠습니까. 바다 한가운데 쪽의 파도 소리가 드높아졌네요라는 내용이다.

　아쉽지만 만조가 되어 출항할 때가 되었다는 뜻이다.

3711　나의 소매는/ 팔 위까지 완전히/ 젖는다 해도/ 근심 없애는 조개/ 줍지 않곤 못 가네

🌸 **해설**

　나의 옷소매는 팔 위쪽까지 완전히 다 젖는다고 해도, 사랑의 고통을 잊게 하는 한쪽 조가비를 줍지 않고는 가지 않겠네라는 내용이다.

　소매가 다 젖어도 사랑의 고통을 잊게 하는 한쪽 조가비를 반드시 주워서 갈 것이라는 뜻이다.

　집을 떠난 지 오래되었으므로 아내에 대한 그리움을 잊기가 힘들어 고통스럽기 때문에 그 고통을 잊으려고 한쪽 조가비를 주우려고 하는 것이다.

3712 奴婆多麻能　伊毛我保須倍久　安良奈久尓　和我許呂母弖乎　奴礼弖伊可尓勢牟

ぬばたまの¹　妹が乾すべく²　あらなくに　わが衣手を　濡れていかにせむ³

ぬばたまの　いもがほすべく　あらなくに　わがころもでを　ぬれていかにせむ

3713 毛美知婆波　伊麻波宇都呂布　和伎毛故我　麻多牟等伊比之　等伎能倍由氣婆

黄葉は　今はうつろふ⁴　吾妹子が　待たむといひし⁵　時の經ゆけば

もみちばは　いまはうつろふ　わぎもこが　またむといひし　ときのへゆけば

3714 安伎佐礼婆　故非之美伊母乎　伊米尓太尓　比左之久見牟乎　安氣尓家流香聞

秋されば⁶　戀しみ⁷妹を　夢にだに⁸　久しく見むを　明けに⁹けるかも

あきされば　こひしみいもを　いめにだに　ひさしくみむを　あけにけるかも

1 **ぬばたまの**: 烏扇(범부채). 열매의 검은 색으로 인해 검은 것이나 밤(夜)을 상투적으로 수식하는 枕詞이다.
2 **妹が乾すべく**: 아내가 젖은 옷을 말려주는 예가 많다. 1717번가 등.
3 **濡れていかにせむ**: 곤란하다.
4 **うつろふ**: 계속 변하는 것을 나타낸다.
5 **待たむといひし**: 귀경할 예정인 때이다. 초가을이다.
6 **秋されば**: 가을에 귀경할 예정이었던 까닭도 있다.
7 **戀しみ**: 'み'는 '…므로'라는 뜻이다.
8 **夢にだに**: 직접 만나지 못하더라도 적어도 꿈에서나마.
9 **明けに**: 가을의 긴 밤도 빨리 지나가서.

3712 (누바타마노)/ 아내가 말려 줄 것/ 아닌데도요/ 나의 옷소매가요/ 젖으면 어떻게 할까

해설

밤에 사랑을 나누는 아내가 말려서 위로해 줄 것도 아닌데 나의 옷소매가 만약 젖어 버리면 어떻게 할까라는 내용이다.

옷이 젖으면 말려줄 아내가 지금 옆에 없는데 어떻게 할 것인가라는 뜻이다. 아내를 그리워하는 마음을 표현한 것이다.

吉井 巖은, '3709번가와의 대응이 보다 밀접하다'고 하였다『萬葉集全注』 15, p.260].

'ぬばたまの'에 대해 大系에서는, '여기에서는 아내를 수식하고 있지만 왜 수식하게 되었는지는 명확하지 않다. 검은 머리카락을 연상해서라고 하기도 하고, 'い(眠・寢)'를 수식한다고 하기도 하고, 'いめ(夢)'와 'いも(妹)'의 발음의 유사성에 의한 것이라고 하기도 하고, 아내는 밤과 관련이 깊으므로 밤을 상투적으로 수식하는 枕詞가 아내를 수식하게 되었다는 등 여러 설이 있다'고 하였다『萬葉集』 4, p.93].

3713 단풍잎은요/ 지금 계속 지네요/ 나의 아내가/ 기다린다 말했던/ 때도 지나가므로

해설

단풍잎은 지금은 이미 계속 지네요. 나의 아내가 기다릴 것이라고 말했던 때도 지나가므로라는 내용이다.

가을에 귀경할 예정이었는데, 귀경이 늦어져서 아내를 만나지도 못하고 가을도 다 지나간다는 뜻이다.

3714 가을이 되면/ 그리우므로 아낼/ 꿈에서나마/ 오래 보고 싶은데/ 날이 새어 버렸네

해설

가을이 되면 밤이 길고 추우므로 아내가 그리워서 아내를 꿈에서나마 오래 보고 싶은데 날은 벌써 새어 버렸네라는 내용이다.

꿈에 아내를 만나서 오래 보고 싶었는데 가을의 긴 밤도 빨리 새어 버려서 아내를 더 보지 못하고 잠을 깬 것이 아쉽다는 뜻이다.

3715　比等里能未　伎奴流許呂毛能　比毛等加婆　多礼可毛由波牟　伊敝杼保久之弖

一人のみ　着ぬる[1]衣の　紐解かば　誰かも結はむ　家遠くして

ひとりのみ　きぬるころもの　ひもとかば　たれかもゆはむ　いへどほくして

3716　安麻久毛能　多由多比久礼婆　九月能　毛美知能山毛　宇都呂比尓家里

天雲の[2]　たゆたひ來れば[3]　九月の　黄葉の山も　うつろひにけり

あまくもの　たゆたひくれば　ながつきの　もみちのやまも　うつろひにけり

3717　多婢尓弖毛　母奈久波也許登　和伎毛故我　牟須妣思比毛波　奈礼尓家流香聞

旅にても[4]　喪[5]無く早來と　吾妹子が　結びし紐は　褻れ[6]にけるかも

たびにても　もなくはやこと　わぎもこが　むすびしひもは　なれにけるかも

---

1 **着ぬる**: 묶어서 입혀 주는 일도 없이 혼자서. 제3구와 호응한다.
2 **天雲の**: 눈앞의. 늦가을의 두껍고 무거운 구름이다. 단순한 비유는 아니다.
3 **たゆたひ來れば**: 순로롭게 하는 여행이 아니므로 벌써 9월이다.
4 **旅にても**: 여행하고 있다고 해도.
5 **喪**: 어려움이다.
6 **褻れ**: 구깃구깃해졌네.

3715   혼자서만이/ 입고 있는 옷의요/ 끈을 풀면요/ 누가 묶을 것인가/ 집은 멀리 있는데

 해설

혼자서 입고 있는 옷의 끈을 풀면 누가 묶어 줄 것인가. 옷끈을 묶어 줄 아내가 있는 집은 멀리 있는데라는 내용이다.

3716   (아마쿠모노)/ 떠돌면서 오니까/ 9월달의요/ 단풍이 물든 산도/ 낙엽으로 되었네

해설

하늘의 구름과 같이 힘들게 여행을 하면서 오니까 9월의 단풍이 물든 산도 벌써 낙엽이 되었네라는 내용이다.
여행이 힘들어서 시간이 많이 걸리는 것을 안타까워한 노래이다.

3717   여행하지만/ 무사히 빨리 오라/ 나의 아내가/ 묶어 준 옷끈은요/ 구깃구깃해졌네

해설

여행을 하고 있다고는 하지만, 무사히 빨리 돌아오라고, 나의 아내가 묶어 준 옷끈은 구깃구깃해졌네라는 내용이다.
여행을 시작한 지 시일이 많이 경과한 것을 안타까워하며 노래한 것이다.

廻來筑紫¹海路入京，到播磨國家嶋²之時作歌五首

3718　伊敞之麻波　奈尓許曽安里家礼　宇奈波良乎　安我古非伎都流　伊毛母安良奈久尓

家島は　名にこそありけれ　海原³を　吾が戀ひ來つる　妹もあらなくに

いへしまは　なにこそありけれ　うなはらを　あがこひきつる　いももあらなくに

3719　久左麻久良　多婢尓比左之久　安良米也等　伊毛尓伊比之乎　等之能倍奴良久

草枕　旅に久しく　あらめやと⁴　妹に言ひしを　年の經ぬらく⁵

くさまくら　たびにひさしく　あらめやと　いもにいひしを　としのへぬらく

---

1 **廻來筑紫**: 신라에서 돌아온 것이다.
2 **到播磨國家嶋**: 兵庫縣 相生市沖. 人麿의 여행 노래 등도 거의 이 주변이 일반적으로 노래에서 부른 지역의 서쪽 끝이다. 같은 사정에 의해 수록된 것인가.
3 **海原**: '原'은 멀다는 표현이다.
4 **あらめやと**: 'や'는 강한 부정을 동반한 의문을 나타낸다. 처음의 귀경 예정은 가을이었는데 지금은 이듬해 정월이다.
5 **年の經ぬらく**: 'ぬらく(완료)'는 'ぬ'의 명사형이다.

츠쿠시(筑紫)에 돌아와서 바닷길로 入京하려 하여
하리마(播磨)國의 이혜(家) 섬에 도착했을 때 지은 노래 5수

3718 이혜(家) 섬은요/ 이름뿐인 것이었네/ 넓은 바다를/ 생각을 하며 와도/ 아내도 있지 않은 걸

🌸 해설

이혜(家) 섬은 이름뿐인 것이었네. 넓은 바다를 그립게 생각을 하면서 온 아내도 여기에 있지 않은 것을이라는 내용이다.

이혜(家) 섬의 이름대로라면 '집'이므로 아내가 있어야 하는데 아내가 없으므로 이름뿐이라고 한 뜻이다.

'廻來筑紫'에 대해 全集에서는, '일행은 신라에 도착하였으나 신라는 사신의 뜻을 받아들이지 않았으며, 돌아오는 길에 대사인 阿倍繼麻呂는 對馬에서 사망하고 大判官壬生使主宇太麻呂, 小判官 大藏忌寸麻呂 등은 다음해인 天平 9년(737) 1월 27일에 입경, 도중에서 병이 든 부사 大伴三中 등은 늦어져 3월 28일에 조정에 배알하였다. 이 5수는 그 전후 누구의 노래인지 알 수 없다'고 하였다[『萬葉集』 4, p.83].

3719 (쿠사마쿠라)/ 여행이 오래일 리/ 있을 건가고/ 처에게 말했는데/ 해가 지나 버렸네

🌸 해설

풀을 베개로 하고 자는 힘든 여행인데 어찌 시일이 오래 걸릴 수가 있겠는가 하고 아내에게 말하고 왔는데 이미 해도 바뀌어 버렸네라는 내용이다.

여행이 늦어질 리가 없을 것이라고 아내에게 말했는데, 해가 바뀌고 많이 지체된 것을 탄식하는 노래이다.

3720 和伎毛故乎　由伎弖波也美武　安波治之麻　久毛爲尓見延奴　伊敝都久良之母

　　　 吾妹子を[1]　行きて早見む　淡路島　雲居に見えぬ　家つく[2]らしも

　　　 わぎもこを　ゆきてはやみむ　あはぢしま　くもゐにみえぬ　いへつくらしも

3721 奴婆多麻能　欲安可之母布祢波　許藝由可奈　美都能波麻末都　麻知故非奴良武

　　　 ぬばたまの[3]　夜明しも船は　漕ぎ行かな[4]　御津の濱松　待ち戀ひぬらむ[5]

　　　 ぬばたまの　よあかしもふねは　こぎゆかな　みつのはままつ　まちこひぬらむ

3722 大伴乃　美津能等麻里尓　布祢波弖々　多都多能山乎　伊都可故延伊加武

　　　 大伴の　御津の泊[6]に　船泊てて　龍田の山を　何時か[7]越え行かむ

　　　 おほともの　みつのとまりに　ふねはてて　たつたのやまを　いつかこえいかむ

---

1 **吾妹子を**: '見む'로 이어진다. '見る'는 逢(あ)ふ와 같은 뜻으로, 淡路(あはじ)島의 음과 반향한다.
2 **家つく**: 3645번가 참조.
3 **ぬばたまの**: 깜깜한 밤이라는 뜻이다. '夜明し'는 밤을 새는 것이다.
4 **漕ぎ行かな**: 'かな'는 願望을 나타낸다.
5 **待ち戀ひぬらむ**: 御津은 難波 포구이다.
6 **泊**: 선착장이다.
7 **何時か**: 언제일까, 빨리.

3720 나의 아내를/ 가서 빨리 봐야지/ 아하지(淡路) 섬은/ 구름 속에 보이네/ 집이 가까워지네

🌸 **해설**

　　나의 아내 곁으로 가서 빨리 만나 보자. 아하지(淡路) 섬은 구름 속에 보이기 시작하네. 집이 가까워지는 듯하네라는 내용이다.

　　아하지(淡路) 섬이 구름 속에 보이기 시작하자 집이 가까워진 것을 기뻐하며 빨리 아내를 만나고 싶은 마음을 노래한 것이다.

　　'淡路'의 '淡(あは)'과 '보다'와 같은 뜻인 '만나다(逢ふ)'의 발음이 같은 것을 이용한 노래이다.

3721 (누바타마노)/ 밤을 새워서 배를요/ 저어서 가자/ 미츠(御津)의 소나무는/ 기다리고 있겠지

🌸 **해설**

　　밤에도 쉬지 않고 배를 저어서 가자. 미츠(御津) 해변의 소나무는 힘들게 기다리고 있겠지라는 내용이다.

　　밤을 새면서라도 배를 저어서 빨리 도착하고 싶은 마음을 노래한 것이다.

3722 오호토모(大伴)의/ 미츠(御津)의 선착장에/ 배를 대고서/ 타츠타(龍田)의 산을요/ 언제 넘어 갈 것인가

🌸 **해설**

　　오호토모(大伴)의 미츠(御津)의 선착장에다 배를 대고, 타츠타(龍田) 산을 언제 넘어 갈 것인가. 빨리 넘어가고 싶네라는 내용이다.

　　빨리 야마토(大和)에 도착하고 싶은 마음을 노래한 것이다.

中臣朝臣宅守[1]与狭野茅上娘子[2]贈答歌

3723 安之比奇能　夜麻治古延牟等　須流君乎　許々呂尓毛知弖　夜須家久母奈之

　　　あしひきの[3]　山路越えむと　する君[4]を　心に持ちて　安けくもなし

　　　あしひきの　やまぢこえむと　するきみを　こころにもちて　やすけくもなし

3724 君我由久　道乃奈我弖乎　久里多々祢　也伎保呂煩散牟　安米能火毛我母

　　　君が行く　道[5]のながて[6]を　繰り畳ね　焼き亡ぼさむ　天の火[7]もがも

　　　きみがゆく　みちのながてを　くりたたね　やきほろぼさむ　あめのひもがも

---

1 **中臣朝臣宅守**: 목록에 사정을 기록하였다. 天平 11년(739) 무렵 越前에 유배되었다. 宅守는 東人의 일곱
　　번째 아들이다. 仲麿의 난에 연좌되어 제명되었다. 이 사건 당시부터 神祇官인가.
2 **狭野茅上娘子**: 사랑은 神祇官과 齋宮寮의 女官과의 사이에 일어난 것인가.
3 **あしひきの**: 다리를 끈다고 해석했는가. 걷기가 힘들다.
4 **する君**: 宅守이다.
5 **君が行く 道**: 越前으로 가는 길이다.
6 **ながて**: '長道(ち)'가 변한 것인가.
7 **天の火**: 『左傳』에 '天火를 재앙이라고 한다'고 하였다.

나카토미노 아소미 야카모리(中臣朝臣宅守)와
사노노 치가미노 오토메(狹野茅上娘子)가 주고받은 노래

3723 (아시히키노)/ 산길을 넘어가려/ 하는 그대를/ 신경 쓰며 있으니/ 편안하지가 않네

　　다리를 끌며 힘들게 가야 하는 산길을 넘어가려고 하는 그대를 신경 쓰며 있으니 마음이 편안하지가 않네라는 내용이다.

　　이 작품부터 끝까지 63수는 나카토미노 아소미 야카모리(中臣朝臣宅守)가 사노노 치가미노 오토메(狹野茅上娘子)와 증답한 노래이다. 이 작품은 狹野茅上娘子의 노래이다.

　　中臣朝臣宅守에 대해 全集에서는, '아즈마토(東人)의 일곱째 아들. 天平 10년(738) 무렵 藏部女嬬 狹野弟茅娘子를 취하였을 때 처벌을 받아 越前國에 유배되었다. 天平 12년 6월의 대사면 때 호즈미노 오유(穗積老) 등은 사면을 받았지만 宅守는 이소노카미노 오토마로(石上乙麻呂) 등과 함께 사면을 받지 못하였다. (중략) 宅守가 越前으로 유배된 원인에 대해 일반적으로는 狹野弟茅娘子와의 관계 때문이라고 말해지고 있지만, 娘子를 맞이하였다고 되어 있고 범하였다고 기록되어 있지 않은 것을 근거로 다른 이유를 찾는 설도 있다'고 하였다[『萬葉集』 4, pp.494~495].

3724 그대가 가는/ 길이 멀고 먼 것을/ 말아 접어서/ 태워서 없애 버릴/ 하늘 불 있었으면

　　그대가 가는 멀고 먼 길을 말아 접어서 태워서 없애 버릴 하늘의 불이 있었으면 좋겠네라는 내용이다. 연인이 가야 하는 길이 멀므로 그 길을 줄여 주고 싶다는 마음을 표현한 것이다.

3725 和我世故之　氣太之麻可良婆　思漏多倍乃　蘇倂乎布良左祢　見都追志努波牟

わが背子し　けだし¹罷らば　白妙の²　袖を振らさね³　見つつ思はむ

わがせこし　けだしまからば　しろたへの　そでをふらさね　みつつしのはむ

3726 己能許呂波　古非都追母安良牟　多麻久之氣　安氣弖乎知欲利　須辨奈可流倍思

この頃は　戀ひつつもあらむ⁴　玉匣　明けてをち⁵より　術なかるべし

このころは　こひつつもあらむ　たまくしげ　あけてをちより　すべなかるべし

左注　右四首, 娘子臨別作歌

3727 知里比治能　可受尔母安良奴　和礼由恵尔　於毛比和夫良牟　伊母我可奈思佐

塵泥の⁶　數にも⁷あらぬ　われ故に　思ひわぶらむ　妹が悲しさ

ちりひぢの　かずにもあらぬ　われゆゑに　おもひわぶらむ　いもがかなしさ

---

1 **けだし**: 혹은. 유배를 믿기 힘든 심정이다.
2 **白妙の**: 흰 천이다. 여기서는 소매를 말한다.
3 **袖を振らさね**: 초혼 동작이다.
4 **戀ひつつもあらむ**: 그것은 그런대로 견딜 수 있다.
5 **をち**: '여기저기'의 '저기'. 내일 유배를 가는가.
6 **塵泥の**: 수에 넣어서 함께 셀 정도도 아닌 변변찮은 존재이다.
7 **數にも**: 존재한다고도 할 수 없는 자신이다.

3725 나의 그대여/ 만약 시골로 가면/ (시로타헤노)/ 소매를 흔드세요/ 보면서 그리지요

❀ 해설

그대가 만약 도읍을 떠나 시골로 유배를 가게 된다면 흰 소매를 흔들어 주세요. 그러면 그 모습을 보면서 그리워하지요라는 내용이다.

만약 유배를 가게 되면 옷소매라도 흔들어 달라는 뜻이다.

3726 지금이라면/ 그리워도 참겠지요/ (타마쿠시게)/ 날 새면 그 후로는/ 방법이 없겠지요

❀ 해설

지금은 그리워도 그래도 참을 수가 있지요. 그런데 상자 뚜껑을 열듯이 날이 밝는 내일 이후로는 그리워도 방법이 없겠지요라는 내용이다.

날이 밝으면 유배를 떠나게 될 연인과의 이별을 가슴 아파하는 노래이다.

좌주 위의 4수는, 娘子가 이별에 임하여 지은 노래

3727 흙먼지처럼/ 수에도 못 들어갈/ 나 때문에요/ 괴롭게 생각을 할/ 그대가 슬프네요

❀ 해설

흙먼지처럼 수에 넣어서 함께 셀 정도도 아닌 변변찮은 존재인 나 때문에 마음을 괴롭게 하며 생각을 할 그대가 슬프네요라는 내용이다.

나카토미노 아소미 야카모리(中臣朝臣宅守)가 사노노 치가미노 오토메(狹野茅上娘子)와 작별하고 유배 길에 올랐을 때 지은 노래이다.

3728　安乎尔与之　奈良能於保知波　由吉余家杼　許能山道波　由伎安之可里家利

あをによし¹　奈良の大路は　行きよけど²　この山道は　行きあしかりけり

あをによし　ならのおほちは　ゆきよけど　このやまみちは　ゆきあしかりけり

3729　宇流波之等　安我毛布伊毛乎　於毛比都追　由氣婆可母等奈　由伎安思可流良武

うるはしと³　吾が思ふ妹を　思ひつつ　行けばかもとな⁴　行きあしかるらむ

うるはしと　あがもふいもを　おもひつつ　ゆけばかもとな　ゆきあしかるらむ

---

1 **あをによし**: 나라(奈良)의 아름다움을 말한다.
2 **行きよけど**: 宅守는 말을 타고 갔다.
3 **うるはしと**: 감탄하는 마음이다.
4 **もとな**: 매우, 허망하게.

3728 (아오니요시)/ 나라(奈良)의 큰 도로는/ 가기 쉽지만/ 이 산길은 말이죠/ 가기 힘드는
     것이네

🌸 해설

　　붉은 흙과 푸른 흙이 좋은 아름다운 나라(奈良)의 큰 도로는 가기가 쉽지만, 이 산길은 가기가 힘드네
라는 내용이다.
　　유배지로 가는 산길이 험한 것을 노래한 것이다. 산길과 대비하여 도읍의 큰 길을 생각하며 또한
연인을 생각하는 것이겠다.

3729 아름답다고/ 내가 생각는 아내/ 그리워하며/ 가서인가 이리도/ 가기가 힘든 것인가

🌸 해설

　　아름답다고 내가 생각하는 아내를 그리워하면서 가고 있기 때문인가. 이렇게도 가기가 매우 힘든
것일까라는 내용이다.
　　사랑하는 연인과 헤어져서 가기 때문에 가고 있는 길이 더 힘들게 느껴진다는 뜻이다.
　　'うるはし'에 대해 全集에서는, 'うつくし가 약한 자에 대해서 사랑스럽다는 마음을 나타내는 것임에
비해, うるはし는 동등하거나 그 이상인 사람에 대해 칭찬하는 마음으로 말하는 경우가 많다. 따라서
남자가 여자에 대해서는 うつくし, 여자는 남자에 대해 うるはし라고 하는 것이 보통인데 여기에서는
반대이다. 이것은 宅守와 娘子 두 사람의 작품으로 보아 성격적으로 적극적인 娘子, 소극적인 宅守의
대비적인 성격 때문이라고 이해된다'고 하였다[『萬葉集』 4, p.86].

3730 加思故美等　能良受安里思乎　美故之治能　多武氣尓多知弖　伊毛我名能里都

恐みと[1]　告らずありしを　み越路の　手向に[2]立ちて　妹が名告りつ

かしこみと　のらずありしを　みこしぢの　たむけにたちて　いもがなのりつ

　左注　右四首, 中臣朝臣宅守上道[3]作歌

3731 於毛布惠尓　安布毛能奈良婆　之末思久毛　伊毛我目可礼弖　安礼乎良米也母

思ふ故に　逢ふものならば[4]　しましくも[5]　妹が目離れて[6]　吾居らめやも

おもふゑに　あふものならば　しましくも　いもがめかれて　あれをらめやも

---

　1 **恐みと**: 이름을 말하면 혼을 불러서 고개의 신이 아내를 존중한다.
　2 **手向に**: 드디어 越지역에 들어가는 경계 부근이다. 愛發(아라치)의 관문이 있다.
　3 **上道**: 출발.
　4 **逢ふものならば**: 'ならば'는 가정조건을 나타낸다. 'やも'로 부정하는 서술법이다.
　5 **しましくも**: 잠시라도.
　6 **目離れて**: 만날 수 없다.

3730 두려워하여/ 말을 않고 왔는데/ 越로 가는 길/ 고개 위에 서서는/ 아내 이름 말했네

🌸 **해설**

신을 두려워하여 아내의 이름을 입 밖에 내지 않고 왔는데 越로 가는 길의, 신에게 공물을 바치는 고개 위에 서서는 그만 아내의 이름 말해 버리고 말았네라는 내용이다.

'恐みと 告らずありしを'를 全集에서는, '고개를 넘어가는 힘든 상황에 직면하면, 감춘 것이 있어서 고개를 지키는 신이 방해하고 있기 때문이라고 생각하여 무심코 비밀을 입 밖에 내면 상대방에게 해가 미친다고 생각하고 있었으므로 宅守는 참고 있는 것이다'고 하였다『萬葉集』 4, pp.86~87].

'手向'을 大系에서는, '여행의 안전을 기원하기 위하여 신에게 공물을 바치는 장소. 산길에서는 올라가 도착한 곳. 고개. 여기에서는 아라치(愛發) 산일 것이다. 紫賀縣 高島郡 마키노町에서부터 福井縣 敦賀市의 산으로 넘어가는 곳의 산으로, 奈良時代의 三關의 하나. 이곳을 지나면 작자는 유배지로 들어가는 것이다'고 하였다『萬葉集』 4, p.97].

> **[좌주]** 위의 4수는, 나카토미노 아소미 야카모리(中臣朝臣宅守)가 출발해서 지은 노래

3731 그리워하면/ 만날 수 있다 하나/ 잠깐이라도/ 그녀를 못 만나고/ 내가 있을 수 있나

🌸 **해설**

그리워하면 만날 수 있다고 하네. 그렇다면 어째서 이렇게 만날 수가 없는 것일까. 잠시라도 잊을 수가 없는데라는 내용이다.

그리워하면 만날 수가 있다고 하는데 항상 그리워해도 만날 수 없는 안타까움을 노래한 것이다. 이 작품 이하 3744번가까지 14수는 宅守의 작품이다. 목록을 보면 유배지에 도착해서 지은 14수라고 하였으므로, 유배지인 越前國에 도착한 이후의 작품임을 알 수 있다.

私注에서는, '이 작품이 권제11의 2404번가와 유사하므로 宅守가 2404번가를 알고 있어서 지은 것인지도 모른다'고 하였다『萬葉集私注』 8, p.117].

3732　安可祢佐須　比流波毛能母比　奴婆多麻乃　欲流波須我良尓　祢能未之奈加由

茜さす[1]　晝は物思ひ　ぬばたまの[2]　夜はすがらに[3]　哭のみし泣かゆ[4]

あかねさす　ひるはものもひ　ぬばたまの　よるはすがらに　ねのみしなかゆ

3733　和伎毛故我　可多美能許呂母　奈可里世婆　奈尓毛能母弖加　伊能知都我麻之

吾妹子が　形見の衣　なかりせば[5]　何物もてか[6]　命繼がまし

わぎもこが　かたみのころも　なかりせば　なにものもてか　いのちつがまし

3734　等保伎山　世伎毛故要伎奴　伊麻左良尓　安布倍伎与之能　奈伎我佐夫之佐[一云, 左必之佐]

遠き山　關も[7]越え來ぬ　今更に[8]　逢ふべきよし[9]の　無きがさぶしさ[10][一は云はく, さびしさ]

とほきやま　せきもこえきぬ　いまさらに　あふべきよしの　なきがさぶしさ[あるはいはく, さびしさ]

---

1 **茜さす**: 태양처럼 낮을 상투적으로 수식하는 枕詞이다.
2 **ぬばたまの**: '黑, 夜'를 상투적으로 수식하는 枕詞이다.
3 **すがらに**: '過ぐら(らは 접미어)'의 뜻이라고 한다.
4 **哭のみし泣かゆ**: 우는 것을 강조하는 표현이다.
5 **なかりせば**: 'せば…まじ'는 현실에 반대되는 가정을 나타낸다.
6 **何物もてか**: 닮았는가.
7 **關も**: 아라치(愛發)의 관문.
8 **今更に**: 이제 더 이상은.
9 **よし**: 방법, 이유이다.
10 **無きがさぶしさ**: 다른 예가 없다.

3732 (아카네사스)/ 낮엔 그리워하고/ (누바타마노)/ 밤에는 밤새도록/ 소리 내어 우네요

🌸 해설

　　태양의 붉은 빛이 비치는 낮에는 그리워하고 어두운 밤에는 밤새도록 소리를 내어서 우는 것이네라는
내용이다.
　　밤낮없이 항상 사랑하는 사람을 그리워한다는 뜻이다.

3733 나의 연인의/ 자취라 생각는 옷/ 없었다면요/ 무엇을 가지고서/ 목숨 이을 수 있나

🌸 해설

　　사랑하는 사람을 대신하는 것이라고 생각하는 그녀의 옷이 만약 없었다면 무엇을 가지고 목숨을 이어
갈 수 있을 것인가라는 내용이다.
　　그나마 그녀의 옷이라도 있기에 위안으로 삼으며 목숨을 이어갈 수 있다는 뜻이다.

3734 머나먼 산도/ 관문도 넘어 왔네/ 이제 더 이상/ 만날 수 있는 방법/ 없는 것이 슬프네[또는
　　　　말하기를 슬프네]

🌸 해설

　　먼 산들과 愛發山의 관문까지도 넘어서 왔네. 이제는 더 이상 그녀를 만날 수 있는 방법이 없는 것이
슬프네[또는 말하기를 슬프네]라는 내용이다.
　　유배지에 도착한 후에 사랑하는 사람과의 완전한 단절을 절감하며 쓸쓸함을 노래한 것이다.
　　一云에서는, 'さぶしさ'가 'さびしさ'로 되어 있다.

3735　於毛波受母　麻許等安里衣牟也　左奴流欲能　伊米尓毛伊母我　美延射良奈久尓

思はずも　まことあり得むや[1]　さ寝る夜の　夢に[2]も[3]妹が　見えざらなくに[4]

おもはずも　まことありえむや　さぬるよの　いめにもいもが　みえざらなくに

3736　等保久安礼婆　一日一夜毛　於母波受弓　安流良牟母能等　於毛保之賣須奈

遠くあれば　一日一夜も[5]　思はずて　あるらむものと　思ほしめす[6]な

とほくあれば　ひとひひとよも　おもはずて　あるらむものと　おもほしめすな

3737　比等余里波　伊毛曽母安之伎　故非毛奈久　安良末思毛能乎　於毛波之米都追

他人よりは　妹そも惡しき[7]　戀もなく　あらましものを　思はしめつつ

ひとよりは　いもそもあしき　こひもなく　あらましものを　おもはしめつつ

---

1 **あり得むや**: 'や'는 강한 부정을 동반한 의문을 나타낸다.
2 **夢に**: 여기에서는 사모하는 상대방이 꿈에 나타난다.
3 **夢にも**: 모습으로도 꿈으로도.
4 **見えざらなくに**: 이중 부정이다. 보인다.
5 **一日一夜も**: 'も'는 '…라도'라는 뜻인가. 명확하지 않다.
6 **思ほしめす**: 이중 존칭이다.
7 **妹そも惡しき**: 문맥이 끊어진다.

3735　그리워 않고/ 정말 있을 수가 있나/ 잠자는 밤의/ 꿈에서도 그대가/ 안 보이지 않는데

🌸 **해설**

　　그리워하지 않고 있는 것이 정말로 가능한 일일까. 잠을 자는 밤의 꿈에서도 그대가 보이지 않는 것이 아니고 꿈에 보이는데라는 내용이다.
　　꿈에도 사랑하는 그녀가 보이므로 그리워하지 않을 수가 없다는 뜻이다.

3736　멀리 있으므로/ 하루나 하루 밤쯤/ 생각을 않고/ 있을 것이라고는/ 생각하지 마세요

🌸 **해설**

　　멀리 떨어져 있으므로 하루나, 하루 밤 정도는 그대를 생각을 하지 않고 있을 것이라고 생각하지 마세요라는 내용이다.
　　비록 멀리 떨어져 있지만 宅守는 하루도 빠짐없이 사노노 치가미노 오토메(狹野茅上娘子)를 늘 생각하고 있다는 뜻이다.

3737　남들보다도/ 그대가 나쁘네요/ 그리움 없이/ 있고 싶은 것인데/ 계속 생각케 하니

🌸 **해설**

　　다른 누구보다도 그대야말로 나쁘네요. 그리움의 고통이 없이 있고 싶은데 이렇게 계속 그대를 생각을 하게 하니라는 내용이다.
　　계속 상대방 생각에 괴로우니 생각을 나게 하는 사노노 치가미노 오토메(狹野茅上娘子)가 나쁘다고 한 노래이다. 狹野茅上娘子에 대한 그리움을 노래한 것이다.

3738　於毛比都追　奴礼婆可毛等奈　奴婆多麻能　比等欲毛意知受　伊米尓之見由流

　　　　思ひつつ　寢ればか¹もとな²　ぬばたまの　一夜もおちず³　夢にし見ゆる

　　　　おもひつつ　ぬればかもとな　ぬばたまの　ひとよもおちず　いめにしみゆる

3739　可久婆可里　古非牟等可祢弓　之良末世婆　伊毛乎婆美受曽　安流倍久安里家留

　　　　かくばかり　戀ひむとかねて　知らませば⁴　妹をば見ずそ　あるべくありける

　　　　かくばかり　こひむとかねて　しらませば　いもをばみずそ　あるべくありける

3740　安米都知能　可末奈伎毛能尓　安良婆許曽　安我毛布伊毛尓　安波受思仁世米

　　　　天地の　神なきものに　あらば⁵こそ　吾が思ふ妹に　逢はず死にせめ⁶

　　　　あめつちの　かみなきものに　あらばこそ　あがもふいもに　あはずしにせめ

---

1 **寢ればか**: 제5구에 이어진다.
2 **もとな**: 基(もと)가 無く.
3 **一夜もおちず**: 하룻밤도 예외 없이.
4 **知らませば**: 'ませば'는 현실에 반대되는 가상이다.
5 **あらば**: 존재하므로 만날 수 있을 것이다.
6 **死にせめ**: 동사 '死にす'.

3738 그리워하며/ 자서인가 덧없이/ (누바타마노)/ 하루도 빠짐없이/ 꿈에 보이는군요

해설

그리워하면서 잠을 자기 때문인가. 덧없이 어두운 밤 하룻밤도 빠짐없이 그대가 꿈에 보이는군요라는 내용이다.

그리워하기 때문에 매일 밤에 상대방이 꿈에 보인다는 뜻이다.

『萬葉集』에서, 생각하는 사람이 상대방의 꿈에 나타나는 경우가 대부분인데, 이 작품에서는 생각하는 사람의 꿈에 상대방이 나타나는 것으로 되어 있어 특이하다.

3739 이렇게까지/ 그리운 것 전부터/ 알았더라면/ 그대 만나지 않고/ 있어야만 했는데요

해설

이렇게까지 그리운 것을 이전부터 알고 있었더라면 그대를 만나지 않아야 했는데라는 내용이다.

차라리 상대방을 만나지 않았더라면 사랑의 고통을 당하지 않아도 되었을 것이라는 뜻이다.

권제11의 2372번가와 유사하다.

3740 하늘과 땅의/ 신들이 없다는 것/ 사실이라면/ 내가 생각는 그대/ 안 만나고 죽지요

해설

하늘과 땅의 신들이 없다면 내가 그리워하는 그대를 만나지 않고 죽기라도 하지요라는 내용이다.

신이 있으므로 만날 수 있을 것이니 사랑하는 사람을 만나지 않고는 죽을 수가 없다는 뜻이다.

私注에서는, '권제4의 605번가에 笠女郞의 노래가 있었다. 모두 상식적인 노래이지만 혹은 이들의 바탕이 된 민요 등이 있었는지 모르겠다'고 하였다[『萬葉集私注』 8, p.122].

3741 伊能知乎之 麻多久之安良婆 安里伎奴能 安里弖能知尓毛 安波射良米也母[一云, 安里弖能乃知毛]

命をし 全くし¹あらば あり衣の² ありて後にも 逢はざらめやも³[一は云はく, ありての後も]

いのちをし またくしあらば ありきぬの ありてのちにも あはざらめやも[あるはいはく, ありてののちも]

3742 安波牟日乎 其日等之良受 等許也未尓 伊豆礼能日麻弖 安礼古非乎良牟

逢はむ日を その日⁴と知らず 常闇に いづれの日まで 吾戀ひ居らむ

あはむひを そのひとしらず とこやみに いづれのひまで あれこひをらむ

3743 多婢等伊倍婆 許等尓曽夜須伎 須久奈久毛 伊母尓戀都々 須敞奈家奈久尓

旅といへば 言にそ易き 少くも 妹に戀ひつつ すべ無けなくに⁵

たびといへば ことにそやすき すくなくも いもにこひつつ すべなけなくに

---

1 **全くし**: 'し'로 두 번 강조한다.
2 **あり衣の**: 비단 옷이다. 여기에서는 소리로 제4구에 이어진다.
3 **逢はざらめやも**: 'めやも'는 부정의 의문이다.
4 **その日**: 어느 날.
5 **すべ無けなくに**: 조금만 사랑하는 것은 아니라는 뜻이다.

3741 목숨만이요/ 무사하게 있다면/ (아리키누노)/ 있다가 후에라도/ 만나지 못할 건가[어떤
책에는 말하기를, 있다가의 후에도]

🌸 해설

목숨만 무사하다면, 지금은 이렇게 만나지 못하고 있지만 후에라도 만나지 못할 것인가[어떤 책에는
말하기를, 있다가의 후에도]라는 내용이다.
목숨만 무사하다면 언젠가는 만날 수가 있을 것이라는 뜻이다.

3742 만날 날을요/ 언젠지도 모르고/ 무한 어둠 속/ 어느 때의 날까지/ 난 그리워하는가

🌸 해설

만날 수 있는 날이 언제인지도 모르고, 끝없는 어둠 속에서 언제까지 나는 그리워하며 있는 것일까라
는 내용이다.
다시 만날 수 있는 날을 알 수 없으므로, 마음이 어두운 상태로 지내야 하는 괴로움을 노래한 것이다.

3743 여행이라 하면/ 말하기가 쉽지요/ 무척이나요/ 그대가 그리워서/ 어찌 할 방법 없네

🌸 해설

단순히 여행을 하면서 하는 고통이라고 말한다면 말은 간단하겠지만, 여행의 고통에 더해 그대를
많이 그리워하므로 전연 방법이 없는 것이네라는 내용이다.
注釋에서는 '少くも…なくに'를 '매우…하다'로 보고 '少くも…すべ無けなくに'는 전연 방법이 없다는
뜻으로 해석하였다[『萬葉集注釋』 8, p.153].

3744 和伎毛故尓　古布流尓安礼波　多麻吉波流　美自可伎伊能知毛　乎之家久母奈思

吾妹子に　戀ふるに吾は　たまきはる¹　短かき命も　惜しけくもなし

わぎもこに　こふるにあれは　たまきはる　みじかきいのちも　をしけくもなし

左注 右十四首, 中臣朝臣宅守

3745 伊能知安良婆　安布許登母安良牟　和我由恵尓　波太奈於毛比曽　伊能知多尓敝波

命あらば²　逢ふこともあらむ　わが故に　はだ³な思ひそ　命だに經ば⁴

いのちあらば　あふこともあらむ　わがゆゑに　はだなおもひそ　いのちだにへば

3746 比等能宇々流　田者宇恵麻佐受　伊麻佐良尓　久尓和可礼之弖　安礼波伊可尓勢武

人の植うる　田は植ゑまさず⁵　今更に　國別れして　吾はいかにせむ

ひとのううる　たはうゑまさず　いまさらに　くにわかれして　あれはいかにせむ

---

1 **たまきはる**: 영혼이 계속하여 다한다는 뜻으로 '命'을 상투적으로 수식하는 枕詞이다.
2 **命あらば**: 中臣朝臣宅守가 보낸 노래 3744번가에 답한 것이다.
3 **はだ**: 매우.
4 **命だに經ば**: 첫 구로 돌아간다.
5 **田は植ゑまさず**: 여성과 함께 남성이 모심기에 힘을 보태었는가.

3744 나의 그대가/ 그리워서 나는요/ (타마키하루)/ 짧은 목숨조차도요/ 아깝지가 않네요

🌸 **해설**

사랑하는 사람이 그리워서, 나는 짧은 목숨이지만 그것도 아깝지가 않네라는 내용이다.
사랑하는 사람을 위한 그리움 때문이라면 목숨도 아깝지 않다는 뜻이다.

> **좌주** 위의 14수는, 나카토미노 아소미 야카모리(中臣朝臣宅守)

3745 목숨이 있으면/ 만날 일도 있겠지요/ 나 때문에요/ 많이 근심 말아요/ 목숨만 길다면요

🌸 **해설**

살아 있기만 하면 만날 수도 있겠지요. 그러니 나 때문에 너무 많은 근심을 하지 말아요. 오래 살아 있기만 하면 만나겠지요라는 내용이다.

3746 남들이 다 심는/ 모심기 하지 않고/ 새삼스럽게/ 먼 나라로 떠나서/ 나는 어떻게 하지요

🌸 **해설**

남들이 다 하는 모심기를 함께 하지 않고 그대가 새삼스럽게 먼 나라로 떠나가 버렸으니 나는 어떻게 하지요라는 내용이다.
'田は植ゑまさず'를 大系에서는, '宅守와 娘子 사이는 정식 부부가 아니므로 사실이 아니라 비유적인 표현이라고 하는 설이 있다. 그러나 두 사람이 정식 부부일 가능성이 있으므로 단정할 수는 없다'고 하였다『萬葉集』 4, p.100].

3747 和我屋度能　麻都能葉見都々　安礼麻多無　波夜可反里麻世　古非之奈奴刀尓

わが宿の　松¹の葉見つつ　吾待たむ　早歸りませ　戀ひ死なぬと²に

わがやどの　まつのはみつつ　あれまたむ　はやかへりませ　こひしなぬとに

3748 比等久尓波　須美安之等曽伊布　須牟也氣久　波也可反里万世　古非之奈奴刀尓

他國は　住み悪しとそいふ　速けく　早歸りませ　戀ひ死なぬとに³

ひとくには　すみあしとそいふ　すむやけく　はやかへりませ　こひしなぬとに

3749 比等久尓々　伎美乎伊麻勢弓　伊都麻弖可　安我故非乎良牟　等伎乃之良奈久

他國に　君をいませて⁴　何時までか　吾が戀ひ居らむ　時の知らなく⁵

ひとくにに　きみをいませて　いつまでか　あがこひをらむ　ときのしらなく

---

1 松: 'まつ' 소리를 이용하였다.
2 死なぬと: 명사. 장소라는 뜻으로 상태를 나타내는가. 부정을 동반하는 경우가 많다.
3 戀ひ死なぬとに: 내가.
4 君をいませて: 'います'는 있게 한다는 뜻이다.
5 時の知らなく: '知らなく'는 '知らず'의 명사형이다.

3747 우리 집의요/ 소나무 잎을 보며/ 난 기다리죠/ 빨리 돌아오세요/ 사랑에 죽지 않게

해설

   우리 집의 소나무 잎을 보면서 나는 기다리고 있지요. 빨리 돌아와 주세요. 사랑 때문에 죽지 않을 정도로라는 내용이다.

   '松'과 '待つ'의 소리가 같은 'まつ'인 것을 이용한 노래이다.

   '松の葉見つつ'를 大系에서는, '소나무 가지를 묶어서 무사하기를 빌며 宅守가 떠나갔다고도 볼 수 있지만, 소나무 잎이라고 하였으므로 아마 소나무 가지를 묶은 것은 아닐 것이다'고 하였다(『萬葉集』 4, p.101]. 소나무 가지를 묶는 것은 목숨이 안전하기를 기원하는 주술적 행위이다. 여기서는 단순히 소나무 잎을 보면서 기다린다는 뜻이겠다.

3748 다른 나라는/ 살기 힘들다고 하네/ 서둘러서요/ 빨리 돌아오세요/ 사랑에 죽지 않게

해설

   고향이 아닌 다른 지역은 살기가 힘들다고 하지요. 그러니 서둘러서 빨리 돌아오세요. 내가 그대를 그리워하여 죽지 않고 있을 동안에라는 내용이다.

   상대방을 그리워하다가 죽을 수도 있으니 그 전에 빨리 돌아오라는 뜻이다.

3749 다른 지역에/ 그대를 있게 하고/ 언제까지나/ 난 그리워하는가/ 때도 알지 못하고

해설

   이곳이 아닌 다른 곳으로 그대를 보내어 있게 하고, 언제까지 나는 그리워하고 있는 것일까. 언제 돌아올지 그 기한도 알지 못하고라는 내용이다.

3750　安米都知乃　曽許比能宇良尓　安我其等久　伎美尓故布良牟　比等波左祢安良自

天地の　底ひ¹のうらに　吾が如く　君に戀ふらむ　人は實²あらじ

あめつちの　そこひのうらに　あがごとく　きみにこふらむ　ひとはさねあらじ

3751　之呂多倍能　安我之多其呂母　宇思奈波受　毛弖礼和我世故　多太尓安布麻伝尓

白栲の³　吾が下衣⁴　失なはず　持てれわが背子　直に逢ふまでに

しろたへの　あがしたごろも　うしなはず　もてれわがせこ　ただにあふまでに

3752　波流乃日能　宇良我奈之伎尓　於久礼爲弖　君尓古非都々　宇都之家米也母

春の日の　うらがなしきに⁵　おくれ居て　君に戀ひつつ　現しけめやも⁶

はるのひの　うらがなしきに　おくれゐて　きみにこひつつ　うつしけめやも

---

1 **底ひ**: 끝이다.
2 **實**: 부정과 호응한다.
3 **白栲の**: 흰 천이라는 뜻이다. 여기서는 美稱이다.
4 **吾が下衣**: 교환한 속옷이다.
5 **うらがなしきに**: 'うら'는 마음이다. 'に'는 게다가.
6 **現しけめやも**: '現しけ'는 현실이다. 'やも'는 강한 부정을 동반한 의문을 나타낸다.

3750 하늘과 땅의/ 끝이 다한 중에서/ 나와 같이요/ 그대를 그리워할/ 사람 절대 없겠지요

❊ 해설

하늘의 끝 땅의 끝이 다한 이 세상 어디에도 내가 그대를 애타게 그리워하는 것처럼 그렇게 그대를 그리워할 사람은 절대로 없겠지요라는 내용이다.

이 세상에서 자신만이 상대방을 매우 그리워한다는 뜻이다.

'底ひのうらに'를 大系와 注釋에서는 끝으로 보고, '하늘의 끝, 땅의 끝까지 어디에도'로 해석하였다 [(『萬葉集』 4, p.101), (『萬葉集注釋』 15, p.158)]. 全集에서는, '천지의 구석구석에도'로 해석하였다 [『萬葉集』 4, p.91]. 私注에서는, '넓은 세상 속에서도'로 해석하였다 [『萬葉集私注』 8, p.128].

吉井 巖은, '천지의 깊은 곳에 가라앉아서'로 해석하였다 [『萬葉集全注』 15, p.315].

3751 (시로타헤노)/ 내가 준 속옷을요/ 잃지 않도록/ 간직해요 그대여/ 직접 만날 때까지는

❊ 해설

나의 흰 속옷을 잃지 않도록 잘 간직하세요. 그대여. 두 사람이 다시 직접 만날 때까지는이라는 내용이다.

다시 만날 때까지 서로 교환한 속옷을 잘 간직하라는 노래이다. 자신을 잊지 말라는 뜻이다.

3752 화창한 봄날/ 마음이 슬픈데다/ 뒤에 남아서/ 그대 계속 그리면/ 현실 아닌 것 같네

❊ 해설

화창한 봄날에 마음이 슬픈데다가 떠나고 난 그대 뒤에 혼자 남아서 그대를 그리워하고 있으면 이것이 현실이 아닌 것 같네요라는 내용이다.

상대방이 떠난 것이 믿어지지 않는다는 뜻이다.

3753　安波牟日能　可多美尓世与等　多和也女能　於毛比美太礼弖　奴敝流許呂母曽

　　　逢はむ日の　形見¹にせよと　手弱女の²　思ひ亂れて　縫へる衣そ³

　　　あはむひの　かたみにせよと　たわやめの　おもひみだれて　ぬへるころもそ

　　　左注　右九首, 娘子

3754　過所奈之尓　世伎等婢古由流　保等登藝須　多我子尓毛　夜麻受可欲波牟

　　　過所無しに　関飛び越ゆる　ほととぎす　わが思ふ子にも⁴　止まず通はむ

　　　くわそなしに　せきとびこゆる　ほととぎす　わがもふこにも　やまずかよはむ

3755　宇流波之等　安我毛布伊毛乎　山川乎　奈可尓敝奈里弖　夜須家久毛奈之

　　　うるはしと⁵　吾が思ふ妹を⁶　山川を　中に隔りて　安けくもなし

　　　うるはしと　あがもふいもを　やまかはを　なかにへなりて　やすけくもなし

---

　1 **形見**: 정확하게는 '逢はむ日까지의 形見'이다. 다소 단어가 부족하다.
　2 **手弱女の**: 연약한 여자라는 뜻이다.
　3 **縫へる衣そ**: 노래와 함께 옷을 越路로 보내었다고 생각된다.
　4 **わが思ふ子にも**: 난해한 구이다.
　5 **うるはしと**: 멋지고 아름답다고 생각한다.
　6 **吾が思ふ妹を**: 제4구의 '中に'로 이어진다.

3753 만날 날까지/ 나로 생각하라고/ 연약한 여인/ 마음 산란하여서/ 지은 옷이랍니다.

🌸 **해설**

다시 만나는 날까지 나로 생각해 달라고, 연약한 여인인 내가 갈피를 잡을 수 없는 혼란한 마음으로 지은 옷이랍니다라는 내용이다.

상대방에 대한 그리움에 마음이 혼란한 상태에서 지은 옷이니 자신의 처지를 잘 이해하고 늘 생각해 달라는 뜻이겠다.

좌주 위의 9수는, 娘子

3754 통행증이 없이/ 관문을 날아 넘는/ 두견새야 넌/ 그리운 그녀에게/ 쉬지 않고 다닐까

🌸 **해설**

통행 허가증이 필요 없이 관문을 날아서 자유롭게 넘어가는 두견새야. 너는 내가 그리워하는 그녀 곁에도 쉬지 않고 다니는 것일까라는 내용이다.

하늘을 자유롭게 나는 두견새를 보고, 관문을 통과하여 연인 곁으로 갈 수 없는 자신의 처지를 슬퍼한 노래이다.

'過所'를 全集에서는, '關所의 통행 허가증. 후의 關所 手形. 현재의 패스포트에 해당한다. 중국의 제도 를 본받아서, 통행하는 關의 이름, 가는 목적지, 본인 및 수행자의 주소, 연령, 휴대품, 소와 말의 숫자 등을 기록하게 되어 있다. 도읍에 거주하는 자는 京職, 지방에 거주하는 자는 國司로부터 교부를 받는 등, 그 유효기간 등에 대해서 關市令의 규정은 까다롭고 이것을 가지지 않은 통행자는 처벌되었다'고 하였다『萬葉集』 4, p.92].

3755 아름답다고/ 내가 생각는 그대/ 산과 강을요/ 사이에다 두고요/ 편하지가 않네요

🌸 **해설**

아름답다고 내가 생각하는 그대를, 산과 강을 사이에 두고 서로 멀리 떨어져 있으니 마음이 편안하지 않네요라는 내용이다.

산과 강이 두 사람 사이를 가로막고 있어서 만날 수 없으므로 마음이 편하지 않다는 뜻이다.

3756 牟可比爲弖　一日毛於知受　見之可杼母　伊等波奴伊毛乎　都奇和多流麻弖

向かひゐて　一日もおちず[1]　見しかども　厭はぬ妹を　月わたるまで[2]

むかひゐて　ひとひもおちず　みしかども　いとはぬいもを　つきわたるまで

3757 安我未許曽　世伎夜麻故要弖　許己尓安良米　許己呂波伊毛尓　与里尓之母能乎

吾が身こそ　關山[3]越えて　ここにあらめ[4]　心は妹に　寄りにしものを

あがみこそ　せきやまこえて　ここにあらめ　こころはいもに　よりにしものを

3758 佐須太氣能　大宮人者　伊麻毛可母　比等奈夫理能未　許能美多流良武[一云, 伊麻佐倍也]

さす竹の[5]　大宮人は　今も[6]かも　人なぶり[7]のみ　好みたるらむ[一は云はく, 今さへや[8]]

さすだけの　おほみやびとは　いまもかも　ひとなぶりのみ　このみたるらむ[あるはいはく, いまさへや]

---

1 **一日もおちず**: 하루도 빠짐없이.
2 **月わたるまで**: '逢えず' 등의 말을 생략한 것이다.
3 **關山**: 關과 山이라고 하는 견해도 있다.
4 **ここにあらめ**: 역접으로 다음 구에 이어진다.
5 **さす竹の**: 대나무 뿌리가 벋어간다는 뜻으로 大宮을 상투적으로 수식하는 枕詞이다.
6 **今も**: 옛날도 지금도.
7 **人なぶり** 娘子에 대한 호기심을 생각한다.
8 **今さへや**: 옛날에 더해 지금도.

3756 서로 마주해/ 하루도 빠짐없이/ 보았지만도/ 싫지 않았던 그대/ 몇 달 지나기까지

해설

서로 마주해서 하루도 빠짐없이 보고 있었지만 그래도 싫증이 나지 않았던 그대인데 몇 달 지나기까지 만날 수가 없네라는 내용이다.

오래도록 만나지 못하는 아픔을 노래한 것이다.

3757 나의 몸이야/ 관문의 산을 넘어/ 여기에 있지만/ 마음은 그대에게/ 쏠리고 있는 것을

해설

나의 몸은 관문의 산을 넘어 먼 곳인 여기에 있지만, 마음만은 그대에게 늘 쏠리고 있는 것을이라는 내용이다.

몸은 멀리 떨어져 있지만 마음은 항상 상대방에게 가 있다는 뜻이다.

3758 (사스다케노)/ 궁중의 관료들은/ 지금도 역시/ 사람 놀리는 것을/ 좋아하는 것일까[또는 말하기를, 지금까지도]

해설

궁중의 관료들은 지금도 역시 사람을 놀리는 것을 좋아하는 것일까[또는 말하기를, 지금까지도]라는 내용이다.

작자가 도읍에 있을 때 관료들은 작자를 놀렸는데, 유배를 떠난 뒤에는 娘子를 놀리며 괴롭히는 것이 아닐까 하고 걱정한 것이다.

私注에서는, '자신이 유배를 떠난 뒤에 혼자 남은 娘子가 사람들의 놀림감이 되어 있는 것일까 하고 걱정하며 탄식하고 있는 것이다. 당시의 관료들의 일상생활의 경박함을 이 노래를 통해 알 수 있다. 또 이로써 사건은 그들의 밀고에 의해 드러났다고 추정할 수 있을까'라고 하였다[『萬葉集私注』8, p.133].

3759 多知可敝里　奈氣杼毛安礼波　之流思奈美　於毛比和夫礼弖　奴流欲之曽於保伎

たちかへり　泣けども吾は　しるし¹無み　思ひわぶれて　寝る夜しそ多き

たちかへり　なけどもあれは　しるしなみ　おもひわぶれて　ぬるよしそおほき

3760 左奴流欲波　於保久安礼杼毛　母能毛波受　夜須久奴流欲波　佐祢奈伎母能乎

さ寝る夜は²　多くあれども　物思はず　安く寝る夜は　實³なきものを

さぬるよは　おほくあれども　ものもはず　やすくぬるよは　さねなきものを

3761 与能奈可能　都年能己等和利　可久左麻尓　奈里伎尓家良之　須恵之多祢可良

世間の　常の道理　かく⁴さまに　なり來にけらし　据ゑし⁵種子から

よのなかの　つねのことわり　かくさまに　なりきにけらし　すゑしたねから

1 **しるし**: 효험, 보람이다.
2 **さ寝る夜は**: 'さ'는 접두어이다.
3 **實**: 정말로. 부정과 호응한다.
4 **かく**: 天平 12년(740)의 대사면에서 빠진 것을 가리키는가. 3772번가 참조.
5 **据ゑし**: 'すう'는 'う(植)우'와 같은 말이라고 한다.

3759 반복을 해서/ 울지만도 나는요/ 효과가 없네/ 마음 혼란해져서/ 자는 밤이 많으네요

🌸 **해설**

계속 반복을 해서 나는 그리움에 울지만, 마음이 조금도 위로가 되지 않네. 하는 수 없이 괴로운 마음으로 힘이 다 빠져서 잠을 자는 밤이 많네라는 내용이다.

그리워서 울지만 여전히 그리우므로 울다 지쳐서 잠을 자는 밤이 많다는 뜻이다.

3760 잠자는 밤은/ 많이 있는 것이나/ 생각을 않고/ 편안히 자는 밤은/ 정말 없는 것이네

🌸 **해설**

매일 잠을 자는 밤은 많이 있는 것이지만, 아무런 생각을 하지 않고 편안하게 잠을 자는 밤은 참으로 없는 것이네라는 내용이다.

사랑하는 사람에 대한 생각 때문에 매일 밤 편안히 잠을 자지 못한다는 뜻이다.

3761 세상살이의/ 변치 않는 도리여/ 이런 것으로/ 되어 온 것 같으네/ 뿌린 종자이므로

🌸 **해설**

이 세상살이의 변하지 않는 당연한 도리로 나는 이렇게 된 것 같네. 자신이 뿌린 씨앗 때문에라는 내용이다.

자신이 그렇게 된 것은 세상도리로 보면 당연하다는 뜻이다.

'据ゑし種子'에 대해 대부분의 주석서에서는 정확한 설명을 하지 않고 있다. 吉井 巖은, '茅上娘子와의 연애 내지 결혼을 가리키는 것이라고 하는 견해도 있지만, 그렇게 하면 宅守는 유배를 가 있는 지금, 娘子와의 사랑을 잘못했다고 후회하는 것으로 되며, 그런 노래를 보내면 娘子는 화를 내어 버리겠지(『萬葉開眼』下). 土橋寬은 여기에서 宅守의 살인설을 제시하지만 그것은 인정하기 힘들다. 橘諸兄에게 반대하는 권력에 대해, 宅守가 그것에 동조하는 것 같은 어떤 발언이나 행위를 한 것이라고 보고 싶다'고하였다『萬葉集全注』15, p.330).

3762 和伎毛故尓　安布左可山乎　故要弖伎弓　奈伎都々乎礼杼　安布余思毛奈之

吾妹子に　逢坂山を　越えて來て¹　泣きつつ居れど　逢ふよし²も無し

わぎもこに　あふさかやまを　こえてきて　なきつつをれど　あふよしもなし

3763 多婢等伊倍婆　許登尓曽夜須伎　須敝毛奈久　々流思伎多婢毛　許等尓麻左米也母

旅といへば　言にそ易き³　すべもなく　苦しき旅も　殊に益さめやも⁴

たびといへば　ことにそやすき　すべもなく　くるしきたびも　ことにまさめやも

3764 山川乎　奈可尓敝奈里弖　等保久登母　許己呂乎知可久　於毛保世和伎母

山川を　中に隔りて⁵　遠くとも　心を近く　思ほせ⁶吾妹

やまかはを　なかにへなりて　とほくとも　こころをちかく　おもほせわぎも

---

　1 **越えて來て**: 逢坂山을 넘어가야 하는 뜻을 내포하였다. 그럼에도 불구하고라는 뜻으로 다음에 이어진다.
　　逢坂山은 山城을 近江으로 넘어가는 산이다.
　2 **よし**: 방법, 수단이다.
　3 **言にそ易き**: 3743번가의 표현을 다시 사용한 것이다.
　4 **殊に益さめやも**: 말의 무게가 더해지는 일이 있을까.
　5 **中に隔りて**: 3755번가의 표현을 다시 사용한 것이다.
　6 **思ほせ**: 경어이다.

3762 나의 아내를/ 만난다는 逢坂山/ 넘어서 와서/ 울면서 있지만도/ 만날 방법이 없네

✿ 해설

　　나의 아내를 만난다고 하는 뜻을 이름으로 한 아후사카(逢坂) 산을 넘어와서 울며 있지만 사랑하는
사람을 만날 방법이 없네라는 내용이다.

3763 여행이라 하면/ 말하기가 쉽지요/ 방법도 없는/ 고생스런 여행도/ 나아질 것도 없네요

✿ 해설

　　단순히 여행이라고 말해 버리면 말로는 간단하지요. 나의 여행을, 방법도 없는 고생스러운 여행이라고
한다고 해도 말이 특별히 더 나아진다고 생각되지 않네요라는 내용이다.
　　大系와 全集에서는, '방법이 없을 정도로 고생스러운 여행이라고 해도 여행이라고 밖에는 표현할 수가
없네'라고 해석하였다(大系『萬葉集』4, p.104), (全集『萬葉集』4, p.94)]. 私注에서는, '방법도 없는 고생
스런 여행이라고 하면 과장된 것일까'로 해석하였다『萬葉集私注』8, p.135]. 吉井 巖은, '어떻게 할 수
없는 괴로운 여행이라고 말해도 특별히 여행의 괴로움이 더해지는 것은 아니다'고 하였다『萬葉集全注』
15, p.332].

3764 산이랑 강을/ 사이 두고 떨어져/ 멀리 있어도/ 마음을요 가깝게/ 생각해 줘요 그대

✿ 해설

　　산과 강을 사이에 두고 두 사람이 몸은 서로 멀리 떨어져 있어도 마음은 가깝다고 생각해 주세요.
그대여라는 내용이다.
　　몸은 서로 멀리 떨어져 있지만 마음은 늘 가까이 생각해 달라는 뜻이다.

3765　麻蘇可我美　可氣弖之奴敝等　麻都里太須　可多美乃母能乎　比等尓之賣須奈

　　　　まそ鏡[1]　かけて偲へと　奉り出す　形見の物を[2]　人に示すな[3]

　　　　まそかがみ　かけてしぬへと　まつりだす　かたみのものを　ひとにしめすな

3766　宇流波之等　於毛比之於毛波婆　之多婢毛尓　由比都氣毛知弖　夜麻受之努波世

　　　　うるはしと[4]　思ひし思はば[5]　下紐に　結ひ着け持ちて[6]　止まず思はせ[7]

　　　　うるはしと　おもひしおもはば　したびもに　ゆひつけもちて　やまずしのはせ

　　　左注　右十三首, 中臣朝臣宅守

3767　多麻之比波　安之多由布敝尓　多麻布礼杼　安我牟祢伊多之　古非能之氣吉尓

　　　　魂は[8]　朝夕べに　賜ふれ[9]ど　吾が胸痛し　戀の繁きに

　　　　たましひは　あしたゆふべに　たまふれど　あがむねいたし　こひのしげきに

　　1 **まそ鏡**: 맑은 거울이다. 神木에 걸어서 제사를 지낸다는 뜻으로 다음 구에 이어진다.
　　2 **形見の物を**: 무엇인지 알 수 없다.
　　3 **人に示すな**: 소중히 하라는 뜻을 담고 있다.
　　4 **うるはしと**: 찬양하는 마음이다.
　　5 **思ひし思はば**: '思ふ'를 강조한 표현이다.
　　6 **結ひ着け持ちて**: 3765번가의 '기념하는 물건'이다.
　　7 **思はせ**: 경어이다.
　　8 **魂は**: 宅守의 혼이다. 보통은 'たま'라고 한다.
　　9 **賜ふれ**: 겸양어이다. 혼이 만나는 것을 느낀다는 뜻이다.

3765 (마소카가미)/ 걸고 생각하라고/ 보내 드리는/ 나를 생각는 물건/ 남에게 보이지 마

✿ 해설

맑은 거울을 神木에 걸듯이, 그렇게 마음에 담고 나를 생각하라고 보내는, 나를 기념하는 물건을 다른 사람에게 보이지 말아요라는 내용이다.

私注에서는, '娘子로부터 자신을 생각하라고 보낸, 직접 지은 옷이 온 것에 대해 宅守도 무엇인가 보낸 것이다'고 하였다[『萬葉集私注』 8, p.137].

3766 멋이 있다고/ 생각을 해 준다면요/ 속옷 끈에다/ 묶어서 달고서는/ 항상 생각해 줘요

✿ 해설

나를 멋지고 아름답다고 생각을 한다면, 이것을 속옷 끈에다 묶어서 달고는 항상 나를 생각해 주세요라는 내용이다.

위의 작품에서 보낸 물건을 속옷의 끈에다 달고 항상 몸에 지니고 있으면서 생각을 해 달라는 뜻이다.

[좌주] 위의 13수는, 나카토미노 아소미 야카모리(中臣朝臣宅守)

3767 그대의 혼은/ 아침도 저녁에도/ 받고 있지만/ 내 가슴 아프네요/ 그리움이 심해서

✿ 해설

그대의 혼은 아침에도 저녁에도 받고 있지만 나의 가슴이 아프네요. 그리움이 너무 심해서라는 내용이다.

'賜ふれど'를 大系와 全集에서는 中西 進과 마찬가지로 '받고 있지만(몸으로 느끼고 있지만)'으로 해석하였다[大系『萬葉集』 4, p.105], (全集『萬葉集』 4, p.95)]. 이렇게 해석하면 '魂'은 宅守의 혼이 된다. 그런데 私注와 注釋에서는 '多麻布礼杼'를 '魂ふれど'로 읽고, '진혼하지만'으로 해석하였다[(『萬葉集私注』 8, p.138), (『萬葉集注釋』 15, p.170)]. 吉井 巖도, '안정시키려고 노력하지만'으로 해석하였다[『萬葉集全注』 15, p.337]. 이렇게 해석하면 '魂'은, 안정되지 못하고 宅守에게로 가려고 하는 娘子의 혼이 된다. '혼이 만나는 것을 느끼지만'으로 해석하는 것이, 그래도 직접 만나지 못하므로 여전히 가슴이 아프다는 뜻과 잘 호응이 되는 것 같다.

3768　己能許呂波　君乎於毛布等　須敞毛奈伎　古非能未之都々　祢能未之曽奈久

この頃は　君を思ふと　術も¹無き　戀のみしつつ　哭のみしそ泣く²

このころは　きみをおもふと　すべもなき　こひのみしつつ　ねのみしそなく

3769　奴婆多麻乃　欲流見之君乎　安久流安之多　安波受麻尓之弖　伊麻曽久夜思吉

ぬばたまの　夜見し³君を　明くる朝　逢はずま⁴にして　今そ悔しき

ぬばたまの　よるみしきみを　あくるあした　あはずまにして　いまそくやしき

3770　安治麻野尓　屋杼礼流君我　可反里許武　等伎能牟可倍乎　伊都等可麻多武

味眞野に⁵　宿れる君が　歸り來む　時の迎へを⁶　何時とか待たむ

あぢまのに　やどれるきみが　かへりこむ　ときのむかへを　いつとかまたむ

---

1 **術も**: 취해야 할 수단이다.
2 **哭のみしそ泣く**: 우는 것을 강조한 표현이다. 'し'와 'そ'는 강조를 나타낸다.
3 **夜見し**: 宅守가 출발을 하기 전이다. 3726번가 참조.
4 **逢はずま**: 'ま'는 '사이(間)'라는 뜻인가.
5 **味眞野に**: 福井縣 武生市(國府)의 동남쪽. 宅守의 유배지이다.
6 **時の迎へを**: 때가 되면 맞이하는 것이다. 때가 온 것은 아니다.

3768 요즈음은요/ 그대 생각하느라/ 방법도 없는/ 사랑에 고통하며/ 소리 내어 웁니다

🌸 **해설**

요즈음은 그대를 연모하느라고, 해결할 방법도 없는 사랑의 고통에 괴로워하며 다만 소리를 내어서 울고 있을 뿐이랍니다라는 내용이다.

3769 (누바타마노)/ 밤에 만난 그댄데/ 다음날 아침에/ 만나지 않고 보내/ 지금 억울하네요

🌸 **해설**

어두운 밤에 만난 그대인데, 다음날 아침에 만나지 않은 채로 보내어서 그것을 지금 생각하면 후회스럽네요라는 내용이다.
宅守가 출발을 하던 날 아침에 만나지 않고 작별한 것을 회상하며 후회한 노래이다.

3770 아지마(味眞) 들에/ 잠을 자는 그대가/ 다시 돌아올/ 때를 맞이하는 것/ 언제라 기다릴까

🌸 **해설**

아지마(味眞) 들에서 임시 거처를 마련해서 잠을 자는 그대가 돌아올 때를 맞이하는 것을, 언제라고 생각하고 나는 기다리고 있을까요라는 내용이다.
'時の迎へを'를 私注에서는, '宅守가 돌아올 때의, 자신을 맞이하기 위해 宅守가 보낸 사람일 것이다. 사면이 되면 다시 자신을 맞이하러 온다고 생각하는 것은 당연한 것일 것이다'고 하였다『萬葉集私注』 8, p.140].
宅守가 사면이 되면 당연히 다시 만날 수 있을 것이지만, 그때가 언제일지 몰라서 기다리기 힘들어하며 탄식하는 노래이다.

3771　宮人能　夜須伊毛祢受弓　家布々々等　麻都良武毛能乎　美要奴君可聞

　　　　宮人の¹　安寝も寝ずて²　今日今日と　待つ³らむものを　見えぬ⁴君かも

　　　　みやひとの　やすいもねずて　けふけふと　まつらむものを　みえぬきみかも

3772　可敞里家流　比等伎多礼里等　伊比之可婆　保等保登之尓吉　君香登於毛比弓

　　　　歸りける　人來れりと⁵　言ひしかば　ほとほと死にき⁶　君かと思ひて

　　　　かへりける　ひときたれりと　いひしかば　ほとほとしにき　きみかとおもひて

---

1 **宮人の**: 궁중에서 근무하는 사람이다.
2 **安寝も寝ずて**: 宅守는 大宮人인데 유배로 인해 大宮人으로서 잠을 푹 잘 수가 없다.
3 **待つ**: 사면되어 귀경하는 날을.
4 **見えぬ**: 이 전후에 귀경을 문제로 하고 있으며 '꿈에 보이지 않는 것'은 아니다.
5 **人來れりと**: 天平 12년(740) 6월 15일의 조칙에 의해 穂積老 등이 사면되었다. 宅守는 제외된 사람들 중에 이름이 보인다.
6 **ほとほと死にき**: 놀라고 기뻐서.

3771 궁인으로서/ 단잠도 잘 수 없고/ 오늘인가고/ 기다리고 있을 걸/ 보이지 않는 그대

✿ 해설

그대는 궁인으로서 푹 잠을 잘 수도 없고, 사면을 받아 돌아갈 날을 오늘인가 오늘인가 하고 기다리고 있을 것인데. 모습을 보이지 않는 그대인가라는 내용이다.

사면을 받아서 돌아오기를 기다리는데 빨리 돌아오지 않는 것을 한탄하는 娘子의 노래이다.

'安寢も寢ずて 今日今日と 待つらむものを'의 주체를 中西 進은 宅守로 보았다. 그런데 私注에서는, '나는 푹 잠을 잘 수도 없고, 오늘도 기다리고 내일도 기다릴 것인데'라고 해석하고 娘子로 보았다『萬葉 集私注』8, p.141].

'宮人'을 大系와 全集에서는, '宅守와 친하거나 동정적인 사람들'로 해석하고 그들이 宅守를 기다리는 것이라고 하였다[大系『萬葉集』4, p.106], (全集『萬葉集』4, p.96)]. 그런데 吉井 巖은 '宮人'을 낭자의 동료들로 보고, '궁인들이 푹 잠을 자지도 않고 오늘이야말로 사랑하는 사람이 돌아온다고 하고 기다리고 있는데 꿈에도 나타나 주지 않는 그대'로 해석하였다. 그리고 이하 4수는 天平 12년(740) 6월의 대사면을 배경으로 한 작품일 것이라고 하였다[萬葉集全注』15, p.340]. 즉 娘子의 동료들은 자신들의 사랑하는 사람이 사면되어 돌아오는 것을 기다리는데 宅守는 娘子의 꿈에도 나타나지 않는다는 뜻으로 본 것이다.

3772 사면을 받아/ 사람들 돌아왔다/ 말을 하므로/ 거의 죽을 뻔했네/ 그댄가 생각해서요

✿ 해설

사면을 받아서 오는 사람들이 돌아왔다고 사람들이 말을 하므로 기뻐서 거의 죽을 뻔했네요. 그대인가 하고 생각을 해서요라는 내용이다.

宅守도 사면을 받아 왔는가 하고 생각하여 너무 기뻐서 죽을 뻔하였다는 뜻이다. 그런데 宅守가 돌아 오지 않아서 실망하였다는 뜻이겠다.

3773　君我牟多　由可麻之毛能乎　於奈自許等　於久礼弓乎礼杼　与伎許等毛奈之

　　　　君が共　行かましものを　同じこと¹　後れて居れど　良きことも無し

　　　　きみがむた　ゆかましものを　おなじこと　おくれてをれど　よきこともなし

3774　和我世故我　可反里吉麻佐武　等伎能多米　伊能知能己佐牟　和須礼多麻布奈

　　　　わが背子が　歸り來まさ²む　時のため　命殘さむ³　忘れたまふな

　　　　わがせこが　かへりきまさむ　ときのため　いのちのこさむ　わすれたまふな

　　　左注　右八首, 娘子

3775　安良多麻能　等之能乎奈我久　安波射礼杼　家之伎己許呂乎　安我毛波奈久尓

　　　　あらたまの⁴　年の緒⁵長く　逢はざれど　異しき心⁶を　吾が思はなく⁷に

　　　　あらたまの　としのをながく　あはざれど　けしきこころを　あがもはなくに

---

　1 **同じこと**: 지금의 괴로움은 유배의 괴로움과.
　2 **來まさ**: 경어이다.
　3 **命殘さむ**: 사랑의 고통 때문에 죽을 목숨을.
　4 **あらたまの**: 새로운 혼이라는 뜻으로 '年·月'을 상투적으로 수식하는 枕詞이다.
　5 **年の緒**: 긴 것을 '…の緒'라고 한다.
　6 **異しき心**: 다른 마음이다.
　7 **吾が思はなく**: 'なく'는 부정 'ない'의 명사형이다.

3773 그대와 함께/ 갔으면 좋았을 걸/ 마찬가지네/ 뒤에 남아 있어도/ 좋은 것도 없네요

🌸 해설

그대를 따라 유배지에 함께 갔으면 좋았을 것을 그랬네요. 그러나 마찬가지네요. 뒤에 혼자 남아 있어도 좋은 것도 없네요라는 내용이다.

유배지에 함께 따라가지 않았지만 고통은 마찬가지라는 뜻이다.

私注에서는, '유배를 가는 사람은 아내나 첩을 본래 데리고 가는데, 동행하지 않은 것은 娘子가 아내가 아니었기 때문일까, 또는 娘子도 죄를 지어 獄令의 '무릇 부인이 죄를 지으면 남편과 장소를 달리 한다'는 것이 적용된 것이겠다. 이들 노래로 보면 娘子는 죄를 지었다고 해도 도읍에 억류된 것이라 생각된다'고 하였다[『萬葉集私注』 8, pp.142~143].

3774 나의 님이요/ 돌아오실 것인요/ 때를 위하여/ 목숨을 남겨 놓자/ 잊지 말아 주세요

🌸 해설

그대가 돌아오실 때를 위하여 목숨을 남겨서 나는 살아 있지요. 그러니 나를 잊지 말아 주세요라는 내용이다.

<blockquote>좌주 위의 8수는, 娘子</blockquote>

3775 (아라타마노)/ 연월이 오래도록/ 못 만나지만/ 다른 마음일랑은/ 나는 생각 않아요

🌸 해설

새로운 혼으로 시작하는 해와 달이 지나 오래도록 비록 못 만나고 있지만 나는 다른 마음을 가지지 않아요라는 내용이다.

오래도록 못 만나고 있지만 상대방에 대한 마음이 변하지 않고 있다는 뜻이다.

권제14의 3482번가(도래인의 옷/ 꼭은 맞지 않듯이/ 못 만나지만/ 그 외 다른 마음을/ 나는 갖지 않아요)와 유사하다.

3776 家布毛可母　美也故奈里世婆　見麻久保里　尓之能御馬屋乃　刀尓多弖良麻之

今日もかも　都なりせば¹　見まく欲り　西の御厩の²　外に立てら³まし

けふもかも　みやこなりせば　みまくほり　にしのみまやの　とにたてらまし

3777 伎能布家布　伎美尓安波受弖　須流須敝能　多度伎乎之良尓　祢能未之曽奈久

昨日今日　君に逢はずて　する術の　たどき⁴を知らに⁵　哭のみしそ泣く

きのふけふ　きみにあはずて　するすべの　たどきをしらに　ねのみしそなく

3778 之路多倍乃　阿我許呂毛弓乎　登里母知弖　伊波敝和我勢古　多太尓安布末伝尓

白妙の⁶　吾が衣手を⁷　取り持ちて　齋へ⁸わが背子　直に逢ふまでに

しろたへの　あがころもでを　とりもちて　いはへわがせこ　ただにあふまでに

---

1 都なりせば: 'せば…まし'는 현실에 반대되는 가상이다.
2 西の御厩の: 右馬寮의 마구간이다. 이전에 만나고 있던 장소이다.
3 外に立てら: 'ら'는 완료를 나타낸다.
4 たどき: 'すべ'는 방법이다. 'たどき'는 손으로 잡을 곳, 단서, 실마리이다.
5 知らに: 부정의 뜻이다.
6 白妙の: 흰 천이다. 여기에서는 옷을 상투적으로 수식하는 枕詞이다.
7 吾が衣手を: 여기서는 소매이다. 옷 전체를 말하는 경우도 있다. 娘子가 보낸 속옷(3751번가)이다.
8 齋へ: 몸을 정결하게 하고 비는 것이다.

3776 오늘도 아아/ 도읍에 있었다면/ 보고 싶어서/ 서쪽의 마구간의/ 밖에 서 있을 텐데

해설

오늘도 아아, 만약 도읍에 있다면 보고 싶다고 생각을 해서 서쪽의 마구간 밖에 서 있을 텐데라는
내용이다.
私注에서는, '서쪽의 마구간 부근이, 도읍에 있을 때 그들이 만나는 장소였으므로 그것을 회상하면서
지은 것이겠다. 서쪽의 마구간이 두 사람이 근무하는 장소에서 편리하기 때문에 택하였던 것인가, 일반
적으로 大宮人들이 연인을 만나는 장소였던 것인가. 이것으로 보면 두 사람은 정식으로 결혼한 것이
아니며, 목록에 '부부'라고 한 것은 언어의 장식에 지나지 않는 것으로 보인다'고 하였다『萬葉集私注』
8, p.144].

좌주 위의 2수는, 나카토미노 아소미 야카모리(中臣朝臣宅守)

3777 어제 오늘도/ 그대를 못 만나고/ 해야 할 방법/ 기댈 곳을 몰라서/ 울고 있을 뿐이네

해설

어제도 오늘도 그대를 만나지 못하여, 어떻게 해야 좋을지 그 방법이나 의지할 곳을 알지 못해서
울고 있을 뿐이네요라는 내용이다.

3778 (시로타헤노)/ 내 속옷의 소매를/ 손에 가지고/ 빌어 주세요 그대/ 직접 만날 때까지요

해설

나의 흰 속옷의 소매를 손에 잡고서는 삼가며 빌어 주세요 그대여. 직접 만날 때까지요라는 내용이다.
'吾が衣手を 取り持ちて 齋へわが背子'를 大系와 全集에서는 中西 進과 마찬가지로, '내 속옷의 소매를
손에 잡고 삼가며 빌어 주세요 그대여'로 해석하였다(大系 『萬葉集』 4, p.107), (全集 『萬葉集』 4, p.97)].
私注에서는, 자신이 보낸 속옷을 공물로 바쳐서라도 빨리 만날 수 있도록 신에게 빌라는 뜻으로 해석하였
다『萬葉集私注』 8, p.146]. 吉井 巖은, '娘子 자신의 옷을 가지고 자신의 혼에 접해 달라는 뜻으로 해석하
였다『萬葉集全注』 15, p.347].

좌주 위의 2수는, 娘子

3779　和我夜度乃　波奈多知婆奈波　伊多都良尓　知利可須具良牟　見流比等奈思尓

わが宿の　花橘¹は　いたづらに²　散りか過ぐらむ　見る人無しに

わがやどの　はなたちばなは　いたづらに　ちりかすぐらむ　みるひとなしに

3780　古非之奈婆　古非毛之祢等也　保等登藝須　毛能毛布等伎尓　伎奈吉等余牟流

戀ひ死なば　戀ひも死ねとや³　ほととぎす　物思ふ時に　來鳴き響むる⁴

こひしなば　こひもしねとや　ほととぎす　ものもふときに　きなきとよむる

3781　多婢尓之弖　毛能毛布等吉尓　保等登藝須　毛等奈那難吉曽　安我古非麻左流

旅⁵にして　物思ふ時に　ほととぎす　もとな⁶勿鳴きそ　吾が戀まさる⁷

たびにして　ものもふときに　ほととぎす　もとなななきそ　あがこひまさる

---

1 花橘: 꽃이 핀 홍귤나무이다.
2 いたづらに: 제5구와 같은 내용이다.
3 戀ひも死ねとや: 두견새는 옛날을 생각하게 하는 새이다. 다음에 '言ふ' 등이 생략된 것이다.
4 響むる: 울리게 한다는 뜻이다.
5 旅: 越前에 있는 것이다.
6 もとな: 의지할 곳이 없는 상태이다.
7 吾が戀まさる: 이유가 없는 것과는 다르다.

3779 우리 집의요/ 꽃이 핀 홍귤나무/ 허망하게도/ 져 가고 있는 걸까/ 보는 사람도 없이

❀ 해설

우리 집의 홍귤나무 꽃은 허망하게 져 가고 있는 것일까. 그것을 보아줄 사람도 없다는 내용이다.

宅守 자신이 유배지에 있으므로, 자신의 집의 홍귤나무 꽃은 보는 사람이 없어서 허망하게 지고 있을 것이라는 뜻이다.

娘子가 아니라 자신의 집의 홍귤나무 꽃에 대해 노래하였다.

3780 그려 죽으면/ 죽으라고 하는가/ 두견새가요/ 그리워 괴로울 때/ 와서 울어 대네요

❀ 해설

사랑의 고통 때문에 죽는다면 그렇게 죽으라고 하는 것인가. 그리움 때문에 고통을 받고 있을 때 두견새가 와서 시끄럽게 울어 대네요라는 내용이다.

그렇지 않아도 연인 생각에 고통스러운데 두견새가 와서 울어 대며, 娘子와의 추억을 더욱 생각나게 한다는 뜻이다.

3781 여행을 하며/ 그리워 괴로울 때/ 두견새야 넌/ 무턱대고 울지 마/ 더욱 그리워지네

❀ 해설

집을 떠나 여행을 하면서 그리움 때문에 고통을 받고 있을 때 두견새야 넌 무턱대고 울지 말아 다오. 그녀가 더욱 깊이 그리워지니까라는 내용이다.

3782 安麻其毛理　毛能母布等伎尓　保等登藝須　和我須武佐刀尓　伎奈伎等余母須

雨隠り[1]　物思ふ時に　ほととぎす　わが住む里[2]に　來鳴き響もす

あまごもり　ものもふときに　ほととぎす　わがすむさとに　きなきとよもす

3783 多婢尓之弖　伊毛尓古布礼婆　保登等伎須　和我須武佐刀尓　許欲奈伎和多流

旅にして[3]　妹に戀ふれば　ほととぎす　わが住む里[4]に　こよ[5]鳴き渡る

たびにして　いもにこふれば　ほととぎす　わがすむさとに　こよなきわたる

3784 許己呂奈伎　登里尓曽安利家流　保登等藝須　毛能毛布等伎尓　奈久倍吉毛能可

心なき　鳥にそありける[6]　ほととぎす　物思ふ時に　鳴くべきものか[7]

こころなき　とりにそありける　ほととぎす　ものもふときに　なくべきものか

---

1 **雨隠り**: 비가 와서 집에 있는 것이다.
2 **わが住む里**: 味眞野이다.
3 **旅にして**: 越前에서 근처로 여행을 갔던 것인가. 다만 3781번가의 여행과 별개의 여행인 점은 알 수 없다. 여행을 3781번가와 같다고 생각하면 'わが住む里'는 내가 살고 있어야 할 도읍이라는 뜻이 된다.
4 **わが住む里**: 味眞野의 초라한 거처가 있는 쪽이다.
5 **こよ**: 'よ'는 경유를 나타낸다.
6 **鳥にそありける**: 'けり'는 '정신을 차려 보니…였네'라는 뜻이다.
7 **鳴くべきものか**: 울어서는 안 된다는 뜻이다. 생각이 더 깊어지므로.

3782　비 와 집에서/ 그리워 괴로울 때/ 두견새가요/ 내가 사는 마을에/ 와서 울어 대네요

🌸 **해설**

　비가 내리므로 집에 있으며 그리움 때문에 고통을 받고 있을 때 두견새가, 내가 사는 마을에 와서 울어 대네요라는 내용이다.
　두견새 소리에 사랑하는 사람을 더욱 생각하게 되어 고통스럽다는 뜻이다.

3783　여행을 하며/ 그녀 그리워하면/ 두견새가요/ 내가 사는 마을로/ 여기서 울며 가네

🌸 **해설**

　집을 떠나 여행을 하면서 그녀를 그리워하고 있을 때, 두견새가 내가 있어야 할 마을인 도읍을 향해 이곳에서 울며 날아가네라는 내용이다.

3784　인정도 없는/ 새이었던 것이었네/ 두견새는요/ 그리워 괴로울 때/ 울어야만 하는가

🌸 **해설**

　인정도 없는 무정한 새였던 것이네. 두견새는 내가 그리움 때문에 고통을 받고 있을 때 꼭 그렇게 울어야만 하는가라는 내용이다.
　宅守가 그리움 때문에 고통을 받고 있을 때, 두견새는 울지 말아야 했는데 울어서 그리움을 더 깊게 하였다는 뜻이다.

3785 保登等藝須　安比太之麻思於家　奈我奈氣婆　安我毛布許己呂　伊多母須敝奈之

ほととぎす　間しまし¹置け　汝が鳴けば　吾が思ふ心　いたも²術なし

ほととぎす　あひだしましおけ　ながなけば　あがもふこころ　いたもすべなし

左注 右七首, 中臣朝臣宅守寄花鳥³陳思作歌

---

1 **間しまし**: 'しまし'는 'しばし'와 같다. 잠시.
2 **いたも**: 'いとも'와 같다. 매우.
3 **花鳥**: 홍귤나무 꽃과 두견새를 가리킨다.

3785 두견새야 넌/ 잠시 간격을 두게나/ 네가 울면은/ 나의 생각는 마음/ 전연 방도가 없네

해설

두견새야. 계속 그렇게 울지 말고 잠시 간격을 두면서 쉬었다가 울어 다오. 네가 그렇게 계속 울면 나의 괴로운 마음은 어떻게 할 방법이 없네라는 내용이다.

두견새가 계속 울면 연인 생각에 너무 괴로우니 울더라도 잠시 쉬면서 울라는 뜻이다.

私注에서는, '天平 13년(741) 9월의 대사면 때 宅守도 사면이 된 것 같은데 사면 후의 두 사람의 관계는 전연 알 수 없다. 많은 소문이 났던 사건은 후에는 잊혀지는 것이 일반적이다. 娘子가 재능이 많았던 것을 보면 職員令義解에서 말하는 非氏名, 自進仕의 氏女였는지도 모른다. 宅守는 사면 후에 中臣氏의 출신으로 神祇官의 직책에 있었다고 해도 大副가 된 것은 종5위하가 된 寶字 7년(763) 후인 것 같다'고 하였다『萬葉集私注』 8, p.151].

吉井 巖은, '花鳥歌 7수는 독백의 노래인 것으로 보아 지금까지의 두 사람의 증답이라는 것에서, 두 사람의 사랑이 한 걸음 후퇴한 상황을 보여주고 있는 것 같이 생각된다. 또 홍귤나무 꽃과 두견새에 의탁해서 노래하는 연정에는, 때로는 불안과 초조함이 보인다. 이것은 家島 5수의 내용과 다르다는 것을 말하지 않을 수 없다. 또 두견새 노래 6수가 시종 같은 내용이므로 한 사람의 작자가 지은 작품으로서는 마음 상태에 변화가 거의 없다. 이것은 花鳥歌 7수가 宅守의 작품이 아니라, 편집자가 열거해서 보인 독백의 연가, 전개도 없고 멈추어 있는 유사한 노래의 연속이며, 이것으로 두 사람의 사랑이 어떻게 전개될 것인지를 암시하는 것으로도 추정할 수 있다'고 하였다『萬葉集全注』 15, p.357].

좌주 위의 7수는, 나카토미노 아소미 야카모리(中臣朝臣宅守)가 꽃과 새에 의탁해서 생각을 말하여 지은 노래

만엽집

권 제16

有由縁并雜歌[1]

《昔者有娘子…》

昔者[2]有娘子. 字[3]曰櫻兒也. 于時有二壯士[4]. 共誂[5]此娘. 而捐生挌競, 貪死相敵[6]. 於是娘子
歔欷[7]曰. 從古來今, 未聞未見[8], 一女之身, 徃適二門[9]矣. 方今[10]壯士之意有難和平[11]. 不如[12]
妾死, 相害[13]永息. 尒乃[14]尋入林中, 懸樹[15]経[16]死. 其兩壯士, 不敢哀慟, 血泣漣襟[17]. 各陳心
緒作歌二首

3786　春去者　挿頭尓將爲跡　我念之　櫻花者　散去流香聞 [其一]

春さらば　挿頭にせむと[18]　わが思ひし　櫻の花は　散りにけるかも [その一[19]]

はるさらば　かざしにせむと　わがもひし　さくらのはなは　ちりにけるかも [そのいち]

---

1 **有由縁并雜歌**: 사연이 있는 노래와 雜歌라는 뜻이다. 권제16에는 이 두 종류가 짜맞추어져 편성되어 있다.
　雜歌는 글자 그대로 여러 가지 노래라는 뜻이다.
2 **昔者**: 者는 助字이다.
3 **字**: 통칭. 지금 畝傍山의 동쪽에 櫻兒塚이라고 하는 것이 있다.
4 **二壯士**: 이른바 '두 남자 한 여자형'의 전설이다. 菟原처녀 등과 같다.
5 **誂**: 구혼하여.
6 **貪死相敵**: 힘을 다하여 필적하는 것이다.
7 **歔欷**: 훌쩍거리며 우는 것이다.
8 **未聞未見**: 아래에 이어져 나오는 다음의 내용의 일을.
9 **徃適二門**: 門은 가문이다. 適은 시집가는 것이다.
10 **方今**: '方'은 '바로'라는 뜻으로 강조를 나타낸다.
11 **和平**: 부드럽게 한다.
12 **不如**: 미치지 않는다.
13 **相害**: 상처를 내다.
14 **尒乃**: '尒'는 '則'과 같다.
15 **懸樹**: 『古事記』의 마토노히메(圓野比賣) 전설과 같은 종류의 이야기가 있다.
16 **経**: '經く'는 올가미로 한다. 목을 매는 것이다.
17 **血泣漣襟**: '泣血哀慟'(207번가)과 같다.
18 **挿頭にせむと**: 아름다운 꽃이 피는 시기에 아내로 맞이하고 싶다는 뜻이 내포되어 있다.
19 **その一**: 노래가 전승된 흔적을 나타낸다.

사연이 있는 노래와 雜歌

《옛날에 소녀가 있었다…》
옛날에 소녀가 있었다. 이름을 사쿠라코(櫻兒)라고 하였다. 그 무렵 두 젊은이가 있었는데
두 사람 모두 이 소녀에게 구혼하려고 하였다. 목숨을 걸고 겨루고, 죽음도 두려워하지
않고 서로 싸웠다. 그래서 소녀가 훌쩍거리며 울며 말하기를 "옛날부터 듣지도 보지도
못한 일이다. 한 여자가 두 사람의 남자에게 시집을 갔다고 하는 것을. 지금 두 청년의
마음은 진정시킬 방법이 없네. 내가 죽어서 서로 결투하는 것을 끝내게 하는 것이 가장
좋겠다"고 하였다. 그대로 산속으로 들어가, 나무에 목을 매고 죽어 버렸다. 두 남자가
너무 슬픈 나머지 피눈물을 옷깃에 흘리고 각각 생각을 말하여 지은 노래 2수

3786 봄이 되면요/ 머리 장식 하려고/ 내 생각했던/ 아름다운 벚꽃은/ 져 버린 것이네요[그 1]

🌸 해설

봄이 되면 꺾어서 머리에 꽂아 머리에 장식으로 하려고 내가 생각하고 있던 아름다운 벚꽃은 그만
져 버린 것이네[그 1]라는 내용이다.
결혼하려고 생각했던 사쿠라코(櫻兒)가 죽어 버렸다는 뜻이다. 사쿠라코(櫻兒)의 이름으로, 안타까운
마음을 벚꽃에 빗대어 노래한 것이다.
'有由緣幷雜歌'를 大系에서는, '사연이 있는 雜歌일 것이다'고 하였다『萬葉集』4, p.118]. 全集에서는,
'사연이 있는 노래(전반)와 雜歌(후반)라는 뜻. '有由緣'은 '有由緣歌'. 원래 불교어인가'라고 하였다『萬葉
集』4, p.107].
私注에서는, '두 남자 한 여자의 관계는 드문 사건이 아니므로, 여기에서 볼 수 있는 것은 그런 흔한
사건과 전설에 바탕을 해서 만든 이야기이며, 노래도 벚꽃을 애석해하는 단순한 노래를 바탕으로 해서
다소 손질을 하여 이야기 속에 넣은 것이 아닐까'라고 하였다『萬葉集私注』8, p.157]. 全集에서는, '원래
서경가였다고도 해석할 수 있다'고 하였다『萬葉集』4, p.107]. 또 '其一'처럼 번호를 붙이는 것은『文選』
이나『玉台新詠』등의 시 방법을 따른 것'이라고 하였다『萬葉集』4, p.108]. 이러한 방법은『만엽집』
권제8의 1537 · 1538번가(憶良의 七種歌)에도 보인다.

3787 妹之名尓　繋有櫻　花開者　常哉將戀　弥年之羽尓 [其二]

妹が名に　懸けたる¹櫻　花咲かば　常にや戀ひむ　いや²毎年に [その二]

いもがなに　かけたるさくら　はなさかば　つねにやこひむ　いやとしのはに [そのに]

《或曰‥‥》

或曰³, 昔⁴有三男. 同娉一女也. 娘子嘆息曰, 一女之身易滅如露, 三雄之志難平如石. 遂乃仿徨⁵池上, 沈没水底. 於時其壯士等, 不勝哀願⁶之至. 各陳所心作歌三首[娘子字曰縵兒⁷也]

3788 無耳之　池羊蹄恨之　吾妹兒之　來乍潛者　水波將涸 [一]

耳無の　池⁸し恨めし　吾妹子が　來つつ潛かば⁹　水は涸れなむ¹⁰ [一¹¹]

みみなしの　いけしうらめし　わぎもこが　きつつかづかば　みづはかれなむ [一]

1 懸けたる: 관련한. 이름과 같은 벚꽃을 소녀와 같은 것으로 본 것이다.
2 いや: 더욱.
3 或曰: 위의 사쿠라코(櫻兒) 전설에 곁들여 수록한 같은 종류의 전승이다.
4 昔: 다른 이본에는 없다.
5 仿徨: 徘廻(460번가)와 같다.
6 哀願: '顙'는 '疲'.
7 縵兒: 덩굴풀을 장식으로 한 젊은 여자라는 뜻인가.
8 耳無の 池: 耳無(梨)山 기슭의 연못이다. 耳無 부근의 연애담으로 위의 畝傍의 연애담에 대응한다. 三山의 연애담(13~15번가)의 원형인가.
9 來つつ潛かば: 'つつ'는 계속을 나타낸다. '몇 번이나 와서 드디어 물에 잠긴다'는 뜻인가.
10 水は涸れなむ: 'なむ'는 권유를 나타내는 조사이다.
11 一: 구송된 흔적을 나타낸다.

3787 소녀 이름과/ 관련 있는 벚꽃은/ 꽃이 피면요/ 항상 그리울 건가/ 더욱더욱 해마다

[그 2]

🌸 **해설**

사쿠라코(櫻兒)라는 아내 이름과 관련이 있는 벚꽃은 꽃이 피면 항상 그리울 것인가. 매년 더욱 해가 지날 때마다[그 2]라는 내용이다.

벚꽃이 피면, 櫻兒라는 이름을 가졌던 아내가 해마다 더욱 그리워질 것이라는 뜻이다.

私注에서는, '이것도 역시 민요를 바탕으로 하여 이야기 속에 삽입한 것일 것이다'고 하였다[『萬葉集私注』 8, p.158].

《혹은 말하기를…》

혹은 말하기를, 옛날에 세 명의 남자가 있었는데, 모두 한 사람의 여성에게 구혼을 하였다. 그 여자가 탄식하며 말하기를, "한 사람의 여자의 목숨이 사라지기 쉬운 것은 이슬과 같이 허망하고, 세 명의 남자의 마음을 진정시키기 어려운 것은 바위와 같이 견고하다"고 하였다. 마침내 연못 주위를 방황하다가 물에 빠져 죽었다. 그때 남자들이 깊은 슬픔을 참지 못하여 각각 생각을 말하여 지은 노래 3수[소녀의 이름을 카즈라코(縵兒)라고 하였다]

3788 미미나시(耳無)의/ 연못 원망스럽네/ 나의 아내가/ 와서 몸을 던질 때/ 물이 말라 버리지 [1]

🌸 **해설**

미미나시(耳無)의 연못이 원망스럽네. 나의 아내가 와서 못에 몸을 던졌을 때 물이 말라 버려 주었으면 좋았을 것을[1]이라는 내용이다.

못의 물이 말라 버렸다면 카즈라코(縵兒)가 죽지 않았을 것이라고 하며 연못을 원망하고 있다.

中西 進은 이 작품이 『大和物語』에 人麿의 전승으로 수록되어 있다고 하였다.

私注에서는, '세 남자가 한 여자에게 구혼했다는 이야기가 있었을 것이다. 본래 다른 전설이지만 비슷하므로 함께 기록한 뜻을 '或曰'로 나타내었을 것이다. 노래의 성립도 앞이 사쿠라코(櫻兒)의 경우와 마찬가지로 민요가 바탕이 되어 있는 것으로 보인다. 그러나 이 1수 등은 이야기와 정확하게 일치하고 있으므로 혹은 이야기가 먼저 성립하고 그 이야기를 윤색하기 위해 만들어져서 첨부된 것인지도 모른다'고 하였다[『萬葉集私注』 8, p.160].

3789　足曳之　山縵之兒　今日徃跡　吾尓告世婆　還來麻之乎 [二]

あしひきの[1]　山縵の兒　今日往くと[2]　われに告げせば[3]　還り來ましを [二]

あしひきの　やまかづらのこ　けふゆくと　われにつげせば　かへりこましを [二]

3790　足曳之　玉縵之兒　如今日　何隈乎　見管來尓監 [三]

あしひきの[4]　玉縵の兒　今日の如[5]　いづれの隈[6]を　見つつ來にけむ [三]

あしひきの　たまかづらのこ　けふのごと　いづれのくまを　みつつきにけむ [三]

---

1 **あしひきの:** 산을 상투적으로 수식하는 枕詞이다. 카즈라코(縵兒)의 이름에서 '山縵'을 연상하여 그 산에 연결시켰다. 3788번가의 주와 같이 해석하면 산에 숨어서 실제로 산의 덩굴풀을 장식으로 하고 있었던 것인가.
2 **今日往くと:** 연못에 간다.
3 **告げせば:** '…せば…まし'는 현실에 반대되는 가상을 말한다.
4 **あしひきの:** 'あしひきの山'이라고 하는 표현에서 이 'あしひき'는 산을 말한다.
5 **今日の如:** 자신(남자)이 지금 온 것처럼 와서.
6 **いづれの隈:** 돌아가는 모퉁이이다.

3789 (아시히키노)/ 야마카즈라(山縵) 소녀/ 지금 간다고/ 나에게 말했다면/ 돌아왔을 것인데 [2]

해설

    야마카즈라(山縵) 소녀가 지금 죽으러 연못에 간다고 나에게 말을 했더라면 돌아왔을 것인데[2]라는 내용이다.

    '還り來ましを'는 뜻이 명확하지 않은데 大系에서는, '죽게 하지 않고 구해서 돌아왔을 것인데'로 해석하였다『萬葉集』 4, p.120]. 私注·注釋에서는, '남자가 여자 곁으로 돌아온다는 뜻이다'고 하였다(『萬葉集私注』 8, p.160), (『萬葉集注釋』 16, p.15)]. 全集에서도, '주어는 작자. 먼 곳에 있었기 때문에 말한 것인가'로 해석하였다『萬葉集』 4, p.108].

3790 (아시히키노)/ 덩굴 장식한 소녀/ 지금과 같이/ 어느 길을 따라서/ 보면서 온 것일까 [3]

해설

    발을 끌며 힘들게 걸어야 하는 산의 아름다운 덩굴로 머리를 장식한 소녀는 죽을 장소를 찾으면서, 내가 지금 보면서 온 이 길의 어느 길모퉁이를 보면서 연못에 온 것일까[3]라는 내용이다.

《昔有老翁···》

昔有老翁. 号[1]曰竹取翁[2]也. 此翁, 季春[3]之月登丘遠望, 忽[4]值煑羮[5]之九箇女子[6]也. 百嬌[7]無儔, 花容無止[8]. 于時娘子等呼老翁嗤曰, 叔父來乎[9]. 吹此燭火[10]也. 於是翁曰唯唯[11], 漸[12]趍徐行着接座上. 良久娘子等皆共含咲相推讓之曰, 阿誰[13]呼此翁哉. 尓乃竹取翁謝[14]之曰, 非慮之外偶逢神仙[15], 迷惑之心無敢所禁. 近狎之罪, 希贖以歌[16]. 即作歌一首并短謌

3791　緑子之　若子蚊見庭　垂乳爲　母所懷　襁褓　平生蚊見庭　結經方衣　氷津裏丹縫服　頸着童子蚊見庭　結幡之　袂着衣　服我矣　丹因　子等何四千庭　三名之綿　蚊黒爲髮尾　信櫛持於是蚊寸垂　取束　擧而裳纒見　解亂　童兒丹成見　羅丹津蚊經　色丹名着來　紫之　大綾之衣　墨江之　遠里小野之　真榛持　丹穂之爲衣丹　狛錦　紐丹縫着　刺部重部　波累服打十八爲　麻續兒等　蟻衣之　寶之子等蚊　打栲者　經而織布　日曝之　朝手作尾　信巾裳成者々寸丹取爲　支屋所經　稻寸丁女蚊　妻問迹　我丹所來爲　彼方之　二綾裏沓　飛鳥飛鳥壯蚊　霖禁　縫爲黒沓　刺佩而　庭立住　退莫立　禁尾迹女蚊　髣髴聞而　我丹所來爲水縹　絹帶尾　引帶成　韓帶丹取爲　海神之　殿盖丹　飛翔　爲輕如來　腰細丹　取餝氷真十鏡　取雙懸而　己蚊杲　還氷見乍　春避而　野邊尾廻者　面白見　我矣思經蚊　狹野津鳥來鳴翔經　秋僻而　山邊尾徃者　名津蚊爲迹　我矣思經蚊　天雲裳　行田菜引　還立　路尾所來者　打氷刺　宮尾見名　刺竹之　舍人壯裳　忍經等氷　還等氷見乍　誰子其迹哉　所思而在

---

1 **号**: 통칭.
2 **竹取翁**: 平安시대 『竹取物語』의 주인공의 출발이 된 자이다. 신선성을 지닌다.
3 **季春**: 봄의 끝. 늦은 봄이다.
4 **忽**: 우연히.
5 **羮**: 미음 같은 것이다.
6 **九箇女子**: 9는 중국에서 무한의 수이다. 중국 설화에 정통한 사람이 쓴 것인가.
7 **百嬌**: '嬌'는 빛나는 모습이다. '百'은 그것을 다한다는 뜻이다.
8 **花容無止**: 원문, 여러 이본에서는 '止'. 代匠記에 의해 뜻을 고쳤다. '無止'는 '無匹'. 匹은 필적한다는 뜻이다.
9 **來乎**: 명령형으로 읽는다.
10 **燭火**: 실제는 죽을 끓이기 위해 피우는 불이다. 등불의 불만이 아니라 이것도 燭이라고도 했다.
11 **唯唯**: 853번가의 序. 예예.
12 **漸**: 서서히. 진행이 느린 것을 말한다.
13 **阿誰**: '阿'를 덧붙이는 것은 平俗文에 많다.
14 **謝**: 비는 것이다. 도중에 물러가는 줄거리는 『揷神記』의 爛柯설화 등에 보인다.
15 **神仙**: 소녀 등을 가리킨다.
16 **希贖以歌**: 노래로 속죄하는 것은 중세의 설화에 많다.

《옛날에 노인이 있었다…》

옛날에 노인이 있었다. 이름을 타케토리(竹取) 노인이라고 하였다. 이 노인이 늦은 봄 3월 무렵에 언덕에 올라가 멀리 바라보다가, 우연히 죽을 끓이는 아홉 명의 여성을 만났다. 그 아름다움은 각각 비할 데가 없었고, 꽃 같은 자태는 견줄 데가 없었다. 이 때 소녀들은 노인을 불러 웃으면서 말했다. "노인이여. 와서 이 불을 불어 주세요"라고. 이에 노인은 "예예"하고 말하고 천천히 소녀들의 자리로 가까이 다가가 자리 위에 앉았다. 그런데 잠시 있다가 소녀들은 동시에 웃으면서 서로를 힐책하면서 말하기를 "도대체 누가 이 노인을 불렀는가"라고 하였다. 그래서 竹取 노인이 사죄하며 말하기를 "상상도 하지 못하였는데 우연히 선녀들을 만나서, 생각지도 않게 망설이던 마음을 억제할 수가 없었습니다. 염치 없이 가까이한 죄는 아무쪼록 노래로 사죄할 테니 용서해 주기를 바랍니다"고 하였다. 그래서 지은 노래 1수와 短歌

3791　갓난아이의/ 아기였을 때에는/ (타라치시)/ 어머니에게 안겨/ 강보에 싸인/ 어린아이 때에는/ 소매 없는 면 옷/ 겉 안감 같게 입고/ 목덜미 머리/ 소년의 무렵에는/ 홀치기염색/ 소매가 달린 옷을/ 입은 나인데/ 빛나게 고운/ 그대들 나이 때엔/ (미나노와타)/ 검디 검은 머리칼/ 멋진 빗으로/ 여기로 빗어 내려/ 묶어서는요/ 올려 감기도 하고/ 풀어 내려서/ 소년 모습도 했네/ 붉은 색을 띤/ 마음 끌리는/ 지치꽃 염색/ 화려한 무늬 옷에/ 스미노에/ (住吉)의/ 먼 마을의 들판의/ 개암나무로/ 물을 들인 옷에다/ 고구려 비단/ 끈으로 꿰매 달고/ 이런 옷들을 겹쳐/ 몇 겹으로 입고/ (우츠소야시)/ 베 짜는 애들/ (아리키누노)/ 부잣집 아이들이/ 잘 손질을 해/ 몇 날 걸려 짠 천/ 햇볕에 말린/ 손으로 짠 삼베를/ 몇 겹 치만 양/ 예복에다 달고서/ 집에 들앉은/ 이나키(稲置)의 여자가/ 구혼한다고/ 나에게 보내어 온/ 도래인들의/ 두 색 비단 버선 신고/ (토부토리노)/ 아스카(飛鳥)의 남자가/ 장마 기간에/ 만든 검은 신을요/ 신고서는요/ 정원에 서성였네/ 가라 오지 마/ 방해받는 소녀가/ 어렴풋 듣고/ 나에게 보내어 준/ 옅은 남색의/ 비단의 옷 띠를/ 옷고름과 같이/ 외국풍으로 하고서/ (와타츠미노)/ 궁전의 지붕 위를/ 날아다니는/ 나나니벌과 같이/ 가는 허리에/ 매어 장식하고/ 맑은 거울을/ 나란히 걸고서는/ 자신의 얼굴/ 몇 번이나 보면서/ 봄이 되어서/ 들판을 거닐면요/ 멋이 있다고/ 나를 생각해선가/ 들의 새들도/ 와서 울며 날고요/ 가을이 되어/ 산 쪽으로 가면요/ 반가웁다고/ 나를 생각해선가/ 하늘 구름도/

如是 所爲故爲　古部　狹々寸爲我哉　端寸八爲　今日八方子等丹　五十狹迩迩哉　所思而在

如是 所爲故爲　古部之　賢人藻　後之世之　堅監將爲迹　老人矣　送爲車　持還來　持還來

綠子[17]の　若子が身[18]には　たらちし[19]　母に懷かえ[20]　襁褓[21]の　平生[22]が身には　木綿肩衣

純裏[23]に縫ひ着　頸着の[24]　童兒が身には　來繝の[25]　袖着衣　着しわれを　にほひ寄る[26]

子ら[27]が同年輩には　蜷の腸[28]　か黑し髮を　ま櫛もち　ここに[29]かき垂れ　取り束ね　揚げ

ても纏きみ　解き亂り　童兒に成しみ　さ丹つかふ[30]　色懷しき　紫の　大綾の衣[31]　住吉の

遠里小野の　ま榛もち[32]　にほしし衣に　高麗錦[33]　紐に縫ひ着け　指さふ重なふ[34]　竝み重

ね着　打麻やし[35]　麻績の兒ら[36]　あり衣の[37]　寶の子らが[38]　打栲は[39]　經て織る布　日曝の

麻紵を　信巾裳なす[40]　脛裳に取らし　支屋に[41]經る　稻置丁女が[42]　妻問ふと　われに遣せし

---

17 **綠子**: 아기를 말한다.

18 **若子が身**: '若子'는 젊은이이다. 용례의 대부분은 상류 계급의 젊은이로, 여기에서도 그런 뜻이다. '身'은 원문에서는 '見'으로 상태를 말한다. 신체는 아니다.

19 **たらちし**: 'たらちね'와 같다.

20 **母に懷かえ**: 'え'는 수동을 나타낸다.

21 **襁褓**: 유아의 의복이다.

22 **平生**: 평생은 소년이라는 뜻이다.

23 **純裏**: 목면으로 짠, 소매가 없는 옷(892번가 참조)이다.

24 **頸着の**: 머리카락이 목에 드리워진 상태를 말하는가.

25 **來繝の**: 129번가 참조.

26 **にほひ寄る**: 'にほふ'는 아름답게 물이 드는 것이다. 물이 드는 상황에 의한 뜻인가.

27 **子ら**: 아홉 명의 소녀를 말한다.

28 **蜷の腸**: 검은 것을 상투적으로 수식하는 枕詞이다. 이하 여성의 표현에 어울린다.

29 **ここに**: 동작으로 목 언저리를 가리킨 것인가. 이하 머리카락의 상태는 소녀에서 어른으로 되는 중간 모습이다.

30 **さ丹つかふ**: 'さ'는 접두어이다.

31 **大綾の衣**: 'あや'는 모양이다. 큰 무늬 모양의 옷으로 외래 기술에 의한다.

32 **ま榛もち**: 관용구이다.

33 **高麗錦**: 고구려풍의 비단의.

34 **指さふ重なふ**: 난해구이다. 'さす'는 'さぬ'의 반대로 위에서 말한 옷을 함께 겹쳐서 입는다는 뜻인가. 'ふ'는 계속을 나타낸다.

35 **打麻やし**: 삼베를 짜는 것을 형용한다. 'やし'는 영탄을 나타낸다.

36 **麻績の兒ら**: 삼베를 짜는 것을 직업으로 하는 집의 아이이다. 麻績氏도 존재했다.

37 **あり衣の**: '寶'를 수식한다.

38 **寶の子らが**: 보물인 비단을 짜는 집의 아이이다. 財部氏도 존재했다.

39 **打栲は**: 'は'는 큰 범위를 먼저 들고 다음에 설명하는 용법이다.

40 **信巾裳なす**: 이하 2구는 난해구이다.

41 **支屋に**: 分棟이라는 뜻인가.

42 **稻置丁女が**: 稻置 계급(八色의 姓의 최하위)의 丁女(21~60세의 여자)가 버선이나 신을 만드는 일에 종사하였던 것인가.

천천히 흘러가네/ 돌아가려고/ 길을 걸어오면/ (우치히사스) 궁중 여인들/ (사스타케노)/ 토네리(舍人) 남자들도/ 표 나지 않게/ 슬쩍 돌아보면서/ 뉘 집 아이일까/ 생각을 하였겠지/ 이와 같이도/ 대접받아 왔으니/ 옛날에는/ 멋있었던 나지만/ 불쌍하게도/ 오늘 그대들에게/ 어디 누굴까/ 생각되고 있네요/ 이와 같이도/ 되어 온 것이므로/ 아주 옛날의/ 현명했던 사람들/ 훗날 세상의/ 본보기로 하려고/ 늙은 사람을/ 버리러 간 수레를/ 가지고 돌아왔네/ 가지고 돌아왔네

❀ 해설

갓난아이인 아기였을 때에는 젖이 풍족한 어머니에게 안겨서, 띠가 달린 배내옷에 싸인 어린아이 때에는 면으로 된 소매가 없는 옷을 안감과 겉감이 같은 것으로 고급스럽게 만든 것을 입고, 목덜미까지 머리를 늘어뜨린 소년의 무렵에는 홀치기염색을 한 소매가 달린 옷을 입고 있었던 나였지만, 빛날 정도로 아름다운 그대들과 같은 나이였을 때에는 다슬기 창자와 같이 검은 머리카락을 멋진 빗으로 여기까지 빗어 내려서 그것을 묶어서 올려 상투로 묶거나, 풀어 내려서 소년 모습으로 해보기도 했네. 붉은 색을 띤, 마음이 끌리는 지치꽃으로 염색을 한 화려한 무늬의 옷으로, 더구나 스미노에(住吉)의 먼 마을의 들판의 개암나무로 물을 들인 옷에, 고구려 비단을 끈으로 해서 꿰매어 달고, 이러한 옷을 모두 몇 겹으로 겹쳐 입었네. 그 위에 삼베를 짜는 아이들과 아름다운 옷을 입은 부잣집 아이들이 잘 두드려서 손질을 해서 광택이 나는, 몇 날이나 걸려서 짠 천을, 또 볕에 잘 말린 삼베를 손으로 짠 천을, 몇 겹의 치마처럼 예복에 달고, 며칠이고 집에 틀어박혀 있는 신분이 높은 이나키(稻置)의 여자가 나에 대한 소문을 어렴풋이 듣고 나에게 구혼을 하기 위해서 보내어 온, 도래인들이 만든 두 색깔의 비단 버선을 신고, 나는 새라는 뜻인 아스카(飛鳥)의 남자가 장마 기간에 틀어박혀서 만든 검은 신을 신고 여자 집의 정원에서 서성였네. 여자의 부모가 "돌아가라. 서 있지 말라"고 하며, 딸을 만나는 것을 방해해서 만나기가 어려운 소녀가 가만히 내 이야기를 듣고 나에게 보내어 준 옅은 남색의 비단 옷 띠를 옷고름처럼 외국풍의 띠로 몸에 하고, 바다 신의 궁전의 지붕을 날아다니는 나나니벌과 같이 가는 허리에 매어 장식을 하고, 거울을 나란히 걸고서는 자신의 얼굴을 몇 번이나 비추어 보면서, 봄이 되어 들판을 거닐면 나를 멋이 있다고 생각해서인지 들의 새들도 와서 울며 날고, 가을이 되어 산 쪽으로 가면 마음이 끌린다고 나를 생각해서인지 하늘의 구름도 가기를 머뭇거리며 천천히 흘러가네. 들과 산에서 돌아가려고 도읍의 길을 걸어오면 태양이 빛나는 궁중에서 근무하는 여인들과, 대나무 뿌리가 벋어가는 궁중에서 근무하는 토네리(舍人) 남자들도 가만히 돌아보며 "어느 집 아이일까"하고 생각하고 있었네. 이렇게 귀하게 대접받고 살아왔으므로, 옛날에 화려했던 나는 불쌍하게도 오늘 그대들에게 "어디의 누구인가" 하는 취급을 받고 있는 것인가. 이렇게 되어 왔으므로 옛날의 현인들도 후세의 귀감으로 하려고, 노인을 버리러 간 수레를 가지고 돌아온 것이네. 가지고 돌아온 것이네라는 내용이다.

'若子蚊見'을 大系 · 私注 · 注釋에서는 中西 進과 마찬가지로 '若子が身'으로 보았다(『萬葉集』 4, p.123), (『萬葉集私注』 8, p.166), (『萬葉集注釋』 16, p.21)]. 그러나 全集에서는, '若子髮'로 보았다(『萬葉

彼方[43]の　二綾下沓[44]　飛ぶ鳥の　飛鳥壯士[45]が　長雨禁み[46]　縫ひし黒沓　さし穿きて
庭に彷徨[47]み　退け勿立ち[48]　障ふる少女が　髣髴聞きて　われに遣せし　水縹[49]の　絹の帶を
引帶なす[50]　韓帶[51]に取らし　海神の[52]　殿の蓋に　飛び翔る　蜻蛉の[53]如き　腰細に　取り飾
ほひ　眞澄鏡　取り竝め懸けて[54]　己が顏　還らひ見つつ　春さりて　野邊を廻れば　おもし
ろみ　われを思へか[55]　さ野つ鳥[56]　來鳴き翔らふ　秋さりて　山邊を行けば　懐しと　われ
を思へか　天雲も　行き棚引ける　還り立ち[57]　路を來れば　うち日さす[58]　宮女　さす竹の[59]
舍人壯士も　忍ぶ[60]らひ　かへらひ見つつ　誰が子そとや　思はえ[61]てある　かくの如　爲ら
えし故し[62]　古　ささき[63]しわれや　愛しきやし[64]　今日やも子等に　不知に[65]とや　思はえ
てある　かくの如　爲らえし故し　古の[66]　賢しき人も　後の世の　鑑にせむと　老人を
送りし車　持ち還り來し　持ち還り來し

---

43 彼方: 彼方(京都府 宇治市 등) 지방에 살던 도래인에 의해 만들어진다.
44 二綾下沓: 두 가지 색의 비단으로 만든 버선이다.
45 飛鳥壯士: 아스카(飛鳥)의 신을 만드는 직업 집단이다.
46 長雨禁み: 신을 만드는 과정에서 장마를 꺼렸던 것인가.
47 彷徨: 방황한다. 그러면.
48 退け勿立ち: 방해하는 상태를 말하는 것인가. 부모가 방문한 남자에게, '나가. 들어오지 말라'고 한다.
49 水縹: 옅은 남색이다.
50 引帶なす: 작은 띠이다. 곁들인 띠인가.
51 韓帶: 5위 이상에 허용되었던 띠이다.
52 海神の: 이하, 당시의 전설에 있었던 표현인가. 용궁 방문 전설과 관련이 있는 것인가.
53 蜻蛉の: 이하 여러 구도 여성에 잘 어울린다.
54 取り竝め懸けて: 귀중한 거울을 둘씩이나 걸고.
55 思へか: '思へばか'의 축약형이다.
56 さ野つ鳥: 보통 꿩을 말한다. 여기서는 폭넓게 들새를 말한다.
57 還り立ち: '立ち'는 강조의 뜻이다.
58 うち日さす: 태양이 빛나며 비춘다. 궁궐을 상투적으로 수식하는 枕詞이다. 여기서는 궁중의 舍人들을 형용한 것이다.
59 さす竹の: 가지와 뿌리를 뻗는 대나무라는 뜻으로 궁중의 美稱이다. 여기서는 궁중의 舍人들을 형용한 것이다.
60 忍ぶ: 태도로 드러내지 않고.
61 思はえ: 수동이다.
62 爲らえし故し: 다음에 같은 구가 있다. 전송되었기 때문이라 생각된다.
63 ささき: 『竹取物語』에 '金の光しささきたり'라고 있다.
64 愛しきやし: 'や', 'し' 모두 영탄을 나타낸다.
65 不知に: 'に'는 그 상태로라는 뜻이다.
66 古の: 『효자전』에 나오는 原穀의 고사. 原穀이 불효한 아버지를 깨우치기 위해, 조부를 산속에 버린 수레를 가지고 돌아왔으므로, 그 아버지가 뉘우치고 조부를 모셔왔다는 것을 말한다.

集』4, p.111].

'頸著の'를 中西 進은 머리 모양이라고 보았다. 注釋에서도, 中西 進과 마찬가지로 '머리가 목까지 내려온' 것으로 보았다[『萬葉集注釋』16, p.26]. 그런데 私注에서는 '깃이 달린 옷'으로 보았다[『萬葉集私注』8, p.167]. 全集에서도, '깃이 달린 의복을 말하는가. 둥근 목의 어린아이의 옷을 말하는 것인지도 모른다'고 하였다[『萬葉集』4, p.110].

'寶の子ら'를 私注에서는 '여자 노예들'이라고 하였다[『萬葉集私注』8, p.168].

'長雨禁み'를 中西 進은, '장마 때 틀어박혀 만든'으로 해석하였다. 私注와 全集에서는, '장마에 젖지 않도록 하면서 꿰맨'으로 해석하였다(『萬葉集私注』8, p.168), (『萬葉集』4, p.112]].

'退け勿立ち 障ふる少女'를 中西 進은, 여성의 부모가, '가라. 서 있지 말라고 하며 방해를 해서 만나기 힘든 소녀'로 해석하였다. 私注에서도 中西 進과 마찬가지로 해석하였다[『萬葉集私注』8, p.168]. 全集에서는, '돌아가지 말아 달라고 붙잡는 처녀'로 해석하였다[『萬葉集』4, p.112].

大系에서는, '竹取翁의 정체에 대해서도 여러 설이 있는데 특히 최근에 민속학적 여러 견해에는 주목할 만한 것이 있다. 窪田評釋은, '대나무는 고대인에게 신비력을 가지고 있는 식물로, 주술적 힘이 있는 도구를 만드는 재료로 하였으므로 竹取翁은 그런 의미에서 신선에 가까운 일을 하는 직업'일 것이라고 상상하고 있다. 三谷榮一氏는,「일본문학의 민속학적 연구」, 해석과 감상 昭和 33년 2월「竹取物語의 소재와 구성」등에서 竹取에 대해, '鍛冶屋, 광대처럼 이 마을 저 마을로 옮겨다니는 직업 집단'으로, 키를 만들고 고치고 조리·베틀의 바디와 북을 만드는 것을 전업으로 한 것이며, 그래서 그런 죽세공은 특수한 기술로 마을사람들에게는 흉내를 낼 수가 없는 것이며, 키는 농업에 없어서는 안 되는 도구이었으므로 민속학적으로 신앙과 주술의 대상으로도 되고, 그 전문 기술자인 竹取는 마을사람이 특히 외경의 대상으로 맞이하고 보낸 직업인이기도 했다'고 그 성격을 규정하고'라고 하였다[『萬葉集』4, p.486].

私注에서는 竹取翁의 이름에 대해서, '竹取物語와 이곳의 설화는 반드시 관계는 없을지도 모르지만 竹取物語에, 산속에 들어가 대나무를 자르는 것을 직업으로 하였다고 되어 있으므로 이 竹取翁도 그러한 노인을 말하려고 한 것이겠다. 大和의 鷹取山에 살고 있었던 데서 기인한 이름이라든가 菌(타케)을 취하기 위해서일 것이라고 하는 견해는 수긍하기 힘들다. 다만 노인의 신분 등에 대해서는 序에도 노래에도 한마디도 언급이 없는 것으로 보면, 당시는 竹取翁이라고 부르면 누구나 아는 전설이 있었던 것인지, 이 이야기를 만든 작자가 개인적으로 부른 것인지 알 수 없다. 代匠記 초교본에 竹取 설화에 대해 인용한 몇몇 내외 서적 중에 후한서의 西南夷傳 속에 夜郎 이야기가 있다. 夜郎인 竹王은, 강에서 빨래를 하고 있던 여자의 발 사이에 흘러와 붙은 대나무에서 태어났다고 하는 것이다. 더구나 그 注에는, 이 왕이 종자와 함께 돌 위에 죽을 끓이려고 하였지만 물이 없으므로 칼로 돌을 쳐서 물이 솟아나게 하였다는 이야기가 실려 있다. 이 夜郎國 竹王의 이야기는 華陽國志에서 취한 것이라고 주가 달려 있으며, 그 南中志에서 볼 수가 있다. 또 같은 이야기를 法苑珠林 祈雨篇 제71에는 異苑에서 취하여 수록하고 있다. 이것은 代匠記에서 말하는 것처럼 여기에는 소용이 없는 인용인지도 모르지만, 대나무와 관련이 있는 주인공, 사람들과 함께 야외에서 죽을 끓인다고 하는 두 조건이 같고 보면 전연 관계가 없다고 해 버리기에는 아쉬운 점이 있다. 이 노래와 서문의 구성에 관여한 어떤 사람이, 여러 책에 보이는 夜郎竹王의 전설 중에 어느 것을 읽고, 그것에서 암시를 받았으므로 적어도 서문 부분 구성 문장에는 그 마음이

みどりごの　わくごがみには　たらちし　ははにむだかえ　ひむつきの　はふこがみには
ゆふかたぎぬ　ひつらにぬひき　うなつきの　わらはがみには　ゆひはたの　そでつけごろ
も　きしわれを　にほひよる　こらがよちには　みなのわた　かぐろしかみを　まくしもち
ここにかきたれ　とりつかね　あげてもまきみ　ときみだり　わらはになしみ　さにつかふ
いろなつかしき　むらさきの　おほあやのきぬ　すみのえの　とほさとをのの　まはりもち
にほししきぬに　こまにしき　ひもにぬひつけ　ささふかさなふ　なみかさねき　うつそや
し　をみのこら　ありきぬの　たからのこらが　うつたへは　へておるぬの　ひさらしの
あさてづくりを　しきもなす　はばきにとらし　いへにふる　いなきをみなが　つまどふと
われにおこせし　をちかたの　ふたあやしたぐつ　とぶとりの　あすかをとこが　ながめい
み　ぬひしくろぐつ　さしはきて　にはにたたずみ　そけなたち　さふるをとめが　ほのきき
て　われにおこせし　みはなだの　きぬのおびを　ひきおびなす　からおびにとらし　わたつ
みの　とののいらかに　とびかける　すがるのごとき　こしぼそに　とりよそほひ　まそかが
み　とりなめかけて　おのがかお　かへらひみつつ　はるさりて　のへをめぐれば　おもしろ
み　われをおもへか　さのつとり　きなきかけらふ　あきさりて　やまへをゆけば　なつかし
と　われをおもへか　あまくもも　ゆきたなびける　かへりたち　みちをくれば　うちひさす
みやをみな　さすたけの　とねりをとこも　しのぶらひ　かへらひみつつ　たがこそとや
おもはえてある　かくのごと　せらえしゆゑし　いにしへ　ささきしわれや　はしきやし
けふやもこらに　いさにとや　おもはえてある　かくのごと　せらえしゆゑし　いにしへの
さかしきひとも　のちのよの　かがみにせむと　おいひとを　おくりしくるま　もちかへり
こし　もちかへりこし

작용하고 있는 것인지도 모른다. 단지 대나무에서 출생하였다고 하는 것이 일본에서는 듣지 못했던 것이므로 주인공을 친근한, 대나무를 베는 노인으로 바꾸었다고 생각할 수 있을까'라고 하였다『萬葉集私注』8, p.163]. 그리고 또한 '당시에 널리 읽혀졌다고 생각되며, 적어도 이 前文을 작성한 작자도 읽었을 것이라고 추측되는 遊仙窟에는, 주인공 張文成이 많은 미녀들을 앞에 두고 그녀들과 시를 가지고 생각을 교환하는 장면이 다소 나온다. 따라서 이 竹取翁과 아홉 명의 낭자가 노래로 이야기를 하는 구성은 遊仙窟에서 직접 영향을 받아 성립했다고 해도 과언이 아닐 것이다. 遊仙窟이 실질적으로는 결코 신선 담이 아닌 것처럼, 이 작품도 결코 신선사상에 의한 것이 아니며 신선담도 아니다. 만약 구태여 말한다면 하나의 호색담이며, 연애 보고서라고 해야만 할 것이다. (중략) 竹取翁의 이름을 말하고 있지만 어떤 사람인지에 대해서 설명을 하지 않고 있는 점은 竹取翁 설화가 이미 자명했던 것 같이도 보인다. 후에 竹取物語가 발달한 점으로는 그렇게 생각해야만 할 것 같다. 그러나 한편 앞에서 설명한 것처럼 華陽國志 등의 설화에서 암시를 얻어 작자의 손에서 성립했다고 볼 수 없는 것도 아니다'고 하였다『萬葉集私注』8, p.176].

'にほひ寄る'에서 '己が顔 還らひ見つつ'까지는 여성적인 모습을 그리고 있다. 이에 대해 橋本四郎은, '무언가 의도가 배후에 있었던 것 같다. (중략) 앞부분에서 주목해야 할 단어가 두 개 있다. 상대방을 부르는 '子ら'와 지시대명사 'ここ(여기)'이다. 모두 노래가 불리어지는 장면과 직접 관계되는 말이다. 長歌가 어느 단계에서 연기를 동반했던 것 같다는 것이 이전에도 가끔 언급이 되었다. 문맥 지시로 해석할 수 없는 'ここ(여기)'는 노래하는 사람 자신의 신체 일부를 손가락으로 가리키는 행위를 수반하는 것이라는 것을 생각할 때 비로소 이해할 수 있는 것이다. 머리를 빗는 동작, '돌아가, 서 있지 말라'는 것 등도 연극을 했다는 것을 충분히 추측하게 하는 부분이다. 이것은 적어도 이 부분은 관중 앞에서 연기를 하며 보여주었다고 하는 藝謠的 측면을, 어느 단계에서 이 노래가 가지고 있었다고 하는 것을 보여주는 것이다. 아홉 낭자를 가리키는 '子ら'도, 노래 자체의 전개에서 보면 그 출현은 매우 당돌하다. 연기와의 관련에서 관중 일반에게 말한다고 하는 측면을 파악할 수 있는 것이다. 그 관중은 물론 노인과 대조적인 젊은 사람들이라고 본 데서 부른 것이다. (중략) 젊은 날의 노인은 최고의 멋쟁이이며 그 치장 은 여성 이상으로 여성적이었다. 가끔 가사에 보이는 '我れ'는 노인 자신을 말함과 동시에 현재 연기를 하고 있는 연기자 자신을 말한 것이기도 하겠다. 관중의 눈에 보이는 것은 아마도 빈상이며 초라한 노인 분장을 한 연기자의 모습이다. 가사는 구체적인 물건과 아름다운 것을 중첩하여 시각을 자극한다. 현실에서 눈에 비치는 연기자의 모습은 가사 진행에 따라 관중이 가지는 위화감을 증폭시켰음이 틀림없다. '나도 젊었을 때는' 하는 발상은 현실의 초라함을 출발점으로 해서 성립한다. 현실의 상황과의 사이에 존재하는 위화감이 받아들이는 사람에 대한 전제적인 조건으로 존재하고 거기에는 웃음을 불러일으키는 것에 대한 기대가 없으면 안 된다. 연기자, 즉 노인은 놀림을 당하는 것을 기대하면서 노래를 부르고, 또한 춤을 추고 있는 것이다'고 하였다「竹取翁の歌」, 『萬葉集を學ぶ』7, 有斐閣, 1978, pp.118~120].

反歌二首

3792　死者木苑　相不見在目　生而在者　白髪子等丹　不生在目八方

　　　死なばこそ　相見ずあらめ　生きてあらば　白髪子[1]らに　生ひざらめや[2]も

　　　しなばこそ　あひみずあらめ　いきてあらば　しろかみこらに　おひざらめやも

3793　白髪爲　子等母生名者　如是　將若異子等丹　所罵金目八

　　　白髪し　子らも生ひなば　かくの如　若けむ子らに　罵らえかねめや[3]

　　　しろかみし　こらもおひなば　かくのごと　わかけむこらに　のらえかねめや

1　**白髪子**: 3922번가 참조.
2　**生ひざらめや**: 'や'는 강한 부정을 동반한 의문을 나타낸다.
3　**罵らえかねめや**: '罵らえかね'는 할 수 없다. 'めや'는 강한 부정을 동반한 의문을 나타낸다.

反歌 2수

3792 죽어 버리면/ 서로 보지 않겠지/ 살아 있다면요/ 흰머리 그대에게/ 나지 않을 리 있나

해설

흰 머리가 나기 전에 젊어서 죽어 버리면 그야말로 서로 흰 머리를 볼 일도 없겠지만 만약 살아 있다면 흰 머리가 그대들에게 나지 않을 리가 있을 것인가라는 내용이다.

私注에서는, '노인 스스로 늙음을 비하하면서도 반드시 늙는다는 것을 여자들에게 말하고, 스스로 노인의 입장을 강조하려고 하는 것이다. 이 작품도 다음의 反歌도 민요가 지니는 하나의 성격, 속담적 색채가 짙은 노래라고 할 수 있다'고 하였다[『萬葉集私注』 8, p.178].

3793 흰 머리카락/ 그대에게 난다면/ 이와 같이도/ 젊은 소녀들에게/ 욕을 듣지 않겠나

해설

흰 머리카락이 그대들에게도 난다면, 지금 내가 그대들에게 당하고 있는 것처럼, 그대들도 젊은 사람들에게 욕을 듣지 않을 리가 있겠는가라는 내용이다.

中西 進은, '이 작품들은 들놀이의 노인가 유형을 따르면서 훈계가로 이행한 가요이다. 이행과정에 山上憶良이 관여하였던 것인가'라고 하였다.

娘子等和謌九首

3794 端寸八爲　老夫之哥丹　大欲寸　九兒等哉　蚊間毛而將居 一

愛しきやし¹　翁の歌に　鬱悒しき²　九の兒らや　感けて³居らむ 一⁴

はしきやし　おきなのうたに　おほほしき　ここののこらや　かまけてをらむ 一

3795 辱尾忍　辱尾黙　無事　物不言先丹　我者將依 二

辱⁵を忍び　辱を黙して　事も無く⁶　もの言はぬ先に　われは寄りなむ 二

はぢをしのび　はぢをもだして　こともなく　ものいはぬさきに　われはよりなむ 二

3796 否藻諾藻　随欲　可赦　皃所見哉　我藻將依 三

否も諾も⁷　欲しきまにまに⁸　赦すべき　皃⁹見ゆるかも　われ寄りなむ 三

いなもをも　ほしきまにまに　ゆるすべき　かほみゆるかも　われもよりなむ 三

---

1 **愛しきやし**: 감격스럽다고 생각한다. 'や', 'し'는 영탄이다.
2 **鬱悒しき**: 일에 신경을 쓰지 않는 모양이다.
3 **感けて**: 'かまく'는 느끼는 일이다.
4 **一**: 전승된 노래인 것을 나타낸다.
5 **辱**: 실패한 일이다. 서문에 나타난 태도를 말한다.
6 **事も無く**: 특별한 일도 없이. 도저히 미치지 못한다.
7 **否も諾も**: 서문의 唯唯에 대응한다. 諾(を)은 감동사이다.
8 **欲しきまにまに**: 800번가 참조.
9 **皃**: 노인의 얼굴을 말한다.

娘子들이 답한 노래 9수

3794 감격스러운/ 노인의 노래에요/ 멍하니 있던/ 아홉 명의 소녀도/ 감동하고 있겠지 [1]

🌸 해설

아아. 감격스러운 노인의 노래에 멍하게 있던 아홉 명의 소녀도 감동하고 있겠지[1]라는 내용이다.
竹取翁의 노래에 감동했다는 뜻이다.

3795 수치를 참고서/ 수칠 아나 말 않고/ 특별히 먼저/ 말을 하기에 앞서서/ 나는 따르겠어요 [2]

🌸 해설

부끄러운 일을 했음에도 참고, 수치를 알지만 변병하지 않고, 이것저것 말하기 전에 나는 노인을
따르지요[2]라는 내용이다.
　'辱'을 大系에서는 노인에게 엄한 말을 듣는 것을 가리킨다고 하였다『萬葉集』 4, p.115]. 그러나 私注・
注釋・全集에서는 중매인을 통하지 않고 스스로 구혼을 한 것이라고 하였다(『萬葉集私注』 8, p.179),
(『萬葉集注釋』 16, p.67), (『萬葉集』 4, p.115)].

3796 아니든 예든/ 바라는 마음대로/ 용서할 듯한/ 모습이 보이네요/ 나도 따르겠어요 [3]

🌸 해설

예라고 하든 아니오라고 하든 이쪽의 기분대로 허락해 줄 듯한 모습이 보이네요. 나도 노인을 따르지
요[3]라는 내용이다.
　'欲しきままにまに 赦すべき'를 大系와 注釋에서는 中西 進과 마찬가지로, '소녀가 원하는 대로 노인이
용서해 주는 것'으로 해석하였다(『萬葉集』 4, p.127), (『萬葉集注釋』 16, p.67]. 全集에서는, '다른 소녀들
이 원하는 대로 하라. 노인은 용서해 줄 것 같은 모습이 보입니까'로 해석하고, '노인을 직시하지 않고
친구들에게 묻는 부끄러움이 많은 소녀의 말이라고 하였다『萬葉集』 4, p.115]. 私注에서는, '노인이 원하
는 대로 소녀가 허락하려고 생각한다'로 해석하였다『萬葉集私注』 8, p.180].

3797　死藻生藻　同心迹　結而爲　友八違　我藻将依 四

死にも生も　おやじ¹心と　結びてし　友や²違はむ　われも寄りなむ 四

しにもいきも　おやじこころと　むすびてし　ともやたがはむ　われもよりなむ 四

3798　何爲迹　違將居　否藻諾藻　友之波々　我裳將依 五

何爲むと³　違ひはをらむ　否も諾も⁴　友の竝々　われも寄りなむ 五

なにせむと　たがひはをらむ　いなもをも　とものなみなみ　われもよりなむ 五

3799　豈藻不在　自身之柄　人子之　事藻不盡　我藻將依 六

豈もあらじ⁵　己が身のから⁶　人の子の　言も⁷盡さじ⁸　われも寄りなむ 六

あにもあらじ　おのがみのから　ひとのこの　こともつくさじ　われもよりなむ 六

---

1 **おやじ**: 'おなじ'라고도 읽는다. 'おやじ'가 더 옛말이다.
2 **友や**: 'や'는 강한 부정을 동반한 의문을 나타낸다.
3 **何爲むと**: 어찌 하려고.
4 **否も諾も**: 서문의 唯唯에 대응한다. 諾(を)은 감동사이다.
5 **豈もあらじ**: '豈…もあらじ'의 중간이 생략된 것이다. 노래의 주제를 생략하고 감정만 앞에서 말했다.
6 **己が身のから**: 문맥이 끊어진다.
7 **人の子の 言も**: 인간으로서의 말이다.
8 **盡さじ**: 부정의 의지를 나타낸다.

3797 죽음도 삶도요/ 같은 마음이라고/ 맹세를 했던/ 친구 다를 리 있나/ 나도 따르겠어요 [4]

　죽는 것도 사는 것도 함께 할 것이라고 맹세를 했던 친구들이 다를 리가 있겠나요. 그러니 나도 따르겠어요[4]라는 내용이다.
　생사를 함께 하려고 맹세한 친구들이니 자신도 반대할 리가 없고 친구들과 마찬가지로 노인을 따르겠다는 뜻이다.

3798 어찌 하려고/ 다르게 하겠나요/ 아니든 예든/ 친구들과 같이요/ 나도 따르겠어요 [5]

　어떻게 하려고 친구들을 반대하겠습니까. 예라고 하든 아니라고 하든 친구들과 같이 나도 따르겠어요[5]라는 내용이다.
　자신도 반대할 리가 없고 친구들과 마찬가지로 예라고 하든 아니라고 하든 친구들과 같이 노인을 따르겠다는 뜻이다.
　私注에서는, 제5 소녀도 자주적이지 않고 친구와 마찬가지로 따르겠다고 하는 것이다'고 하였다『萬葉集私注』8, p.181].

3799 어떻게 있겠나/ 모두 내 몸 자신 일/ 인간으로서/ 말도 안 하겠어요/ 나도 따르겠어요 [6]

　어떻게 이렇다 저렇다 말할 것이 있겠나요. 모두 내 몸 자신 일이지요. 이것저것 말을 하지 않겠어요. 나도 노인을 따르겠어요[6]라는 내용이다.
　다른 설명을 할 필요가 없이 자신도 노인을 따르겠다는 뜻이다.

3800　者田爲々寸　穂庭莫出　思而有　情者所知　我藻將依 七

　　　はだ薄¹　穂にはな出でそ²　思ひたる　情は知らゆ³　われも寄りなむ 七

　　　はだすすき　ほにはないでそ　おもひたる　こころはしらゆ　われもよりなむ 七

3801　墨之江之　岸野之榛丹　々穂所經迹　丹穂葉寐我八　丹穂氷而將居 八

　　　住吉の　岸野の榛⁴に　匂ふれ⁵ど　匂はぬわれ⁶や　匂ひて居らむ 八

　　　すみのえの　きしののはりに　にほふれど　にほはぬわれや　にほひてをらむ 八

3802　春之野乃　下草靡　我藻依　丹穂氷因將　友之随意 九

　　　春の野の　下草靡き　われも寄り　にほひ寄りなむ⁷　友のまにまに 九

　　　はるののの　したくさなびき　われもより　にほひよりなむ　とものまにまに 九

---

1 **はだ薄**: 참억새 이삭에서 '秀(ほ·표면에 나온다)'로 접속된다.
2 **穂にはな出でそ**: 'な…そ'는 금지를 나타낸다.
3 **知らゆ**: 'ゆ'는 자발을 나타낸다.
4 **榛**: 개암나무이다. 검은 잿빛이며 문질러서 염색한다.
5 **匂ふれ**: 아름답게 물이 드는 것이다.
6 **匂はぬわれ**: 겸양의 표현이다.
7 **にほひ寄りなむ**: '匂ふ', '寄る'라고 하는 이전의 가사를 함께 사용하였으므로 중복된 느낌이 있다. 요염하게 따르는 것은 아니다.

3800 (하다스스키)/ 말로 안 해도 좋아/ 생각을 하는/ 마음 알고 있으니/ 나도 따르겠어요 [7]

🌸 해설

　　참억새의 이삭처럼 말로 드러내지 않아도 좋아요. 우리들의 마음을 알고 있으니 나도 따르겠어요[7]라는 내용이다.

　　'情は知らゆ'를 大系와 注釋에서는 中西 進과 마찬가지로, '모두의 마음'으로 해석하였다(『萬葉集』 4, p.127), (『萬葉集注釋』 16 p.72)]. 그러나 全集에서는, '자신이 부끄럽다고 생각하는 마음은 노인이 알아 버렸다'로 해석하였다『萬葉集』 4, p.116].

3801 스미노에(住吉)의/ 키시(岸) 들 개암나무/ 물을 들여도/ 물들지 않는 나네/ 물들어 있을래요 [8]

🌸 해설

　　스미노에(住吉)의 키시(岸) 들판의 개암나무 열매를 문질러서 물을 들여도 아름답게 물이 들지 않는 접니다만 노인의 마음에는 물들어 있읍시다[8]라는 내용이다.

　　'匂ひて居らむ'를 大系와 注釋에서는 中西 進과 마찬가지로, '노인의 마음에 물이 드는 것'으로 해석하였다(『萬葉集』 4, p.128), (『萬葉集注釋』 16 p.72)]. 그러나 私注에서는, '친구들에게 물들어 행동을 함께 하려고 말하는 것이겠다'고 하였다『萬葉集私注』 8, p.183]. 全集에서도, '자신은 좀처럼 다른 사람에게 동조를 하지 않는 성격이지만 지금은 어느새 친구들에게 동조해 버렸다. 이건 어찌 된 일인가. 스스로 신기하게 생각하고 있는 것이겠다'고 하였다『萬葉集』 4, p.116].

3802 봄 들판의요/ 아래 풀이 쏠리듯/ 나도 따라서/ 물들어서 따르자/ 친구들 하는 대로 [9]

🌸 해설

　　봄 들판의 나무 밑에 있는 풀이 한쪽으로 쏠리듯이, 나도 따라서 노인에게 쏠려서 물이 들자. 친구들이 하는 대로[9]라는 내용이다.

　　私注에서는, '1대 9의 輪唱 형식으로 노래 부르고 있으므로 이 형식은 만엽집 중에서도 특이한 것이라고 할 수 있다. 그러한 구성은 민요에서 간혹 사용된 것을 어떤 사람이 의도적으로 사용해서 창작한 것일 것이다. 혹은 우타가키(歌垣)의 방식 등에서도 암시를 얻었는지도 모른다. (중략) 아홉 소녀가 한 사람의 노인에게 허락한다고 하는 희극적 구성이다'고 하였다『萬葉集私注』 8, p.184].

《昔者有壯士與美女也…》

昔者[1]有壯士與美女也. [姓名未詳] 不告二親竊爲交接. 於時娘子之意欲親令知[2]. 因作歌詠, 送與其夫謌曰,

3803　隱耳　戀者辛苦　山葉從　出來月之　顯者如何

　　　隱りのみ　戀ふれば苦し[3]　山の端ゆ　出で來る月の[4]　顯さば如何に

　　　こもりのみ　こふればくるし　やまのはゆ　いでくるつきの　あらはさばいかに

> **左注**　右, 或云男有答謌者 未得探求也

《昔者有壯士…》

昔者有壯士. 新成婚礼也. 未經幾時, 忽爲驛使[5], 被遣遠境. 公事[6]有限, 會期無日. 於是娘子, 感慟悽愴沈臥疾疹[7]. 累年之後, 壯士還來, 覆命既了. 乃詣相視, 而娘子之姿容疲羸[8]甚異, 言語哽咽[9]. 于時, 壯士哀嘆流涙, 裁歌口号. 其謌一首

3804　如是耳尓　有家流物乎　猪名川之　奥乎深目而　吾念有來

　　　かくのみに　ありけるものを[10]　猪名川の　奥を深めて[11]　わが思へりける

　　　かくのみに　ありけるものを　ゐながはの　おきをふかめて　わがもへりける

---

1 **昔者**: 者는 助字이다.
2 **令知**: 알린다.
3 **戀ふれば苦し**: 마지막 구의 '顯さ'와 반대이다.
4 **出で來る月の**: 사람 눈에 띄는 상태이다.
5 **驛使**: 역마로 지방과 중앙을 연락하는 사람이다.
6 **公事**: 공적인 업무이다.
7 **疾疹**: '疾', '疹' 모두 병이다.
8 **疲羸**: '羸'는 약한 것이다.
9 **哽咽**: 목이 메는 것이다.
10 **ありけるものを**: 두 사람 사이가.
11 **奥を深めて**: 강 속은 바닥을 말하지만, 미래를 마음 깊이 생각한다고 이어진다.

《옛날에 남자와 미녀가 있었다···》

옛날에 남자와 미녀가 있었대이름은 알 수 없다. 부모에게 말하지 않고 몰래 교제를 하였다. 그 때 소녀는 마음속으로 부모에게 알리고 싶다고 생각했다. 그래서 노래를 지어서 남자에게 보내었다. 그 노래에 말하기를

3803 감추고서만/ 사랑하면 괴롭네/ 산 끝 쪽에서/ 떠오르는 달처럼/ 드러내면 어떨까요

✿ 해설

마음속에 감추고 사랑을 하고 있으면 괴롭네. 산 끝 쪽에서 떠오르는 달이 확실한 것처럼, 부모에게 알려서 그렇게 확실하게 사랑하면 어떨까요라는 내용이다.
부모에게 두 사람의 관계를 밝히기를 원한다는 뜻이다.

좌주 위의 노래는, 혹은 말하기를 남자가 답한 노래가 있다고 하지만 아직 찾을 수가 없다.

《옛날에 남자가 있었다···》

옛날에 남자가 있었다. 새로 혼례를 하였다. 얼마 지나지 않아서 갑자기 驛使에 임명되어 먼 곳으로 파견되었다. 공적인 직무에는 규칙이 있어서 벗어날 수가 없었으므로 만날 날이 없었다. 이에 여인은 탄식하고 슬퍼하다가 병으로 눕게 되었다. 여러 해가 지난 후에 남자가 돌아와서 무사히 임무를 마쳤다. 이에 아내 곁으로 가서 서로 보니 여인의 모습이 힘이 없고 수척해진 것이 무척 심했다. 목이 메어 말이 나오지 않을 지경이었다. 이때 남자는 슬프게 탄식하고 눈물을 흘리며 노래를 지어 불렀다. 그 노래 1수.

3804 이런 정도일/ 뿐이었던 것을요/ 이나(猪名) 강처럼/ 앞날을 깊이 하려/ 나는 생각하였네

✿ 해설

이 정도밖에 되지 않는 짧은 동안의 사이였던 것인데, 이나(猪名) 강의 바닥처럼 앞날을 깊이 나는 의지하고 있었던 것이네라는 내용이다.
앞으로 오래도록 함께 살아가려고 생각했는데 이 정도밖에 함께 하지 못하는 것인가라는 뜻이다.
'かくのみに ありけるものを'는 사별할 때 많이 사용하는 표현이다.

娘子臥聞夫君之歌, 從枕擧頭應聲和謌一首

3805　烏玉之　黒髪所沾而　沫雪之　零也來座　幾許戀者

ぬばたまの[1]　黒髪濡れて　沫雪の　降るにや來ます　幾許[2]戀ふれば

ぬばたまの　くろかみぬれて　あわゆきの　ふるにやきます　ここだこふれば

> **左注**　今案[3], 此歌, 其夫被使, 既經累載而當還時, 雪落之冬也. 因斯娘子作此沫雪之句歟.

3806　事之有者　小泊瀬山乃　石城尓母　隠者共尓　莫思吾背

事[4]しあらば　小泊瀬山の　石城[5]にも　隠らば共に[6]　な[7]思ひわが背

ことしあらば　をはつせやまの　いはきにも　こもらばともに　なおもひわがせ

> **左注**　右傳云時有女子. 不知父母竊接壯士也. 壯士悚惕其親呵嘖[8]稍有猶豫之意. 因此娘子裁作斯哥贈與其夫也.

---

1 **ぬばたまの**: 범부채 열매. 열매의 검은 색으로 인해 黒을 상투적으로 수식하는 枕詞이다.
2 **幾許**: 정도가 심하다는 뜻이다.
3 **今案**: 답하는 노래로는 적합하지 않다고 하는 생각에서 말하는 것이다. 본래 전승 과정에서 결합된 다른
　노래일 것이다.
4 **事**: 사건을 말한다.
5 **小泊瀬山の 石城**: '을'는 접두어이다. 泊瀬는 奈良縣 櫻井市山 등. 분묘가 있는 곳으로 인간이 죽는 장소라고
　도 생각되어졌으며 노인을 버리는 전설도 생겨났다. 石城은 분묘의 석실이다. 'き'는 견고하게 지켜진 것이라
　는 뜻이다.
6 **隠らば共に**: 함께 죽자.
7 **な**: 금지를 나타낸다.
8 **呵嘖**: 나무라는 것이다.

娘子가 누워서 남편의 노래를 듣고, 베개에서 머리를 들고 소리에 응하여 답한 노래 1수

3805 (누바타마노)/ 검은 머리 젖어서/ 가랑눈이요/ 내리는데 왔나요/ 매우 그리워해서

❀ 해설

범부채 열매처럼 검은 머리카락도 젖으며 가랑눈이 내리는데 온 것입니까. 내가 매우 그리워하고 있었으므로라는 내용이다.

자신이 남편을 애타게 그리워하고 있었기 때문에 눈이 오는데도 눈을 머리에 맞고 왔는가라는 뜻이다.

> **좌주** 지금 생각하면, 이 노래는 남편이 驛使에 임명되어 몇 해를 거듭한 뒤 돌아왔을 때, 눈이 내리는 겨울이었다. 이로 인해 여인은 이 구를 지은 것인가.

3806 일이 생긴다면/ 오하츠세(小泊瀬) 산의요/ 석관에라도/ 들어간다면 함께/ 걱정 말아요 그대

❀ 해설

만약 무슨 일이 생겨서 오하츠세(小泊瀬) 산의 석관에라도 들어가게 된다면 함께 할 것이랍니다. 그러니 걱정을 하지 말아요 그대여라는 내용이다.

만약 남편이 죽으면 작자도 함께 죽을 것이니 걱정하지 말라는 뜻이다.

> **좌주** 위의 노래는 전하여 말하기를, 당시에 한 여자가 있었다. 부모에게 알리지 않고 몰래 남자와 교제하였다. 그런데 남자에게는, 부모의 꾸지람을 두려워하여 오히려 주저하는 마음이 있었다. 그래서 여자가 이 노래를 지어서 남편에게 보내었다고 한다.

3807　安積香山　影副所見　山井之　浅心乎　吾念莫國

安積香山[1]　影さへ見ゆる[2]　山の井の　淺き[3]心を　わが思はなくに

あさかやま　かげさへみゆる　やまのゐの　あさきこころを　わがおもはなくに

左注　右歌, 傳云葛城王[4]遣于陸奧國之時, 國司祗承[5]緩怠異甚. 於時王意不悦, 怒色顯面. 雖設飮饌, 不肯宴樂. 於是有前采女[6], 風流[7]娘子. 左手捧觴, 右手持水[8], 撃之王膝, 而詠此歌. 尓乃王意解悦, 樂飮終日.

3808　墨江之　小集樂尓出而　寤尓毛　己妻尚乎　鏡登見津藻

住吉の　小集樂[9]に出でて　現にも[10]　己妻すらを[11]　鏡[12]と見つも

すみのえの　をづめにいでて　うつつにも　おのづますらを　かがみとみつも

左注　右傳云昔者鄙人[13]. 姓名未詳也. 于時鄉里男女, 衆集野遊. 是會集之中有鄙人夫婦. 其婦容姿[14]端正秀於衆諸, 乃彼鄙人之意, 弥增愛妻之情, 而作斯謌, 賛嘆美皃也

1 **安積香山**: 福島縣 郡山市 片平의 額取(히타이토리)山인가. 산의 우물이다. 采女신사 등이 있고 전승이 있다.
2 **影さへ見ゆる**: 맑은 상태를 말하는 것으로 우물을 찬미한 것이다. '淺き'에 직접 관계하지 않는다.
3 **淺き**: 安積과 우물 양쪽을 받는다.
4 **葛城王**: 후의 橘弟兄인가.
5 **祗承**: 삼가며 섬기는 것이다. 후의 접대에 해당하는 것이다.
6 **采女**: 각 지방에서 공납된 궁녀이다. 다만 陸奧로부터의 采女 공납은 규정에 없다.
7 **風流**: 國司의 시골풍과 반대이다. 도회지풍의.
8 **右手持水**: 산의 우물물인가.
9 **小集樂**: 다리 쪽에서 노는 것으로 들놀이와 같은 종류이다.
10 **現にも**: 꿈의 반대이다. 현실이다.
11 **己妻すらを**: 자기 아내는 '그을은(煤:すす)'것이라고 하는 전제를 받아서 'すら'라고 한다.
12 **鏡**: 아름답고 소중한 것이다.
13 **鄙人**: 도읍 밖의 사람이라는 뜻이다.
14 **容姿**: 용모와 자태이다.

3807 아사카(安積香) 산의/ 그림자도 비추는/ 산 우물 같이/ 얕은 마음일랑은/ 나는 생각 않는 것을

※ 해설

아사카(安積香) 산의 그림자까지도 비추는 산의 우물, 그 정도로 얕은 마음을 나는 가지고 있지 않은 것을이라는 내용이다.

상대방을 깊이 생각한다는 뜻이다.

좌주 위의 노래는 전하여 말하기를, 카즈라키(葛城)王이 미치노쿠(陸奧)國에 파견되었을 때, 國司의 접대가 매우 소홀하였다. 그래서 왕에게 불쾌하고 노한 기색이 있었다. 비록 주연을 베풀어도 결코 즐겁지가 않았다. 그때 이전에 采女였던 자가 있었다. 풍류를 아는 여자였다. 여자가 왼손에 술잔을 들고 오른손에 물을 가지고 왕의 무릎을 두드리며 이 노래를 불렀다. 이에 왕은 마음이 풀려 기뻐하며 종일 주연을 즐겼다고 한다.

全集에서는, 노래의 '산의 우물'과 采女가 오른손에 든 산의 우물물이 상응했으므로 왕의 화도 풀린 것이라고 하였다[『萬葉集』 4, p.120].

3808 스미노에(住吉)의/ 들놀이에 나가서/ 정말이지요/ 나의 아내까지도/ 거울처럼 보였네

※ 해설

스미노에(住吉)에서 행해진, 사람들이 모여서 노래하고 짝을 짓고 하는 놀이에 가서, 정말 나의 아내까지도 거울처럼 아름답게 생각되었네라는 내용이다.

좌주 위의 노래는 전하여 말하기를, 옛날에 시골 사람이 있었다. 성과 이름을 알 수 없다. 그때 마을의 남녀가 무리를 지어서 모여 들놀이를 하였는데 그 사람들 중에 이 시골 부부도 있었다. 그런데 그 아내의 얼굴과 자태는 단정하여 다른 사람들보다 빼어났다. 그래서 그 시골 사람의 마음에 아내를 사랑하는 마음이 더욱 커져서 이 노래를 지어 미모를 찬탄하였다고 하는 것이다.

3809　商變　領爲跡之御法　有者許曽　吾下衣　反賜米

商變り¹　領らす²との御法　あらばこそ　わが下衣³　返し賜はめ⁴

あきかはり　しらすとのみのり　あらばこそ　わがしたごろも　かへしたまはめ

【左注】　右傳云時有所幸⁵娘子也. [姓名未詳] 寵薄之後, 還賜寄物 [俗云可多美⁶] 於是娘子怨恨, 聊作斯歌獻上.

3810　味飯乎　水尓釀成　吾待之　代者曽無　直尓之不有者

味飯を　水に釀みなし⁷　わが待ちし　代は⁸さね⁹なし　直に¹⁰しあらねば

うまいひを　みづにかみなし　わがまちし　かひはさねなし　ただにしあらねば

【左注】　右傳云昔有娘子也. 相別其夫, 望戀經年. 尓時夫君更娶他妻, 正身不來, 徒贈裹物¹¹. 因此, 娘子作此恨歌, 還酬之也.¹²

---

1 **商變り**: 매매 계약을 한 후에 해약하는 것이다. 당시의 법률 용어로 悔還이라고 한다.
2 **領らす**: 지배한다는 뜻이다. 인정하여 허락하는 법률이다.
3 **下衣**: 속옷이다. 연인끼리 교환하였다.
4 **返し賜はめ**: 돌려주다. 법은 없으므로 돌려주는 것은 이치에 맞지 않는다.
5 **幸**: 愛, 寵과 같다.
6 **可多美**: 모습을 보는 것이다.
7 **釀みなし**: 양조한다는 뜻이다.
8 **代は**: 대상이다.
9 **さね**: 부정을 동반한다.
10 **直に**: 본인 자신이다.
11 **裹物**: 포장한 물건이다.
12 **還酬之也**: 선물에 대해 노래를.

3809 계약 해약을/ 허락을 한다는 법이/ 있기만 하면/ 내가 보낸 속옷을/ 돌려보내 주세요

🌸 해설

　상인의 매매 계약을 위반하는 것을 허락을 한다는 법이 있기라도 한다면 그때는 내가 보낸 속옷을 돌려보내 주세요라는 내용이다.
　여인이 보낸 속옷을 남성이 돌려보낸 것에 대해 화가 나서 말한 것이다.

　　　좌주 위의 노래는 전하여 말하기를, 당시에 총애를 받는 여자가 있었다[성과 이름은 알 수 없다]. 사랑이 식은 후에 보낸 물건을 돌려보내었다[보통 카타미라고 한다]. 이에 여자가 원망하여 이 노래를 지어서 바쳤다고 한다.

3810 맛있는 밥을/ 물로 양조를 해서/ 내가 기다린/ 보람은 전연 없네/ 본인이 오지 않으니

🌸 해설

　맛있는 밥을 물과 함께 양조를 해서 술로 만들어, 내가 계속 기다린 보람은 전연 없네. 기다리고 있는 본인이 오지 않느니라는 내용이다.
　사랑하는 사람이 오면 대접하려고 맛있는 술을 만들어서 기다렸지만 연인이 직접 오지 않자 한탄하는 노래이다.

　　　좌주 위의 노래는 전하여 말하기를, 옛날에 한 소녀가 있었다. 그 남편과 서로 헤어져서 그립게 기다리며 해를 보내었다. 그 때 남편은 다른 아내를 얻어서 본인 자신은 오지 않고 단지 선물만 보내었다. 그래서 소녀가 이 원망하는 노래를 지어서 답을 했다고 한다.

戀夫君歌一首并短謌

3811 左耳通良布　君之三言等　玉梓乃　使毛不來者　憶病　吾身一曽　千磐破　神尓毛莫負
卜部座　龜毛莫燒曽　戀之久尓　痛吾身曽　伊知白苦　身尓染保里　村肝乃　心碎而　將死命
尓波可尓成奴　今更　君可吾乎喚　足千根乃　母之御事歟　百不足　八十乃衢尓　夕占尓毛
卜尓毛曽問　應死吾之故

さ丹つらふ[1]　君が御言と[2]　玉梓の[3]　使も來ねば　思ひ病む　あが身一つ[4]そ　ちはやぶる[5]
神にもな負せ[6]　卜部[7]坐ゑ　龜もな燒きそ[8]　戀ひしく[9]に　痛きあが身そ　いちしろく[10]　身に
染み透り　村肝の[11]　心碎けて　死なむ命　急になりぬ[12]　今更に　君か吾を喚ぶ[13]　たらちね
の[14]　母の命か　百足らず[15]　八十の衢に[16]　夕占[17]にも　卜にもそ問ふ　死ぬべきわがゆゑ

さにつらふ　きみがみことと　たまづさの　つかひもこねば　おもひやむ　あがみひとつそ
ちはやぶる　かみにもなおほせ　うらへすゑ　かめもなやきそ　こひしくに　いたきあがみ
そ　いちしろく　みにしみとほり　むらきもの　こころくだけて　しなむいのち　にはかにな
りぬ　いまさらに　きみかわをよぶ　たらちねの　ははのみことか　ももたらず　やそのちま
たに　ゆふけにも　うらにもそとふ　しぬべきわがゆゑ

---

1 **さ丹つらふ**: 붉은 색을 띠었다는 뜻인가.
2 **君が御言と**: 라고 하고.
3 **玉梓の**: 멋진 지팡이를 가졌다는 뜻으로 심부름꾼을 상투적으로 수식하는 枕詞이다.
4 **あが身一つ**: 남편과 함께 하는 것이 아니라는 뜻이다.
5 **ちはやぶる**: 맹렬하다는 뜻이다. 신을 상투적으로 수식하는 枕詞이다.
6 **神にもな負せ**: 신의 생각으로 병이 든 것은 아니다.
7 **卜部**: 점을 치는 직업집단이다.
8 **龜もな燒きそ**: 거북점(거북 껍질을 태워서 치는 점)을 치지 말라는 것이다.
9 **戀ひしく**: '戀ひしい'의 명사형이다.
10 **いちしろく**: 두드러지게.
11 **村肝の**: 내장이라는 뜻으로 마음을 상투적으로 수식하는 枕詞이다. 마음이 미어지는 모습과 통한다.
12 **急になりぬ**: 병이 진행하는 것이다.
13 **君か吾を喚ぶ**: 이름을 부르는 것은 혼을 찾는 연인끼리의 행위이다. 이때가 되어서 부르는 것인가 하는
    뜻으로 조소하는 기분이다. 다음의 점도 같다.
14 **たらちねの**: 충족한 젖이라는 뜻으로 '母'를 상투적으로 수식하는 枕詞이다. 다음 행위의 애정과 호응한다.
15 **百足らず**: 80을 상투적으로 수식하는 枕詞이다.
16 **八十の衢に**: 갈림길이라는 뜻이다.
17 **夕占**: 저녁 무렵 길에서 사람들의 말을 듣고 길흉을 점치는 것이다.

남편을 그리워하는 노래 1수와 短歌

3811 홍안의 멋진/ 그대의 말이라고/ (타마즈사노)/ 사람 오지 않으니/ 괴로워하는/ 내 몸 다만
하나네/ (치하야부루)/ 신 탓이라 하지 마오/ 점쟁이 불러/ 거북점 치지 마오/ 그리움
땜에/ 괴로운 이 몸이네/ 두드러지게/ 몸속에 스며들어/ (무라키모노)/ 마음 미어지도록/
죽어질 이 목숨/ 절박하게 되었네/ 새삼스럽게/ 그대 날 부르는가/ (타라치네노)/ 어머니
께옵서는/ (모모타라즈)/ 사통팔달 길에서/ 저녁 점이랑/ 점으로도 묻는가/ 다 죽게 된
목숨인데

해설

아름다운 그대의 말이라고 하며 소식을 가져다 줄, 멋진 지팡이를 가진 심부름꾼도 오지 않으므로
여러 가지 생각으로 괴로워하는 이 몸 하나 뿐이네. 내가 병이 난 것을 무시무시한 신의 탓이라고 하지
마세요. 점쟁이를 불러다 앉히거나 거북의 등껍질을 태워서 점을 치거나 하지 마세요. 너무 그리운 나머
지 고통스러운 이 몸이므로. 그리움은 확실하게 몸속으로 스며들어 마음이 찢어지도록, 죽음을 향하여
이 몸의 병도 절박하게 되었네. 이제 와서 새삼스럽게 그대가 내 이름을 부르는가요. 젖이 풍족한 어머니
는 백이 안 되는 80갈래 사통팔달 길에 서서, 저녁 무렵에 지나가는 사람들의 말을 듣고 그대가 올까
하고 점을 치고 있는 것인가. 틀림없이 죽게 된 목숨인데라는 내용이다.
사랑하는 사람을 만나지도 못하고 소식도 듣지 못하자 그리움 때문에 병이 난 아내가 부른 노래이다.
私注에서는, '뒤에 사연이 붙어 있지만, 노래는 물론 임종을 맞이한 여자의 노래는 아니다. 슬픈 사랑에
고통하며 병이 든 여자들의 심정을 여자 입장에서 표현한 민요의 하나라고 보아야만 할 것이며 권제13의
여러 작품 등과 비슷한 것으로 보아도 좋다'고 하였다[『萬葉集私注』8, p.197].

反歌

3812 　卜部乎毛　八十乃衢毛　占雖問　君乎相見　多時不知毛

　卜部をも[1]　八十の衢も　占問へど　君をあひ見む　たどき[2]知らずも

　うらへをも　やそのちまたも　うらとへど　きみをあひみむ　たどきしらずも

或本反歌曰

3813 　吾命者　惜雲不有　散追良布　君尓依而曽　長欲爲

　わが命は　惜しくもあらず　さ丹つらふ[3]　君に依りてそ　長く欲りせし

　わがいのちは　をしくもあらず　さにつらふ　きみによりてそ　ながくほりせし

左注 右傳云時有娘子. 姓車持氏也. 其夫久逕年序[4]不作徃來. 于時娘子, 係戀傷心, 沈臥痾疹[5], 瘦嬴[6]日異, 忽臨泉路. 於是遣使喚其夫君來. 而乃歔欷[7]流涕, 口号斯歌. 登時[8]逝歿也.

---

1 **卜部をも**: ‘占問へど’로 이어진다.
2 **たどき**: 방법, 수단이다.
3 **さ丹つらふ**: 붉은 색을 띠었다는 뜻인가.
4 **年序**: 年緒와 같다고 한다.
5 **痾疹**: ‘痾, 疹’ 모두 병이다.
6 **瘦嬴**: ‘嬴’는 약한 것이다.
7 **歔欷**: 훌쩍거리며 우는 것이다.
8 **登時**: 즉시.

反歌

3812 점쟁이로도/ 사통팔달 길서도/ 점을 치지만/ 그대 만날 수 있는/ 방법을 알 수 없네

해설

　　점쟁이를 불러 점을 쳐 보아도, 사통팔달 길에 서서도 점을 쳐 보기도 하지만 그대를 만날 수 있는 방법을 알 수가 없네라는 내용이다.

　　全集에서는, '본래 이 노래도 다음의 3813번가도 長歌와 같이 지어진 것이 아니라 편찬할 때 들어간 것일 것이다'고 하였다『萬葉集』 4, p.123].

어떤 책의 反歌에 말하기를

3813 나의 목숨은요/ 아깝지도 않지요/ 홍안의 멋진/ 그대로 인해서만/ 오래 살고 싶네요

해설

　　나의 목숨은 아깝지도 않지요. 홍안의 아름다운 그대가 있기 때문에 오래 살고 싶다고 바라는 것이지요라는 내용이다.

　　좌주 위의 노래는 전하여 말하기를, 당시에 한 여자가 있었다. 성은 쿠루마모치(車持)氏였다. 그 남편은 몇 년 동안 왕래하지 않았다. 그 때 여자는 애타게 그리워하며 상심하여 병에 걸려 드러눕게 되었다. 하루가 다르게 쇠약해져 마침내 죽음을 맞이하게 되었다. 그래서 사람을 보내어 그 남편을 불러왔다. 여자는 눈물을 흘리며 울면서 이 노래를 부르고 바로 죽었다고 한다.

贈歌一首

3814　真珠者　緒絶爲尓伎登　聞之故尓　其緒復貫　吾玉尓將爲

眞珠[1]は　緒絶しにきと[2]　聞きし故に　その緒また貫き　わが玉にせむ[3]

しらたまは　をだえしにきと　ききしゆゑに　そのをまたぬき　わがたまにせむ

答詞一首

3815　白玉之　緒絶者信　雖然　其緒又貫　人持去家有

白玉の　緒絶はまこと　しかれども[4]　その緒また貫き　人持ち去にけり

しらたまの　をだえはまこと　しかれども　そのをまたぬき　ひともちいにけり

> 左注　右傳云時有娘子. 夫君見棄, 改適[5]他氏也. 于時或有壯士. 不知改適, 此詞贈遣, 請誂於女之父
> 母者. 於是父母之意, 壯士未聞委曲之旨, 乃作彼詞報送, 以顯改適之緣也.

---

　1 **眞珠**: 여자를 비유한 것이다.
　2 **緒絶しにきと**: 緒絶은 인연을 끊는 것이다. 'に'는 완료, 'き'는 과거를 나타낸다.
　3 **わが玉にせむ**: 구혼한다는 뜻이다.
　4 **しかれども**: 그렇지만.
　5 **改適**: 시집가는 것이다.

보내는 노래 1수

3814 하얀 구슬은/ 끈이 끊어졌다고/ 들었기 때문에/ 그 끈을 다시 꿰어/ 나의 구슬로 하자

✿ 해설

진주는 끈이 끊어졌다고 들었기 때문에 그 끈을 다시 꿰어 나의 구슬로 하자라는 내용이다.
여성이 이혼하였다는 이야기를 듣고 자신과 인연을 맺고 싶다고 하는 노래이다.
私注에서는, '이혼한 여자에게 재혼을 독촉하는 일반적인 相聞 비유가로 유통한 것이었다고 보아야만
한다'고 하였다『萬葉集私注』8, p.200].

답하는 노래 1수

3815 하얀 구슬의/ 끈이 끊어진 것은/ 정말이지만/ 그 끈을 다시 꿰어/ 다른 사람 가져갔네

✿ 해설

진주를 꿰었던 끈이 끊어진 것은 정말이지만 그 끈을 다시 꿰어서 다른 남자가 가져가 버렸네라는
내용이다.
이혼한 것은 맞지만 이미 다른 남자와 맺어졌다는 뜻이다.

좌주 위의 노래는 전하여 말하기를, 당시에 한 여자가 있었다. 남편에게 버림을 받아 다른 남자에
게 시집갔다. 그 때 한 남자가 있었는데 재혼한 것을 모르고 이 노래를 보내어 여자의 부모에게
간청하였다. 이에 부모는 남자가 아직 구체적인 사정을 듣지 못한 것이라고 생각하여 이 노래를
지어서 답장으로 보내어 재혼한 사연을 알렸다고 한다.

穂積親王[1]御謌一首

3816　家尓有之　櫃尓鏁刺　蔵而師　戀乃奴之　束見懸而

家にありし　櫃[2]に鏁刺し[3]　蔵めてし　戀の奴[4]の　つかみかかりて

いへにありし　ひつにかぎさし　をさめてし　こひのやつこの　つかみかかりて

左注　右歌一首, 穂積親王, 宴飲之日, 酒酣之時, 好誦斯歌, 以爲恒賞[5]也.

3817　可流羽須波　田廬乃毛等尓　吾兄子者　二布夫尓咲而　立麻爲所見　田廬者多夫世反

かる臼[6]は　田廬[7]のもとに[8]　わが背子は　にふぶに[9]咲みて　立ちませり見ゆ　田廬はたぶせの反[10]

かるうすは　たぶせのもとに　わがせこは　にふぶにゑみて　たちませりみゆ　たぶせはたぶせのはん

---

1 **穂積親王**: 天武천황의 아들이다. 하리마(但馬) 공주와의 슬픈 사랑 이야기가 전한다.
2 **櫃**: 위에 덮개가 있는 기물을 말한다.
3 **鏁刺し**: 쇠사슬이다. 鏁의 俗字이다. '刺し'는 잠그는 것이다.
4 **戀の奴**: 奴는 천민의 하나이다. 여기서는 사랑을 경멸하는 것이며, 자조를 나타낸다.
5 **賞**: 단순히 완미한다는 뜻이 아니라 절실히 느낀다는 내용이다.
6 **かる臼**: 남녀가 마주하여 발로 밟아서 찧는 디딜방아를 말한다.
7 **田廬**: 수확할 때 머물며 일하기 위해 밭 가운데 지은 작은 집이다.
8 **もとに**: 'あり' 등이 생략된 것이다.
9 **にふぶに**: 웃는 모습이다.
10 **たぶせの反**: 田廬를 읽는 방법을 말한다. 反, 切은 중국에서 자음을 나타내는 용어이다.

호즈미(穗積)親王의 노래 1수

3816   집에요 있었던/ 궤짝에 열쇠 채워/ 넣어 두었던/ 사랑이라는 놈이/ 달라붙어서 와서

해설

　　우리 집에 있던 궤짝에 열쇠를 채워서 그 속에 가두어 두었던 사랑이라는 놈이 달라붙어 와서라는 내용이다.

　　사랑을 하지 않으려고 했는데 어느새 또 사랑을 하게 되어 괴롭다는 뜻이다.

　　私注에서는, '제목에 호즈미(穗積)친왕의 노래라고 하였으므로 작자는 親王이 틀림없는 것 같지만 左注에 穗積親王이 항상 즐긴 노래라고 되어 있고, 여러 다른 작품의 예를 보면 작자에 대해 의심의 여지가 없는 것도 아닌 것 같다. 오히려 유행하던 민요를 親王이 가끔 불렀다고 해석해야 할 것인가. 가벼운 골계를 노린 것이다'고 하였다[『萬葉集私注』 8, p.202].

　　좌주   위의 노래 1수는, 호즈미(穗積)親王이 연회 날 술이 한창일 때 이 노래를 즐겨 부르고 항상 감상하였다.

3817   디딜방아는/ 밭의 움막의 안에/ 나의 남편은/ 빙그레 웃으면서/ 서 있는 것 보이네 田廬는 타부세의 반절이다

해설

　　디딜방아는 밭에 지어 놓은 움막 안에 있고, 나의 남편이 빙그레 웃으면서 서 있는 것이 보이네 田廬는 타부세의 반절이다라는 내용이다.

　　'にふぶに'를 大系에서는 '크게 웃는 것'이라고 하였다[『萬葉集』 4, p.137].

　　全集에서는, '원래 방아를 찧는 노래인가. 노래 뜻에 명확하지 않은 점이 있다'고 하였다[『萬葉集』 4, p.124].

　　中西 進은, 뒷부분의 현실에서 앞부분을 연상하여 장난한 노래. 유혹하는 느낌을 풍긴다고 하였다.

3818　朝霞　香火屋之下乃　鳴川津　之努比管有常　將告兒毛欲得

朝霞[1]　鹿火屋が下の[2]　鳴くかはづ　しのひつつありと　告げむ兒もがも[3]

あさがすみ　かひやがしたの　なくかはづ　しのひつつありと　つげむこもがも

左注　右歌二首, 河村王[4]宴居[5]之時, 弾琴而即先誦此歌, 以爲常行也.

3819　暮立之　雨打零者　春日野之　草花之末乃　白露於母保遊

夕立の　雨[6]うち降れば　春日野[7]の　尾花[8]が末の[9]　白露思ほゆ

ゆふだちの　あめうちふれば　かすがのの　をばながうれの　しらつゆおもほゆ

3820　夕附日　指哉河邊尒　構屋之　形乎宜美　諾所因來

夕づく日　さすや[10]川邊に　構る屋[11]の　形を宜しみ[12]　諾よさえ[13]けり

ゆふづくひ　さすやかはへに　つくるやの　かたをよろしみ　うべよさえけり

左注　右歌二首, 小鯛王[14]宴居之日, 取琴登時[15], 必先吟詠此歌也. 其小鯛王者, 更名置始多久美, 斯人也.

---

1 **朝霞**: 아침 안개처럼 산기슭에 연기가 끼는 鹿火(밭을 망치는 사슴 등을 쫓는 불)로, 鹿火를 수식한다.
2 **鹿火屋が下の**: 'かはづ'에 이어진다. 'かはづ'는 개구리 종류의 총칭이다.
3 **告げむ兒もがも**: 작자가 원하는 것이다.
4 **河村王**: 어떤 사람인지 알 수 없다. 寶龜延曆 무렵에 활약하였다.
5 **宴居**: 한가하고 아무 일이 없는 때라는 뜻이다. 여기에서는 宴飲과 같은 뜻으로 사용하였는가.
6 **夕立の 雨**: 소나기의 일종이다. 그 상쾌함이 제5구에 반향한다.
7 **春日野**: 奈良市 동쪽 근교.
8 **尾花**: 참억새 이삭이다.
9 **末の**: 뻗은 끝 쪽이다.
10 **さすや**: 영탄을 나타낸다.
11 **構る屋**: 건물이다.
12 **形を宜しみ**: 'み'는 'ので(그러므로)'라는 뜻이다. 여기까지 寓意(초로의 귀부인 등의)가 있는지 확실하지 않다.
13 **諾よさえ**: 'うべ'는 과연, 당연히. 'え'는 수동의 조동사이다.
14 **小鯛王**: 神龜(724~729) 무렵의 풍류가 있는 시종 중의 한 사람이다.
15 **登時**: 즉시.

3818　(아사가스미)/ 사슴 불 집 밑에서/ 우는 개구리/ 가만히 그리워한다/ 말하는 애 있다면

🌸 **해설**

　　아침 안개처럼 자욱하게 연기를 피워서 사슴을 쫓느라고 불을 피우는 집 밑에서 우는 개구리처럼 가만히 그리워한다고 나에게 말을 해주는 소녀가 있다면이라는 내용이다.

　　연인이 있으면 좋겠다는 뜻이다.

　　'告げむ兒もがも'를 全集에서도 中西 進과 마찬가지로 소녀가 작자에게 말해 주는 것으로 보았다[『萬葉集』 4, p.125]. 그런데 大系・私注・注釋에서는, '작자 자신이 사랑하고 있다는 것을 말해 줄 소녀가 있었으면 좋겠다'로 해석하였다(『萬葉集』 4, p.138), (『萬葉集私注』 8, p.203), (『萬葉集注釋』 16, p.108)].

　　좌주　위의 노래 2수는, 카하무라(河村)王이 연회에서 거문고를 타고는 곧 이 노래를 부르고, 그것을 습관으로 한 것이다.

3819　갑작스럽게/ 소나기가 내리면/ 카스가(春日) 들의/ 참억새 이삭 끝의/ 흰 이슬이 생각나네

🌸 **해설**

　　갑작스럽게 소나기가 내리면 카스가(春日) 들판에 나 있는 참억새의 이삭 끝에 내려 있는 흰 이슬이 생각나네라는 내용이다.

3820　저무는 해가/ 비추는 강 근처에/ 지어진 집의/ 모양이 멋있어서/ 당연히 끌리었네

🌸 **해설**

　　기울어지는 해가 비추는 강 근처에 지어진 집의 모양이 멋있어서 그리로 마음이 끌리는 것은 당연한 일이네라는 내용이다.

　　'形を宜しみ 諸よさえけり'를 大系에서는, '여인의 자태가 좋으므로 여기저기서 남자들이 끌리는 것도 당연한 일이네'로 해석하였다[『萬葉集』 4, p.138]. 私注에서는, '집의 모양이 좋다고 하는 것으로 보아 여성의 얼굴이 아름답다고 하는 것을 암시하고 있으므로 '構る屋の'까지 序로 보아야만 하는 것인가. (중략) 'よそる'는 남녀가 관계가 있다고 소문나는 것이며, 여기에서도 그 여자와 함께 소문이 나 버렸다고 하는 해학이 들어 있는 것인가'라고 하였다[『萬葉集私注』 8, p.205].

　　좌주　위의 노래 2수는, 오타히(小鯛)王이 연회에서 거문고를 손에 잡고 바로, 반드시 처음에는 이 노래를 불렀다. 그 小鯛王은 별명을 오키소메노 타쿠미(置始多久美)라고 하는 그 사람이다.

兒部女王¹嗤歌一首

3821 美麗物　何所不飽矣　坂門等之　角乃布久礼尓　四具比相尓計六

美麗しもの²　何所飽かじを　尺度ら³が　角のふくれ⁴に　しぐひ⁵あひにけむ

くはしもの　いづくあかじを　さかとらが　つののふくれに　しぐひあひにけむ

左注 右, 時有娘子. 姓尺度⁶氏也. 此娘子不聽高姓⁷美人⁸之所誂⁹, 應許下姓媿士之所誂也. 於是兒部女王, 裁作此歌, 嗤咲彼愚¹⁰也.

---

1 **兒部女王**: 하리마(但馬) 공주의 노래를 전승하고(1515번가 제목), 호즈미(穗積) 왕자의 노래(3816번가)를 전했는가.
2 **美麗しもの**: 아름다운 것이다. 사카토(尺度)娘子의 미모를 말한다.
3 **尺度ら**: 'ら'는 친애의 뜻을 나타내는 접미어이다.
4 **角のふくれ**: 추남을 수식한다. 보기 싫게 혹 덩어리인 것 같은 남자인가. 角氏의 남자는 아니다.
5 **しぐひ**: 무슨 뜻인지 잘 알 수 없다. 'しぐる(뭉치다. 무리짓다)'와 같은 어근의 단어인가.
6 **尺度**: 坂門이라고도 쓴다.
7 **高姓**: 가문의 계급이다.
8 **美人**: 상류 사람, 잘생긴 사람이라는 뜻으로 여기서는 미남자를 말한다.
9 **誂**: 구하여 바라는 것이다.
10 **彼愚**: 결혼을 형식적 조건에서 본 어리석음이다. 처녀는 남자의 내면을 선택하였다.

코베(兒部)女王이 비웃은 노래 1수

3821 미인인 여성/ 어디든 찾을 텐데/ 사카토(尺度)는요/ 혹 난 듯한 남자와/ 왜 결혼을 하였
      을까

해설

아름다운 여성은 어떤 남자하고라도 결혼을 할 수 있을 텐데 사카토(尺度)는 혹이 난 듯한 그러한
남자와 왜 결혼을 하였을까라는 내용이다.
'美麗しもの 何所飽かじを'를 大系에서는, '잘생기고 멋지고 아무런 결점도 없는 고귀한 신분의 남성을
거절하고'로 해석하였다『萬葉集』4, p.139]. 남성이 잘생긴 것으로 해석을 한 것이다. 私注・注釋・全集
에서는, '좋은 것은 어디서도 부족한 것은 없을 텐데'로 해석하였다(『萬葉集私注』8, p.206), (『萬葉集注
釋』16, p.113), (『萬葉集』4, p.127)].

좌주 위의 노래는, 당시 여자가 한 사람 있었는데 성을 사카토(尺度)라고 하였다. 그런데 그
여자는 신분이 높고 잘생긴 남성의 구혼을 거절하고 천하고 못생긴 남성의 구혼에 응하여 허락하였
다. 그래서 코베노 오호키미(兒部女王)가 이 노래를 지어서 그 어리석음을 비웃은 것이다.

古歌¹曰

3822　橘　寺之長屋尓　吾率宿之　童女波奈理波　髮上都良武可

橘の　寺²の長屋³に　わが率寝し　童女放髮⁴は　髮上げつらむか⁵

たちばなの　てらのながやに　わがゐねし　うなゐはなりは　かみあげつらむか

左注　右歌, 椎野連長年⁶脈⁷曰, 夫寺家之屋者不有俗人寢處. 亦倚若冠⁸女曰放髮屮⁹矣. 然則腹句¹⁰
已云放髮屮者¹¹, 尾句不可重云着冠之辞¹²哉.

決曰¹³

3823　橘之　光有長屋尓　吾率宿之　宇奈爲放尓　髮擧都良武香

橘の　光れる長屋に　わが率寝し　童女屮¹⁴に　髮上げつらむか

たちばなの　てれるながやに　わがゐねし　うなゐはなりに　かみあげつらむか

---

1 **古歌**: 전승가이다.
2 **橘の 寺**: 明日香의 橘寺이다.
3 **長屋**: 僧坊 등 긴 건물이다.
4 **童女放髮**: 'うなゐ'는 머리 모양을 말한 것으로 늘어뜨린 머리이다. 7, 8세 무렵의 머리 모양이다. 頸居(머리가 목까지 온다)의 뜻이다. 'はなり'는 어린아이의 머리 모양을 말하는 것으로 머리 한가운데를 가르마를 타서 늘어뜨린 모양이다.
5 **髮上げつらむか**: '髮上げ'는 긴 머리를 틀어 올리는 것이다. 성인이 되는 것을 의미하며, 머리를 올리는 것은 결혼을 한다는 뜻으로도 사용되었다.
6 **椎野連長年**: 天智천황 때 도래한 시히(四比)忠勇의 자손이다. 의술에 뛰어났던가.
7 **脈**: 의학 용어로 진찰과 진단을 '脈決'이라고 한다. 歌病(노래의 잘못된 점)을 의식한 용어이다.
8 **若冠**: 남자 20세를 약관이라고 한다.
9 **放髮屮**: '屮'은 '放髮'과 다른 유아의 머리 모양으로 '아게마키(귀 양쪽에 상투처럼 틀어올린 것)'를 말한다. 그러므로 20세 정도의 여자를 말하는 것이라고 하는 것은 오해이지만 '屮'은 머리를 올리고 있으므로 다음 문장의 명분이 생긴다.
10 **腹句**: '腰句'라고 한 이본도 있으나 腰句는 제3구를 가리킨다. 여기서는 제4구이다.
11 **已云放髮屮者**: 머리를 올린 것을 말하고 있으므로.
12 **着冠之辞**: '髮上げつらむか'를 가리킨다.
13 **決曰**: 의학 용어로 진찰과 진단을 '脈決'이라고 한다. 歌病(노래의 잘못된 점)을 의식한 용어이다.
14 **童女屮**: 작자는 放髮을 '아게마키(귀 양쪽에 상투처럼 틀어올린 것)'로 해석했다.

옛 노래에 말하기를

3822   타치바나(橘)의/ 절의 긴 건물로요/ 내 데려가 잔/ 단발머리 소녀는/ 머리를 올렸을까요

> ✿ **해설**
>
> 타치바나(橘) 절의 긴 건물로 내가 데려가서 함께 잠을 잤던, 앞가르마를 타서 머리를 늘어뜨렸던
> 어린 소녀는 머리를 올렸을까요라는 내용이다.
> 자신이 절에 데려가 함께 잠을 잤던 어린 소녀는 다른 사람과 결혼을 하였을까라는 뜻이다.

> **좌주**   위의 노래는, 시히노노 므라지 나가토시(椎野連長年)가 진찰하고(노래의 잘못된 점을 살피
> 고) 말하기를, 무릇 절의 긴 건물은 속세 사람들이 자는 곳은 아니다. 또 막 성인이 된 여자를 放髮ㅐ
> 이라고 한다. 따라서 제4구에 放髮ㅐ이라고 하고 있으므로 마지막 구에 중첩하여 성인이 된 것을
> 나타내는 말을 사용해서는 안 된다고 하였다.

결론을 말하면

3823   홍귤 열매가/ 빛나는 긴 건물에/ 내 데려가 잔/ 소녀 올림머리로/ 머리를 올렸을까요

> ✿ **해설**
>
> 홍귤 열매가 빛나는, 절의 긴 건물에 내가 데리고 가서 잠을 잤던 소녀는 올림머리로 머리를 올렸을까
> 요라는 내용이다.
> 大系에서는, "決曰' 이하는 左注에 이어지는 것이므로 이처럼 따로 기록하는 것은 본래의 형태가 아닐
> 것이다'고 하였다[『萬葉集』 4, p.140].

長忌寸意吉麿[1]歌八首

3824　刺名倍尓　湯和可世子等　櫟津乃　檜橋從來許武　狐尓安牟佐武

さし鍋[2]に　湯沸かせ子ども　櫟津[3]の　檜橋[4]より來む[5]　狐に浴むさむ

さしなべに　ゆわかせこども　いちひつの　ひばしよりこむ　きつねにあむさむ

> **左注**　右一首傳云一時衆集宴飲也. 於時夜漏三更[6], 所聞狐聲. 尓乃衆諸誘興[7]麿曰, 關此饌具[8]雜器[9]狐聲河橋等物, 但作哥者. 即應聲作此歌也.

詠行騰[10]蔓菁[11]食薦[12]屋梁[13]歌

3825　食薦敷　蔓菁煮將來　梁尓　行騰懸而　息此公

食薦敷き　蔓菁煮持ち來　梁に　行縢懸けて　息むこの公[14]

すこもしき　あをなにもちこ　うつはりに　むかばきかけて　やすむこのきみ

---

1 **長忌寸意吉麿**: 持統朝의 궁정 가인이다.
2 **さし鍋**: 긴 손잡이와 따르는 주둥이가 달린 냄비이다. 굽기도 하고 데우기도 하는 용기이다.
3 **櫟津**: 奈良縣 大和郡 山市이다. 櫟本의 서쪽이다. 津은 강의 선착장이다.
4 **檜橋**: 'ひつ'에 '櫃'를, '橋'에 '箸(하시)'를 내포하였다.
5 **より來む**: 'こむ'에 여우의 우는 소리를 내포시켰다.
6 **夜漏三更**: '夜漏'는 밤의 시각이다. 三更은 12시이다.
7 **興**: 저본에는 奧로 되어 있다. 尼崎本 등을 따른다.
8 **饌具**: さし鍋이다. 주2 참조.
9 **雜器**: 여러 가지 식사할 때 사용하는 도구이다. 궤, 젓가락 등이다.
10 **行騰**: 이하 부르는 노래의 제목이다. 후세의 物名(사물의 이름)에 해당한다. '行騰'은 다리를 싸고 옷자락을 덮어서 행동을 하기 편하도록 한 것이다. 허리에서 드리우는 가죽 제품이다. 노래의 '公'에 의하면 상급 무관의 예복. 무사가 사냥, 승마 때 보호용으로 입는 옷이다. 허리에서부터 바지가랑이 앞쪽을 감싸는 앞치마 같은 옷이다.
11 **蔓菁**: 푸른 채소의 총칭이다.
12 **食薦**: 식사할 때 앉는 깔 자리이다. 풀 등으로 만든다.
13 **屋梁**: 지붕의 들보이다.
14 **息むこの公**: 눈앞에 있는 사람이다.

나가노 이미키 오키마로(長忌寸意吉麿)의 노래 8수

3824 냄비에다가/ 물 끓여요 여러분/ 이치히츠(櫟津)의/ 히바시(檜橋)에서 오는/ 여우에게 확 끼얹자

 해설

　　냄비에다가 물을 뜨겁게 끓이세요, 여러분. 이치히츠(櫟津)의 히바시(檜橋)에서 오는 여우에게 뜨거운 물을 끼얹어 줍시다라는 내용이다.

　　私注에서는, '이하 여러 작품을 보면 모두 본격적인 노래가 아니라 완전히 유희를 위한 것이다. 이 작품도 左注를 보면 연회에서 내용까지도 주문을 받아서 지은 것이다. 노래를 창작하는 사람으로서는 이 정도는 힘이 들지 않는 것이었겠지만, 그들에게 올바른 문학 의식 등이 없었던 것도 부정할 수가 없다. 그것은 시대의 흐름으로 어쩔 수 없었던 것처럼도 보이지만 일반적인 문화의 기반이 약했던 것도 생각할 수 있다. 혹은 이런 유희적인 노래는 기재된 작품보다 널리 불리어졌고, 『萬葉集』에는 그 중에서도 형식이 정제된 것만 수록된 것인지도 모른다'고 하였다[『萬葉集私注』 8, p.211].

　　좌주 위의 1수는 전하여 말하기를, 어느 때 많은 사람들이 모여서 연회를 하고 있었다. 그 때 한밤중 12시쯤에 여우 소리가 들려왔다. 이에 모두 오키마로(興麿)에게 권하여 말하기를 "이 식기, 용구, 여우 소리, 강, 다리 등의 사물과 연관시켜 노래를 좀 지어 보라"고 하였다. 그러자 즉시 요청에 응하여 이 노래를 지었다고 한다.

보호용 옷, 푸른 채소, 돗자리, 들보를 읊은 노래

3825 돗자리 깔고/ 푸른 채소 삶아 와/ 들보에다가/ 보호용 옷 걸치고/ 쉬는 이 사람에게

 해설

　　돗자리 깔고 푸른 채소를 삶아 오세요. 들보에다가 무사의 보호용 옷을 벗어서 걸쳐 놓고는 쉬고 있는 이 사람에게로라는 내용이다.

詠荷葉¹歌

3826　蓮葉者　如是許曽有物　意吉麿之　家在物者　宇毛乃葉尓有之

　　　蓮葉は　かくこそあるもの　意吉麿が　家なるものは　芋²の葉にあらし

　　　はちすばは　かくこそあるもの　おきまろが　いへなるものは　うものはにあらし

詠雙六³頭⁴歌

3827　一二之　目耳不有　五六三　四佐倍有來　雙六乃佐叡

　　　一二の⁵　目のみにはあらず　五六三　四さへありけり　雙六の采

　　　いちにの　めのみにはあらず　ごろくさむ　しさへありけり　すぐろくのさえ

---

1 **荷葉**: 음식을 담는데 사용된다. 눈앞에 있다.
2 **芋**: 아내를 뜻하며, 더구나 잎 모양이 비슷하므로 토란이라고 하였다.
3 **雙六**: 흑백 각각 12개의 돌을 두 개의 주사위로 적의 방향으로 나아가는 놀이이다. 持統朝(686~697)에 금령이 내려졌다.
4 **頭**: 지금의 주사위와 같다.
5 **一二の**: 보통은 두 개의 눈 밖에 없는데.

연잎을 읊은 노래

3826 연잎은 정말/ 이렇게 생긴 것인데/ 오키마로(意吉麿)의/ 집에 있는 그것은/ 토란잎인 것이
      겠지

🌼 **해설**

    연잎은 이렇게 생긴 것인 것을. 오키마로(意吉麿)의 집에 있는 것은 연잎이 아니라 토란의 잎 같네라는
내용이다.
    中西 進은 '芋'가 아내를 뜻하는 것이라고 하였으므로, 이렇게 보면 남의 집 아내를 보고 나서 자신의
집 아내는 못생긴 것을 노래한 것이 된다.
    全集에서는 자신의 무지를 자조하는 느낌의 노래라고 하였다[『萬葉集』 4, p.129]. 즉, 연잎과 토란잎을
구분하지 못한 자신의 무지를 노래한 것으로 보았다. 단순히 연잎과 토란잎을 구분하지 못한 자신의
무지를 노래한 것으로 보기보다는 다른 사람의 아내와 자신의 아내를 연잎과 토란잎으로 대비시켜서
웃음을 유발한 것이라고 보는 것이 권제16의 작품들 성격과도 맞는 것 같다.

쌍륙의 주사위를 읊은 노래

3827 하나와 둘의/ 눈만 있는 건 아니네/ 오륙도 삼도/ 사까지도 있네요/ 쌍륙의 주사위여

🌼 **해설**

    하나와 둘의 눈만 있는 것은 아니네. 다섯 개도 여섯 개도 세 개도, 심지어 네 개의 눈도 있네. 쌍륙의
주사위여라는 내용이다.
    사람의 눈은 두 개 뿐인데 주사위의 눈은 세 개, 네 개, 다섯 개, 여섯 개 여러 개가 있다는 뜻이다.

詠香塔厠屎鮒奴歌

3828 香塗流　塔尓莫依　川隅乃　屎鮒喫有　痛女奴

香塗れる　塔[1]になな寄りそ　川隈[2]の　屎鮒[3]喫める　痛き[4]女奴[5]

こりぬれる　たふになよりそ　かはくまの　くそふなはめる　いたきめやつこ

詠酢[6]醤蒜[7]鯛水葱[8]歌

3829 醤酢尓　蒜都伎合而　鯛願　吾尓勿所見　水葱乃羹物

醤酢に　蒜搗き合てて[9]　鯛願ふ　われにな見えそ　水蔥の羹[10]

ひしほすに　ひるつきかてて　たひねがふ　われになみえそ　なぎのあつもの

---

1 **塔**: 청정한 탑이다.
2 **川隈**: 변소가 있는 곳이다.
3 **屎鮒**: 붕어 종류를 말하는 것인가.
4 **痛き**: 정도가 심한 것을 말한다.
5 **女奴**: 노비의 婢이다.
6 **酢**: 쌀을 발효시켜서 쪄서 만든다.
7 **蒜**: 마늘이다.
8 **水葱**: 물옥잠이다.
9 **蒜搗き合てて**: 마늘을 찧어서 장, 식초와 섞어서. 이것을 발라 도미를 먹는다. 맛있는 음식으로 제5구와 대비된다.
10 **水蔥の羹**: 국이다. 물옥잠은 널리 식용으로 재배하는 것이 장려되었다.

향, 탑, 변소, 똥, 붕어, 종을 읊은 노래

3828 향 칠한 탑에/ 가까이 가지 말게/ 강의 구비 쪽/ 똥 붕어를 먹었는/ 더러운 여종이여

해설

향을 칠한 청정한 탑에는 가까이 가지 말아라. 강의 구비 쪽 변소가 있는 곳에 사는 붕어를 먹은 더러운 여종이여라는 내용이다.
향을 칠한 청정한 탑과 변소가 있는 곳에 사는 붕어를 먹은 부정한 여종을 대비시킨 노래이다.

초, 장, 마늘, 도미, 물옥잠을 읊은 노래

3829 장과 초에다/ 마늘 찧어 섞어서/ 도미 먹고픈/ 나에게 보이지마/ 물옥잠의 국일랑

해설

장과 초에다 마늘을 찧어 넣어서 섞어서 도미에 발라 맛있게 먹고 싶다고 생각하네. 그런 나에게 물옥잠의 국은 보이지 말아요라는 내용이다.
여러 음식 재료를 열거하여 만든 노래이다.

詠玉掃¹鎌天木香²棗歌

3830　玉掃　苅來鎌麿　室乃樹與　棗本　可吉將掃爲

　　　玉掃　苅り來鎌麿　室の樹と　棗が本と　かき掃かむため

　　　たまばはき　かりこかままろ　むろのきと　なつめがもとと　かきはかむため

詠白鷺啄木³飛歌

3831　池神　力士儛可母　白鷺乃　桙啄持而　飛渡良武

　　　池神⁴の　力士舞⁵かも　白鷺の　桙⁶啄ひ持ちて　飛びわたるらむ

　　　いけがみの　りきしまひかも　しらさぎの　ほこくひもちて　とびわたるらむ

---

1 **玉掃**: 玉은 미칭이다. 掃는 빗자루이다. 여기서는 그 재료인 싸릿대.
2 **天木香**: 두송나무.
3 **木**: 나뭇가지이다.
4 **池神**: 연못의 신이다.
5 **力士舞**: 伎樂의 하나이다. 미녀인 吳女를 뒤쫓는 괴물인 崑崙의 생식기를 力士가 창으로 떨어뜨리고 그것을 흔들며 춤을 춘다. 백로에서 이 춤을 연상했다.
6 **桙**: 가지를 가리킨다.

싸릿대, 낫, 두송나무, 대추나무를 읊은 노래

3830 싸릿대를요/ 베어 와 카마마로(鎌麿)/ 두송나무와/ 대추나무 아래쪽/ 깨끗이 쓸기 위해

✿ 해설

싸릿대를 베어 오게. 카마마로(鎌麿)여. 그것으로 빗자루를 만들어서 두송나무와 대추나무 아래쪽을 깨끗이 쓸기 위하여라는 내용이다.

카마마로(鎌麿)는 낫을 의인화한 것이다.

中西 進은, '장식물인 빗자루로 쓴다고 하는 점에 웃음이 있는 것인가'라고 하였다.

백로가 나뭇가지를 물고 나는 것을 읊은 노래 1수

3831 연못의 신의/ 力士 춤인 것인가/ 해오라기가/ 창을 물어 가지고/ 날아가고 있는 건

✿ 해설

연못의 신이 추는 力士舞인 것인가. 해오라기가 창을 물어 가지고 날아가고 있는 것은이라는 내용이다.

백로가 나뭇가지를 물고 날아가는 것을 보고 力士舞를 연상한 것이다.

力士舞를 全集에서는, '力士는 불법을 수호하는 金剛力士를 말한다. 伎樂 중에 吳女라는 미녀를 뒤쫓는 괴물인 崑崙의 생식기를 金剛力士가 창으로 찔러서 그것을 떨어뜨리고 춤을 춘다'고 하였다[『萬葉集』 4, p.131].

大系에서는, '백로가 나뭇가지를 물고 날아가는 그림을 보고 力士舞의 골계적인 동작을 연상하여 흥을 불러일으킨 것이라고 하였다[『萬葉集』 4, p.143]. 私注에서는, 백로가 둥지를 만들 시기에는 꽤 큰 나뭇가지를 물고 운반하는 것은 둥지를 보아도 알 수 있고 실제로 날아가고 있는 것도 보이므로 반드시 그림을 보고 착상한 것이라고는 말할 수 없지만 제목을 내고 지은 노래이므로 그림을 보고 노래한 것이라는 설도 무시할 수 없는 점이 있다'고 하였다[『萬葉集私注』 8, p.218].

'池神'을 大系와 全集에서는 奈良에 있는 지명으로 보았다[大系 『萬葉集』 4, p.143), (全集 『萬葉集』 4, p.131)]. 私注에서는, '연못을 지배하는 신'이라고 하였다[『萬葉集私注』 8, p.216].

忌部首[1], 詠數種物歌一首 名忘失也

3832　枳　棘原苅除曽氣　倉將立　屎遠麻礼　櫛造刀自

枳[2]の　棘原苅り除け　倉立てむ　屎遠くまれ　櫛造る刀自[3]

からたちの　うばらかりそけ　くらたてむ　くそとほくまれ　くしつくるとじ

境部王[4], 詠數種物歌一首 穂積親王之子[5]也

3833　虎尓乗　古屋乎越而　青渕尓　鮫龍取將來　釼刀毛我

虎[6]に乗り　古屋を越えて　青淵に　鮫龍[7]とり來む　劍大刀[8]もが

とらにのり　ふるやをこえて　あをぶちに　みづちとりこむ　つるぎたちもが

---

1 **忌部首**: 忌部首黑麿인가. 알 수 없다.
2 **枳**: 唐橘을 줄인 것이다. 枳穀(きこく). 枳(탱자나무)라고 하는 'うばら'. 'うばら'는 'いばら'(가시가 있는 식물의 총칭)이다.
3 **刀自**: 주부, 또는 연상의 여인이다. 집단으로 노동하는 장소에 있었을 것이다.
4 **境部王**: 養老(717~724) 무렵의 관료이다.
5 **穂積親王之子**: 長皇子의 아들이라고도 전해진다.
6 **虎**: 이하 오래된 집·靑淵·鮫龍 등 무서운 사물을 나열한 여러 종류의 사물의 노래인가.
7 **鮫龍**: 물의 영이며, 용의 한 종류로 상상한 동물이다.
8 **劍大刀**: 劍과 大刀는 원래 다른 것이지만 연결하여 '大刀'를 말하기도 한다.

이무베노 오비토(忌部首)가 여러 종류의
사물을 읊은 노래 1수 이름은 전하지 않는다

3832   탱자나무의/ 가시를 떼어내고/ 창고를 짓자/ 변은 멀리 하게나/ 빗 만드는 여자여

🌸 **해설**

　탱자나무의 가시를 떼어내고 창고를 지으려고 생각하네. 그러니 대소변은 멀리서 하세요. 빗을 만드는 여자라는 내용이다.

　제목에서 여러 가지 물건이라고 하였는데 정확하게 무엇인지는 알 수 없다. 中西 進은 枳(탱자나무), 棘(가시), 倉(창고), 屎(변), 櫛(빗), 刀自(여자) 등이라고 생각된다고 하였다.

사카히베(境部)王이 여러 종류의
사물을 읊은 노래 1수 호즈미(穗積)親王의 아들이다

3833   호랑이 타고/ 오래된 집을 넘어/ 연못에 사는/ 교룡을 잡아서 올/ 큰 칼이 있었으면

🌸 **해설**

　호랑이를 타고 오래된 낡은 무서운 집을 넘어가서 푸르고 맑은 깊은 못에 사는 교룡을 생포해서 올 큰 칼을 가지고 싶네라는 내용이다.

　'古屋'을 大系에서는, '지명인가'라고 하였다『萬葉集』 4, p.143].

作主未詳歌一首

3834 成棗　寸三二粟嗣　延田葛乃　後毛將相跡　葵花咲

梨[1]棗　黍[2]に粟[3]嗣ぎ　延ふ田葛の[4]　後も逢はむと　葵[5]花咲く

なしなつめ　きみにあはつぎ　はふくずの　のちにもあはむと　あふひはなさく

獻新田部親王[6]歌一首 未詳

3835 勝間田之　池者我知　蓮無　然言君之　鬚無如之

勝間田の　池[7]はわれ知る　蓮無し　然言ふ君が　鬚無き[8]如し

かつまたの　いけはわれしる　はちすなし　しかいふきみが　ひげなきごとし

左注　右, 或有人聞之. 曰新田部親王, 出遊于堵裏, 御見勝間田之池, 感緒御心之中[9]. 還自彼池不忍怜愛. 於時語婦人曰今日遊行, 見勝間田池, 水影濤々[10], 蓮花[11]灼々. 恫怜斷腸, 不可得言. 尓乃婦人, 作此戲歌[12], 專輒吟詠也.

---

1 梨: 이하 계절 순서대로 나열하지만, 배, 대추는 『遊仙窟』에 의한 것이라고 하는 설이 있다.
2 黍: 君(きみ)의 뜻을 내포하였다.
3 粟: 逢(あは)을 내포하여 다음 내용과 대응한다.
4 延ふ田葛の: '葛'을 말함과 동시에 만난다는 뜻으로 다음에 접속된다.
5 葵: 접시꽃이다.
6 新田部親王: 天武천황의 일곱째 아들이다. 天平 7년(735)에 사망하였으며 살던 집을 寶字 연간에 鑑眞에게 하사하여 唐招提寺가 되었다.
7 勝間田の 池: 어디 있는지 알 수 없다. 일설에 藥師寺 서쪽의 큰 연못에 해당한다고 한다.
8 鬚無き: 蓮이 없는 것이 같다고 하는 것일 뿐, 깊은 의미는 없는 것인가.
9 感緒御心之中: 감상하다. 칭찬하다.
10 水影濤々: 물의 빛이 흔들려 큰 파도 같으므로.
11 蓮花: 실제 연꽃이 없는 것을 있다고 하는 것은 연꽃에 사랑을 내포하여 부인에게 장난한 것이다.
12 戲歌: 親王의 사랑에 대한 응수이다.

작자 미상의 노래 1수

3834 배와 대추와/ 수수 조 결실하고/ 벋는 넝쿨풀/ 훗날에도 만나려고/ 접시꽃이 피네요

🌸 **해설**

배와 대추와 수수와 조가 이어서 열매를 맺고, 줄기를 뻗치는 넝쿨풀이 후에 다시 만나는 것처럼 후에 다시 만나려고 접시꽃이 피네요라는 내용이다.

棗와 君(きみ), 粟와 逢(あは), 葵와 '逢(あ)ふ日'의 발음이 같은 것을 이용한 노래이다.

니히타베(新田部)親王에게 바치는 노래 1수 아직 자세히 알 수 없다

3835 카츠마타(勝間田)의/ 연못 나는 알아요/ 연꽃 따위 없어요/ 그리 말하는 그대/ 수염 없는 것 같네

🌸 **해설**

카츠마타(勝間田)의 연못은 나는 알고 있지요. 거기에 연꽃 따위는 없어요. 그런데 연꽃이 있다고 하는 것은 그렇게 말하는 그대에게 수염이 없는 것과 같지요라는 내용이다.

'蓮無し'를 大系에서는, '親王이 이야기 중에 연못의 연꽃이 아름다운 것을 말하고 이 노래의 작자에 대해 애정을 표현한 것에 대해 지나치게 부정한 것일 것이다'고 하고, '鬚無きが如し'에 대해서는, '親王에게 사실 수염이 많았던 것을 이처럼 반대로 말했다고도 하고, 사실 수염이 없었다고도 한다'고 하였다『萬葉集』4, p.144]. 私注에서는, '親王이 연못에 대해 느낀 것은 실은 연꽃이 아니라 거기에 살고 있던 여성이며, 親王은 그것을 숨기고 연꽃이라고 부인에게 말하였으므로 부인은 그 진상을 알고 이 노래를 짓게 되었다고 하는 것이다'고 하였다『萬葉集私注』8, p.224].

좌주 위의 노래는, 어떤 사람이 들은 것에 의하면 다음과 같다. 니히타베(新田部)親王이 도읍 안을 산책하였는데 勝間田의 연못을 보고 마음에 느끼는 바가 있었다. 그 연못에서 돌아간 후에도 그 감동을 말하지 않고 있을 수가 없었다. 그 때 한 사람의 부인에게 말하기를, "오늘 나가서 勝間田 못을 보니 수면은 온통 물결이 일고, 연꽃은 빛날 정도였다. 그 멋진 것은 애간장을 끊는 것 같아 말로 표현할 수가 없다"고 하였다. 그래서 부인이 이 장난스런 노래를 지어서 혼자 입으로 읊었다고 한다.

謗佞人[1]歌一首

3836 奈良山乃　兒手柏之　兩面尓　左毛右毛　佞人之友

奈良山の　兒手柏[2]の　兩面に　かにもかくにも[3]　佞人の徒

ならやまの　このてがしはの　ふたおもに　かにもかくにも　ねぢけびとのとも

左注　右歌一首, 博士[4]消奈行文大夫[5]作之.

3837 久堅之　雨毛落奴可　蓮荷尓　淳在水乃　玉似有將見

ひさかたの[6]　雨も降らぬか[7]　蓮葉に　淳れる水の　玉に似たる見む

ひさかたの　あめもふらぬか　はちすばに　たまれるみづの　たまににたるみむ

左注　右歌一首, 傳云有右兵衛[8]. [姓名未詳]. 多[9]能哥作之藝也. 于時, 府家[10]備設酒食, 饗宴府官人等. 於是饌食, 盛之皆用荷葉. 諸人酒酣, 哥儛駱驛[11]. 乃誘兵衛[12]云關其荷葉而作歌者, 登時[13]應聲作斯歌也.

---

1 **佞人**: 마음이 바르지 않고 비뚤어진 사람이다.
2 **兒手柏**: 측백이다. 어린아이 손바닥처럼 잎이 扁形이며 양면을 가진다.
3 **かにもかくにも**: 저쪽에도 이쪽에도.
4 **博士**: 대학료의 교원이다.
5 **消奈行文大夫**: 養老 연간(717~724)의 학자이다. 신라 사람이다. 大夫는 4위, 5위인 사람을 가리킨다.
6 **ひさかたの**: 비를 수식하는 것이다.
7 **降らぬか**: 'ぬか'는 願望을 나타낸다.
8 **右兵衛**: 右兵衛府는 궁중 경호 부서의 하나이다. 그곳에 근무했던 관료이다.
9 **多**: 능숙한 것을 강조한 것이다.
10 **府家**: 右兵衛府의 관청이다.
11 **哥儛駱驛**: 계속 이어지는 모습이다.
12 **兵衛**: 앞에서 말한 남자이다.
13 **登時**: 즉시.

아첨하는 사람을 비방하는 노래 1수

3836 나라(奈良) 산의요/ 어린이 손 측백이/ 양면이듯이/ 이것 저것 다 좋다/ 아첨을 하는 무리여

🌸 해설

나라(奈良) 산의 어린이 손 모양 같은 측백 잎이 겉면과 뒷면이 확연히 다른 양면이듯이, 이쪽도 좋다 저쪽도 좋다 하며 속과 겉이 다르게 아첨하는 무리여라는 내용이다.

좌주 위의 노래 1수는, 박사 세나노 교우몬(消奈行文)大夫가 지은 것이다.
消奈行文大夫를 大系와 私注에서는 고구려에서 귀화한 사람이라고 하였다[『萬葉集』 4, p.145), (『萬葉集私注』 8, p.226)].

3837 (히사카타노)/ 비도 내리지 않나/ 연잎 위에요/ 맺힌 물방울이요/ 구슬 같은 것을 보자

🌸 해설

먼 하늘을 온통 흐리게 하며 비도 내려 주지 않는가. 연잎 위에 맺힌 물방울이 구슬처럼 아름다운 것도 보고 싶다는 내용이다.

좌주 위의 노래 1수는 전하여 말하기를, 궁중 경호 부서인 右兵衛府에 근무했던 관료가 한 명 있었다. [성명은 알 수 없다] 노래를 짓는 솜씨가 매우 뛰어났다. 언젠가 그가 근무하는 곳에 술과 음식을 차려서 관료들을 대접한 일이 있었다. 이에 음식을 모두 연잎을 사용하여 담았다. 사람들은 술이 최고조에 달하여 노래와 춤이 계속 이어졌다. 그때 모두 그 관료에게 권하여 말하기를 그 연잎과 관련하여 노래를 지으라고 하였다. 그러자 곧 그 요구에 응해서 이 노래를 지었다고 한다.

無心所着[1]歌二首

3838　吾妹兒之　額尓生流　雙六乃　事負乃牛之　倉上之瘡

　　　吾妹子が　額に生ふる　雙六[2]の　牡牛の　鞍[3]の上の瘡[4]

　　　わぎもこが　ひたひにおふる　すぐろくの　ことひのうしの　くらのうへのかさ

3839　吾兄子之　犢鼻尓爲流　都夫礼石之　吉野乃山尓　氷魚曽懸有 懸有, 反云佐我礼流

　　　わが背子が　犢鼻[5]にする　圓石[6]の　吉野の山に　氷魚[7]そさがれる 懸有, 反してさがれると
云ふ

　　　わがせこが　たふさきにする　つぶれしの　よしののやまに　ひをそさがれる　けんゆう
はんしてさがれるといふ

　　左注　右歌者, 舍人親王[8]令侍座曰[9], 或有作無所由之哥人者, 賜以錢帛[10]. 于時, 大舍人[11]安倍朝臣
子祖父乃作斯歌獻上. 登時以所募物, 錢二千文給之也.

　1　無心所着: 心은 의미이다. 무의미한 노래이다.
　2　雙六: 주사위이다.
　3　牡牛の 鞍: 운반용의 안장이다.
　4　上の瘡: 은미한 寓意가 있어서 첫 구로 돌아가는가.
　5　犢鼻: 소의 코 모양과 비슷하므로 '犢鼻'라고 쓴다.
　6　圓石: 布의 반대로 石을 말한 것인가. 둥근 돌이 있는 吉野川으로, 강의 반대인 산이다.
　7　氷魚: 산의 반대인 강의 氷魚. 氷魚는 바다로 내려가지 않는 작은 메기 새끼. 은미한 寓意가 있어서 첫
　　　구로 돌아가는가.
　8　舍人親王: 天武천황의 아들이다.
　9　令侍座曰: 천황의 경우는 '詔'라고 하고, 왕자의 경우는 '令'이라고 한다.
　10　帛: 비단이다.
　11　大舍人: 中務省의 관료이다.

무의미한 노래 2수

3838 나의 아내의/ 이마에 생겨났는/ 주사위의요/ 힘이 센 소의 위의/ 안장의 위에 난 종기

 해설

　　나의 아내의 이마에 생겨난, 주사위의 힘이 센 소 위의 안장 위에 난 종기여라는 내용이다.
　　全集에서는, '서로 관계가 없는 말을 연결하여 일부러 의미를 알 수 없게 지은 노래'라고 하였다『萬葉
集』4, p.134].

3839 나의 남편이/ 들보로 하고 있는/ 둥근 돌의요/ 요시노(吉野)의 산에요/ 빙어가 달려 있네
　　　懸有의 반절은 さがれる(사가레루)이다.

 해설

　　나의 남편이 음부를 가리기 위한 것으로 하는 둥근 돌의 요시노(吉野) 산에 빙어가 달려 있네[懸有의
반절은 さがれる(사가레루)이다라는 내용이다.

　　좌주　위의 노래는 토네리(舍人)親王이 시종들에게 명하기를, 만약 관계가 없는 내용의 노래를
짓는 사람이 있다면 돈과 비단을 내리겠다고 하였다. 그때 大舍人 아베노 아소미 코오호지(安倍朝臣
子祖父)가 이 노래를 지어서 바쳤다. 바로 상으로 비단과 엽전 2000文을 내렸다.

池田朝臣[1], 嗤大神朝臣奥守[2]歌一首 [池田朝臣名忘失也]

3840 寺々之　女餓鬼申久　大神乃　男餓鬼被給而　其子將播

　　　寺寺の　女餓鬼[3]申さく　大神の　男餓鬼[4]賜りて　その種子播かむ

　　　てらでらの　めがきまをさく　おほみわの　をがきたばりて　そのたねまかむ

大神朝臣奥守, 報嗤哥一首

3841 佛造　真朱不足者　水淳　池田乃阿曽我　鼻上乎穿礼

　　　佛造る　眞朱[5]足らずは　水たまる[6]　池田の朝臣が　鼻の上[7]を掘れ

　　　ほとけつくる　まそほたらずは　みづたまる　いけだのあそが　はなのうへをほれ

---

1 **池田朝臣**: 眞枚(마히라)인가. 奥守와 종5위하의 位를 받은 것이 같은 해이다.
2 **大神朝臣奥守**: 天平寶字 8년(764) 정월에 종5위하.
3 **女餓鬼**: 여자 아귀. 그 당시 절에 아귀상이 있었다.
4 **男餓鬼**: 오키모리(奥守)를 가리킨다. 남자 아귀라고 하는 것은 야윈 것을 말한다.
5 **眞朱**: 불상의 도금에 필요한 유화수은이다. 붉은 색이다. '眞'은 美稱이다.
6 **水たまる**: 연못을 상투적으로 수식하는 枕詞이다.
7 **鼻の上**: 술 때문인가, 코가 붉은 것을 야유한 것이다.

이케다노 아소미(池田朝臣)가 오호미와노 아소미 오키모리
(大神朝臣奧守)를 놀리는 노래 1수[池田朝臣의 이름은 忘失되었다]

3840　여러 절들의/ 여자 아귀 말하길/ 오호미와(大神)의/ 남자 아귀 맞아서/ 그 종자를 뿌리자

해설

　여러 절들의 여자 아귀들이 말하기를 오호미와(大神)의 남자 아귀를 맞이해서 그 아이를 낳읍시다라
는 내용이다.
　이케다노 아소미(池田朝臣)가, 절의 여자 아귀들이 야윈 오오카미(大神)를 남편으로 맞이해서 그 아이
를 낳자고 한다고 하며 놀린 노래이다.

오호미와노 아소미 오키모리(大神朝臣奧守)가 답하여 놀리는 노래 1수

3841　부처를 만드는/ 붉은 색 모자라면/ (미즈타마루)/ 이케다노 아소미(池田朝臣)/ 콧등을요
　　　파시게나

해설

　불상을 만들 때 칠하는 붉은 색이 모자라면 물이 고이는 이케다노 아소미(池田朝臣)의 붉은 콧등을
파세요라는 내용이다.
　池田朝臣의 코가 붉으므로 그 콧등을 파서 모자라는 색을 보충하여 사용하라고 놀리는 것이다.

或云[1]

平群[2]朝臣嗤歌一首

3842　小兒等　草者勿苅　八穂蓼乎　穂積乃阿曽我　腋草乎可礼

小兒ども　草はな苅りそ[3]　八穂蓼[4]を　穂積の朝臣[5]が　腋草[6]を苅れ

わらはども　くさはなかりそ　やほたでを　ほづみのあそが　わきくさをかれ

穂積朝臣和謌一首

3843　何所曽　眞朱穿岳　薦疊　平群乃阿曽我　鼻上乎穿礼

何所にそ[7]　眞朱[8]掘る岳　薦疊[9]　平群の朝臣が　鼻[10]の上を穿れ

いづくにそ　まそほほるをか　こもたたみ　へぐりのあそが　はなのうへをほれ

---

1 **或云**: 위의 증답과 같은 종류의 것으로 다른 전승을 실은 것이다.
2 **平群**: 廣成인가.
3 **草はな苅りそ**: 'な…そ'는 금지를 나타낸다.
4 **八穂蓼**: 많은 이삭이 달린 여뀌이다. 제4구의 '穂'를 이으면서 겨드랑이 털이 많은 것을 의미한다.
5 **穂積の朝臣**: 호즈미(穂積) 노인인가. 天平 9년(737) 9월에 平群廣成과 외종5위하를 받았다.
6 **腋草**: 액취라고 하는 풀이다. 액모도 많았을 것이다.
7 **何所にそ**: 제2구와 도치된 것이다.
8 **眞朱**: 도금 원료인 붉은 흙이다.
9 **薦疊**: 거적 같은 平群山이라는 뜻으로 平群을 수식한다.
10 **鼻**: 붉은 코였던 것 같다. 술 때문인가.

혹은 말하기를

....

헤구리노 아소미(平群朝臣)가 놀리는 노래 1수

3842 아이들이여/ 풀은 베지 말아라/ (야호타데오)/ 호즈미(穗積)朝臣의요/ 겨드랑이 털 베게

☘ 해설

아이들이여. 풀은 베지를 말아라. 그 대신에 이삭이 많이 달린 여뀌 같은, 호즈미노 아소미(穗積朝臣)
의 겨드랑이의 털을 베어라라는 내용이다.
穗積朝臣의 겨드랑이 털이 많은 것을 놀린 것이다.

호즈미노 아소미(穗積朝臣)가 답하는 노래 1수

3843 어디 있을까/ 붉은 흙 파는 언덕/ (코모타타미)/ 헤구리(平群)朝臣의요/ 콧등을요 파시
지요

☘ 해설

어디에 있을까. 붉은 흙을 파는 언덕은. 헤구리노 아소미(平群朝臣)의 콧등을 파세요라는 내용이다.
平群朝臣의 코가 붉으니 그곳을 파면 붉은 흙이 있을 것이라고 놀린 것이다.

嗤咲黒色¹歌一首

3844　烏玉之　斐太乃大黒　毎見　巨勢乃小黒之　所念可聞

ぬばたまの²　斐太の大黒³　見るごとに　巨勢の小黒し⁴　思ほゆるかも

ぬばたまの　ひだのおほぐろ　みるごとに　こせのをぐろし　おもほゆるかも

答歌一首

3845　造駒　土師乃志婢麿　白久有者　諾欲將有　其黒色乎

駒造る　土師⁵の志婢麿　白くあれば⁶　諾⁷欲しからむ　その⁸黒色を

こまつくる　はじのしびまろ　しろくあれば　うべほしからむ　そのくろいろを

> **左注**　右歌者, 傳云有大舎人⁹土師宿祢水通, 字¹⁰曰志婢麿也. 於時大舎人巨勢朝臣豊人, 字曰正月麿, 与巨勢斐太朝臣 [名字忘之也. 嶋村大夫¹¹之男也] 兩人, 並此彼¹²貞黒色焉. 於是, 土師宿祢水通作斯歌嗤咲者. 而巨勢朝臣豊人, 聞之, 即作和歌酬咲也.

1　**黒色**: 얼굴색이 검은 것이다.
2　**ぬばたまの**: 黑을 상투적으로 수식하는 枕詞이다.
3　**斐太の大黒**: 코세노 히다(巨勢斐太)朝臣를 가리킨다. 체격이 컸을 것이다. 飛驒의 산물인 검은 말을 보고 斐太朝臣을 연상하고, 또 토요히토(豊人)를 연상한다.
4　**巨勢の小黒し**: 동족으로 마찬가지로 얼굴색이 검은 巨勢朝臣豊人인가.
5　**土師**: 분묘에 넣을 土偶(흙 인형)를 만들었다.
6　**白くあれば**: 얼굴색이 희어서.
7　**諾**: 당연하다.
8　**その**: 보내는 노래를 받는다.
9　**大舎人**: 궁중의 잡다한 일을 하였다.
10　**字**: 보통 부르는 이름이다.
11　**嶋村大夫**: 大夫는 4위, 5위를 말한다. 嶋村大夫는 巨勢斐太朝臣嶋村인가.
12　**並此彼**: 여기도 저기도.

검은 얼굴색을 놀리는 노래 1수

3844 (누바타마노)/ 히다(斐太)의 큰 검은색/ 볼 때마다요/ 코세(巨勢) 작은 검은색/ 생각이
나는군요

🌸 **해설**

　검은 범부채 열매 같은, 체격이 큰 코세노 히다(巨勢斐太)朝臣의 검은 얼굴색을 볼 때마다 체격이
작은, 그러나 마찬가지로 얼굴색이 검은 巨勢朝臣이 생각나네요라는 내용이다.

답하는 노래 1수

3845 말을 만드는/ 하지(土師)의 시비마로(志婢麿)/ 얼굴이 희어서/ 그래서 원하구나/ 그 검은
색깔을요

🌸 **해설**

　흙으로 말 모양을 만드는 하지(土師)의 시비마로(志婢麿)는 색이 하얘서 그래서 원하는 것이구나.
그 검은 색깔을이라는 내용이다.
　흙으로 만든 말에게 칠할 검은 색깔을 원하는구나라는 내용이다.
　大系에서는, '土師氏는 垂仁천황 때 토우를 만들어 순장 풍속을 담당한 野見宿禰의 자손으로 토우
만드는 것을 직업으로 한 사람'이라고 하였다[『萬葉集』 4, p.149].

> **좌주**　위의 노래는 전하여 말하기를, '大舍人인 하니시노 스쿠네 미미치(土師宿禰水通)라고 하는
> 사람이 있었다. 字를 시비마로(志婢麿)라고 하였다. 그때 大舍人 코세노 아소미 토요히토(巨勢朝臣
> 豊人) 字를 무츠키마로(正月麿)라고 하는 사람과 코세노 히다노 아소미(巨勢斐太朝臣)[이름과 자는
> 알 수 없다. 시마무라(嶋村)大夫의 아들이다]는 두 사람 모두 얼굴색이 검었다. 이에 土師宿禰水通
> 이 이 노래를 지어서 놀렸다. 그리고 巨勢朝臣豊人이 그것을 듣고 곧 답하는 노래를 지어서 되갚아
> 놀렸다'고 한다.

戯嗤僧歌一首

3846 法師等之　鬢乃剃杭　馬繋　痛勿引曽　僧半甘

　　　法師らが　鬢[1]の剃杭　馬繋ぎ　いたく[2]な引きそ　僧は泣かむ[3]

　　　ほふしらが　ひげのそりくひ　うまつなぎ　いたくなひきそ　ほふしはなかむ

法師報歌一首

3847 檀越也　然勿言　五十戸長我　課役徴者　汝毛半甘

　　　檀越[4]や　然も[5]な言ひそ　里長[6]が　課役[7]徴らば　汝も泣かむ

　　　だんをちや　しかもないひそ　さとをさが　えつきはたらば　いましもなかむ

---

1 **鬢**: 승려는 머리와 수염을 깎았다. 그 후에 남은 수염을 말뚝에 비유했다. 가끔 거칠게 깎은 것이 보기
　싫었던 것인가.
2 **いたく**: 강하게.
3 **僧は泣かむ**: 뜻을 잘 알 수 없다.
4 **檀越**: 시주.
5 **然も**: 3846번가를 가리킨다.
6 **里長**: 50가구를 1리로 한 향리제가 있었으며, 한 사람을 장으로 하였다.
7 **課役**: 과세.

승려를 희롱하여 놀리는 노래 1수

3846 法師들의요/ 수염이 남은 곳에/ 말을 매어서/ 세게 끌지 말아요/ 법사가 울겠지요

 해설

　法師들이 수염을 깎았는데 제대로 깎지 않아서 수염이 남은 곳에 말을 매어서 세게 끌지 말아요. 그러면 따가워서 법사가 울겠지요라는 내용이다.

법사가 답한 노래 1수

3847 시주께서는/ 그런 말씀 마세요/ 이장님이요/ 조세를 징수하면/ 당신도 울겠지요

 해설

　시주는 그런 말을 하지 마세요. 만약 이장이 조세를 징수하면 당신도 울겠지요라는 내용이다.

夢裏作歌¹一首

3848　荒城田乃　子師田乃稲乎　倉尓擧蔵而　阿奈干稲々々志　吾戀良久者

　　　　新墾田²の　鹿猪田³の稲を　倉に擧蔵げて⁴　あなひねひねし⁵　わが戀ふらくは

　　　　あらきだの　ししだのいねを　くらにあげて　あなひねひねし　わがこふらくは

　　　左注　右歌一首, 忌部首黒麿⁶, 夢裏作此戀歌贈友, 覺而令誦習⁷如前.

猒世間無常⁸歌二首

3849　生死之　二海乎　猒見　潮干乃山乎　之努比鶴鴨

　　　　生死の　二つの海⁹を　厭はしみ¹⁰　潮干¹¹の山を　しのひつるかも

　　　　いきしにの　ふたつのうみを　いとはしみ　しほひのやまを　しのひつるかも

　1　**夢裏作歌**: 꿈속에서 부르는 것은 162번가 참조.
　2　**新墾田**: 새로 개간한 밭이다.
　3　**鹿猪田**: 사슴, 멧돼지 등이 황폐하게 한 밭이다.
　4　**倉に擧蔵げて**: 당시의 창고는 높으므로 '擧'를 사용하였다.
　5　**ひねひねし**: 'ひね'는 오래된 모습이다.
　6　**忌部首黒麿**: 天平寶字 3년(759)에 連姓을 받았다. 그 이전의 호칭이다.
　7　**誦習**: 입으로 읊는 것이다.
　8　**無常**: 영속적이지 않은 것이다.
　9　**二つの海**: 고해 등 인간의 경우를 바다에 비유했다. 생이라는 바다와 죽음이라고 하는 바다이다.
　10　**厭はしみ**: 'を…み'는 '가…이므로'라는 뜻이다.
　11　**潮干**: 바닷물이 빠진. 썰물에서 무상을 보았다.

꿈속에서 지은 노래 1수

3848 개간한 밭의/ 산짐승이 망친 벼/ 창고에 넣어서/ 아아 오래되었네/ 이 내 몸의 사랑은

해설

새로 개간한, 사슴과 맷돼지 등의 산짐승이 황폐하게 한 밭의 벼를 베어서 창고에 넣어서, 그 쌀처럼 아아 오래되어 버렸네. 나의 사랑은이라는 내용이다.

좌주 위의 노래 1수는, 이무베노 오비토 쿠로마로(忌部首黑麿)가 꿈속에서 이 사랑의 노래를 지어서 친구에게 보내었다. 깨어서 친구에게 입으로 말을 해 보게 하니 꿈에서 보낸 대로였다.

세상 무상을 싫어하는 노래 2수

3849 삶과 죽음의/ 두 개의 고통 바다/ 싫어하여서/ 피안의 저 정토를/ 그리워하는 걸까

해설

삶이라고 하는 것과 죽음이라고 하는 것의 두 개의 고통의 바다를 싫어하여서 피안의 저 정토를 그리워하는 것일까라는 내용이다.
생사의 고통이 있는 무상한 이 세상이 싫어서 저 피안의 정토를 그리워한다는 뜻이다.

3850　世間之　繁借廬尓　住々而　将至國之　多附不知聞

　　　世間の　繁き仮廬[1]に　住み住みて　至らむ國の[2]　たづき知らずも

　　　よのなかの　しげきかりほに　すみすみて　いたらむくにの　たづきしらずも

　　　左注　右歌二首, 河原寺[3]之佛堂裏, 在倭琴面之.

3851　心乎之　無何有乃郷尓　置而有者　藐孤射能山乎　見末久知香鵁務

　　　心をし　無何有の郷[4]に　置きてあらば　藐姑射の山[5]を　見まく[6]近けむ

　　　こころをし　むかうのさとに　おきてあらば　はこやのやまを　みまくちかけむ

　　　左注　右歌一首

3852　鯨魚取　海哉死爲流　山哉死爲流　死許曽　海者潮干而　山者枯爲礼

　　　鯨魚[7]取り　海や死にする　山や死にする　死ぬれこそ　海は潮干て　山は枯れすれ

　　　いさなとり　うみやしにする　やまやしにする　しぬれこそ　うみはしほひて　やまはかれ
　　　すれ

　　　左注　右歌一首

---

　1 **仮廬**: 이 세상을 잠시 임시로 사는 곳으로 보았다.
　2 **至らむ國の**: 정토에.
　3 **河原寺**: 明日香村이다. 여기에 伎樂團이 있었음을 알 수 있다.
　4 **無何有の郷**: 허무 자연의 세계(장자)이다.
　5 **藐姑射の山**: 신선이 산다고 하는 산(장자)이다.
　6 **見まく**: 'まく'는 'む'의 명사형이다.
　7 **鯨魚**: 'いさな'는 힘센 물고기이다. 고래를 가리킨다.

3850 세상이라는/ 번잡한 임시 거처/ 살고 살아서/ 살고 싶은 나라로/ 갈 방법을 모르네

해설

세상이라고 하는 번잡한 임시 거처인 이 세상에서 살고 산 뒤에, 살고 싶다고 생각하는 나라인 정토로 가는 방법도 알지 못하네라는 내용이다.

좌주 위의 노래 2수는, 河原寺의 불당 안의 일본 거문고 곁에 기록되어 있다.

3851 마음일랑을/ 허무 자연 세계에/ 두고 있다면요/ 하코야(藐姑射)의 산을요/ 보는 것 가깝겠지

해설

마음만 무심무욕의 경지에 두고 있다면 신선이 살고 있다고 하는 하코야(藐姑射)의 산을 가까이에서 볼 수 있겠지라는 내용이다.

마음을 비우면 신선 세계가 가까울 것이라는 뜻이다.

좌주 위의 노래는 1수

3852 (이사나토리)/ 바다는 죽을까요/ 산은 죽을 건가요/ 죽기 때문에/ 바다는 썰물 되고/ 산은 마르는 게지

해설

바다는 죽는 것일까. 산은 죽는 것일까. 죽기 때문에 바다는 썰물이 되고 산은 나무가 마르는 것이겠지라는 내용이다.

이 세상에 불변하는 것은 없다는 뜻이다.

中西 進은, '산과 바다도 죽으므로 인간도 죽는 것을 피할 수가 없다고 하는 불교적 가르침의 노래. 577·577 旋頭歌 형식은 구송된 형태'라고 하였다.

앞의 3구와 뒤의 3구가 문답 형식으로 되어 있다.

좌주 위의 노래는 1수

嗤咲痩人歌¹二首

3853　石麿尓　吾物申　夏痩尓　吉跡云物曽　武奈伎取喫[賣世反也]

石麿²に　われ物申す　夏痩に　良しといふ物そ　鰻取り食せ [めせの反なり³]

いはまろに　われものまをす　なつやせに　よしといふものそ　むなぎとりめせ [めせのは
んなり]

3854　痩々母　生有者將在乎　波多也波多　武奈伎乎漁跡　河尓流勿

痩す痩す⁴も　生けら⁵ばあらむを　はたやはた⁶　鰻を取ると　川に流るな

やすやすも　いけらばあらむを　はたやはた　むなぎをとると　かはにながるな

> **左注**　右, 有吉田連老. 字⁷曰石麿. 所謂仁敬之子⁸也. 其老, 爲人⁹身體甚瘦. 雖多喫飲, 形似飢饉.
> 因此大伴宿祢家持聊¹⁰作斯歌, 以爲戲咲也.

---

1 **嗤咲痩人歌**: 3840번가와 같은 종류의 노래이다.
2 **石麿**: 吉田連老의 字이다.
3 **めせの反なり**: 원문 끝의 '喫'의 훈을 나타낸다.
4 **痩す痩す**: 계속 마르는 것이다. 종지형을 반복해서 계속 되는 상태를 나타낸다.
5 **生けら**: 'ら'는 완료를 나타낸다.
6 **はたやはた**: 端을 반복한 형태이다.
7 **字**: 통칭이다.
8 **仁敬之子**: 유교적인 덕목으로 세상에 알려진 사람일 것이다. 子는 존칭이다.
9 **爲人**: 원래의 성질이다.
10 **聊**: 정도가 가벼운 상태를 말한다.

야윈 사람을 놀리는 노래 2수

3853 이하마로(石麿)께/ 말하고 싶습니다/ 여름 타는데/ 좋은 것이라 합니다/ 뱀장어를 드세요

🌸 **해설**

이하마로(石麿)께 말하고 싶습니다. 여름을 타서 몸이 야윌 때 먹으면 좋다고 합니다. 그러니 뱀장어를 드세요라는 내용이다.

보양식을 하라는 뜻이다.

3854 야위었어도/ 살았으면 되었지요/ 자칫 잘못해/ 뱀장어 잡으려다/ 강에 떠내려갈라

🌸 **해설**

계속 야위어도 살아 있으면 되는 것이지요. 오히려 뱀장어를 잡으려고 하다가 강에 떠내려가지 마세요라는 내용이다.

야윈 것을 걱정하는 사람에게 오히려 물에 떠내려가지 않도록 조심하라고 충고하는 노래이다.

좌주 위는, 요시다노 므라지 오유(吉田連老)라는 사람이 있었다. 자를 이하마로(石麿)라고 하였다. 세상에서 말하는 유교적인 덕목이 있는 사람이었다. 그 老는 태어날 때부터 몸이 무척 야위었다. 비록 많이 먹고 마셔도 모습은 굶은 사람 같았다. 그래서 오호토모노 스쿠네 야카모치(大伴宿禰家持)가 이 노래를 지어서 놀리며 웃어 보았다.

高宮王¹詠數種物歌二首

3855　菎莢尓　延於保登礼流　屎葛　絶事無　宦將爲

菎莢²に　延ひおほとれる　屎葛³　絶ゆることなく　宮仕せむ

ざうけふに　はひおほとれる　くそかづら　たゆることなく　みやづかへせむ

3856　波羅門乃　作有流小田乎　喫烏　瞼腫而　幡幢尓居

波羅門⁴の　作れる小田⁵を　喫む烏　瞼腫れて⁶　幡幢⁷に居り

ばらもんの　つくれるをだを　はむからす　まなぶたはれて　はたほこにをり

1　**高宮王**: 어떤 사람인지 알 수 없다.
2　**菎莢**: 카와라후지. 덩굴 상태로 노란 꽃이 핀다.
3　**屎葛**: 계뇨등.
4　**波羅門**: 인도 4姓의 최상급이다. 여기에서는 波羅門 僧正이라고 하는 인도의 승려이다. 天平 8년(736)에 도래. 大安寺에 있으며 東大寺 大佛開眼의 導師.
5　**小田**: 하사받은 농장이다.
6　**瞼腫れて**: 죄로 인해.
7　**幡幢**: 깃발을 다는 장대이다. 독특한 설법으로 이목을 끌었던 듯하다.

타카미야(高宮)王이 여러 종류의 사물을 읊은 노래 2수

3855 쥐엄나무에/ 뻗어 퍼져 가 있는/ 계뇨등처럼/ 끊어지는 일 없이/ 궁중에서 일하자

 해설

쥐엄나무에 뻗어서 퍼져가서 흐트러져 있는 계뇨등처럼, 그렇게 끊어지는 일이 없이 계속 궁중에서 일하자라는 내용이다.

3856 波羅門들이/ 지은 밭의 곡식을/ 마구 먹은 새/ 눈두덩이 부어서/ 幡幢에 앉아 있네

 해설

波羅門 僧正이 지은 밭의 곡식을 먹은 새는 그 벌로 눈두덩이가 부어서 깃발을 다는 장대에 앉아 있네라는 내용이다.

勝寶 2년(750)에 僧正이 되고 2년 뒤에 있은 일본 東大寺 大佛開眼 때 導師였던 波羅門僧正 菩提僊那로 보아 이 작품을 東大寺 造營과 관계가 있다고 본 설[中西 進, 「萬葉과 海波」, 『萬葉論集』 第3卷, 講談社, 1995, p.241]이 있다. 板橋倫行은 그 波羅門 僧正은 아니더라도 伎樂에 참가한 波羅門으로 보았다[板橋倫行, 大佛造營에서 佛足石歌까지』, せりか書房, 1978, p.12].

戀夫君歌¹一首

3857 飯喫騰　味母不在　雖行徃　安久毛不有　赤根佐須　君之情志　忘可祢津藻

飯喫めど²　甘くもあらず　寢ぬれども　安くもあらず　茜さす³　君が情し　忘れかねつも

いひはめど　うまくもあらず　いぬれども　やすくもあらず　あかねさす　きみがこころし
わすれかねつも

> **左注** 右歌一首, 傳云佐爲王⁴有近習婢⁵也. 于時, 宿直⁶不遑, 夫君難遇, 感情馳結⁷, 係戀實深. 於是當宿之夜, 夢裏相見, 覺寤探抱, 曾無觸手. 尓乃哽咽歔欷, 高聲吟詠此歌. 因王聞之哀慟, 永免侍宿也.

3858 比來之　吾戀力　記集　功尓申者　五位乃冠

この頃の　わが戀力⁸　記し集め　功⁹に申さば　五位の冠

このころの　わがこひぢから　しるしつめ　くうにまをさば　ごゐのかがふり

---

1 **戀夫君歌**: 3811번가에 같은 제목이 있다.
2 **飯喫めど**: 吳志에 보인다.
3 **茜さす**: 진홍색을 띠었다. '紫'를 상투적으로 수식하는 枕詞이기도 하며, 君의 美稱이다.
4 **佐爲王**: 橘弟兄의 동생이다.
5 **婢**: 노비의 婢.
6 **宿直**: 침소에서 시종하는 일이다.
7 **馳結**: 마음이 그곳으로 가고 맺어져서.
8 **わが戀力**: 사랑의 노력이다.
9 **功**: 불교 용어이다. 그 당시 재물을 바치는 정도로 5위를 주는 일이 있었다.

남편을 그리워하는 노래 1수

3857 밥을 먹어도/ 맛이 있지도 않고/ 잠을 자지만/ 편히 잘 수도 없네/ (아카네사스)/ 그대의
　　　　마음이요/ 잊기가 힘드네요

🌸 **해설**

　밥을 먹어도 맛이 없고, 잠을 자도 편히 잠들 수도 없네. 아름다운 그대의 마음을 잊을 수가 없네라는
내용이다.
　'雖行徃'을 大系와 注釋에서는 中西 進과 마찬가지로 '잠을 자도'로 해석하였다(『萬葉集』 4, p.153),
(『萬葉集注釋』 16, p.187)]. 그러나 私注와 全集에서는 '걸어 다녀도'로 해석하였다(『萬葉集私注』 8,
p.246), (『萬葉集』 4, p.141)]. 원문을 보면 私注와 全集의 해석이 맞는 듯하다. 그러나 '먹어도 맛이 없고
자도 편하지 않다'는 뭇志의 내용을 보면 中西 進의 해석이 맞는 듯하다.
　全集에서는 이 작품을, '『萬葉集』에서 가장 짧은 長歌'라고 하였다[『萬葉集』 4, p.141].

　　　좌주 위의 노래 1수는 전하여 말하기를, 사이(佐爲)王에게 가까이에서 모시는 시녀가 있었다.
당시 밤에 근무하는 일이 계속되어 남편과 만날 수가 없었으므로 마음이 안정되지 않아 오래도록
그리워하는 마음이 깊어졌다. 그래서 숙직하는 날 밤에 꿈에서 남편을 보고 눈을 떠서 손을 뻗어서
안으려고 하자 손에 잡히는 것은 아무것도 없었다. 여자는 흐느껴 울고 소리를 높여서 이 노래를
불렀다. 이것을 들은 왕은 여자를 불쌍하게 여겨서 오래도록 숙직을 면제해 주었다고 한다.

3858 요즈음의요/ 나의 사랑의 힘을/ 기록하여서/ 공적을 신청하면/ 5위는 받겠지요

🌸 **해설**

　요즈음 내가 사랑에 쏟는 힘을 써 모아서 공적을 신청하면 아마 벼슬 5위는 받을 수 있겠지요라는
내용이다.
　최근 사랑에 남달리 힘을 많이 쏟는다는 뜻이다.

3859　頃者之　吾戀力　不給者　京兆尒　出而將訴

　　　　この頃の　わが戀力　給らずは[1]　京兆[2]に　出でて訴へむ

　　　　このころの　わがこひぢから　たばらずは　みさとづかさに　いでてうるたへむ

　　　　右歌二首

筑前國志賀白水郎歌十首

3860　王之　不遣尒　情進尒　行之荒雄良　奥尒袖振

　　　　大君の　遣さなく[3]に　情進に　行きし荒雄ら[4]　沖に袖振る[5]

　　　　おほきみの　つかはさなくに　さかしらに　ゆきしあらをら　おきにそでふる

3861　荒雄良乎　將來可不來可等　飯盛而　門尒出立　雖待來不座

　　　　荒雄らを　來むか來じかと[6]　飯盛りて[7]　門に出で立ち　待てど來まさず

　　　　あらをらを　こむかこじかと　いひもりて　かどにいでたち　まてどきまさず

　1　給らずは: 가정조건이다.
　2　京兆: 본래 수도라는 뜻이다.
　3　遣さなく: 'さなく'는 'ず'의 명사형이다. 사정은 3869번가의 左注에 있다.
　4　荒雄ら: 'ら'는 친애를 나타내는 접미어이다.
　5　沖に袖振る: 고향 사람들의 마음을 찾아서.
　6　來むか來じかと: 올 것이다. 어쩌면 오지 않을까 하고.
　7　飯盛りて: 장례 의식의 모습을 반영한다.

3859   요즈음의요/ 나의 사랑의 힘에/ 상이 없으면/ 도읍의 관청에요/ 가서 하소연하지요

🌸 **해설**

  요즈음 내가 사랑에 쏟는 힘에 대해 아무런 상도 주어지지 않는다면 도읍의 관청에 나가서 하소연을
하지요라는 내용이다.

좌주   위의 노래는 2수

츠쿠시노 미치노쿠치(筑前)國의 시카(志賀)의 어부 노래 10수

3860   우리 대왕이/ 보낸 것도 아닌데/ 자원을 해서/ 나아간 아라오(荒雄)는/ 바다 소매 흔드네

🌸 **해설**

  왕이 파견을 한 것도 아닌데 자원을 해서 간 아라오(荒雄)는 바다에서 소매를 흔드네라는 내용이다.
'袖振る'는 가족들에게 마음을 전하는 행위이다.
3864번가는 다른 전승이다.

3861   아라오(荒雄)를요/ 올까 안 올까 하고/ 밥을 담아서/ 문밖에 나가 서서/ 기다려도 안 오네

🌸 **해설**

  아라오(荒雄)를, 올 것인가 오지 않을 것인가 하고 밥을 담아서 문밖에 나가서 서서 기다리고 있지만
오지 않네라는 내용이다.
  아라오(荒雄)를 기다리는 가족의 애틋한 마음을 담은 노래이다.

3862　志賀乃山　痛勿伐　荒雄良我　余須可乃山跡　見管將思

　　　　志賀の山[1]　いたくな伐りそ[2]　荒雄らが　よすか[3]の山と　見つつ偲はむ

　　　　しかのやま　いたくなきりそ　あらをらが　よすかのやまと　みつつしのはむ

3863　荒雄良我　去尓之日從　志賀乃安麻乃　大浦田沼者　不樂有哉

　　　　荒雄らが　行きにし[4]日より　志賀の海人の[5]　大浦田沼[6]は　さぶしくもあるか

　　　　あらをらが　ゆきにしひより　しかのあまの　おほうらたぬは　さぶしくもあるか

3864　官許曽　指弓毛遣米　情出尓　行之荒雄良　波尓袖振

　　　　官[7]こそ　指しても遣らめ　情出[8]に　行きし荒雄ら　波に袖振る

　　　　つかさこそ　さしてもやらめ　さかしらに　ゆきしあらをら　なみにそでふる

1　志賀の山: 아라오(荒雄)가 죽은 것을 산에 숨은 것으로 생각하였다.
2　いたくな伐りそ: 筑紫의 觀世音寺를 짓기 위해서 벌채한다고 하는 설이 있다.
3　よすか: 그리워하는 모습이다.
4　行きにし: 죽은 것이다.
5　志賀の海人の: 志賀島는 어부들의 섬이므로 '志賀島の'라고 하는 것과 가깝다.
6　大浦田沼: 섬의 북쪽이다. 밭으로 사용하고 있던 늪지이다.
7　官: 大宰府를 가리킨다.
8　情出: 자원해서.

3862　시카(志賀) 산을요/ 심하게 벌목 말게/ 아라오(荒雄)를요/ 생각하는 산으로/ 보며 그리워
　　　하게

❀ 해설

　시카(志賀) 산의 나무를 너무 심하게 벌목하지 말아요. 아라오(荒雄)가 죽어서 들어간 산이므로 그
산을 보면서 荒雄을 그리워할 수 있도록이라는 내용이다.

3863　아라오(荒雄)가요/ 떠나간 날로부터/ 시카(志賀)의 어부의/ 오호우라타누(大浦田沼)는/
　　　쓸쓸한 것이로군요

❀ 해설

　아라오(荒雄)가 사망한 날부터 시카(志賀)의 어부들이 살고 있는 오호우라타누(大浦田沼) 일대는 쓸쓸
한 것이네요라는 내용이다.

3864　관청에서는/ 지명해 보내지만/ 자원을 해서/ 나아간 아라오(荒雄)는/ 파도 소매 흔드네

❀ 해설

　관청에서는 그야말로 지명을 해서 파견을 하지만, 그런 강제도 없는데 자원을 해서 간 아라오(荒雄)는
파도 사이에서 소매를 흔드네라는 내용이다.
　'袖振る'는 가족들에게 마음을 전하는 행위이다.
　3860번가의 다른 전승이다.

3865 荒雄良者　妻子之産業乎波　不念呂　年之八歳乎　待騰來不座

荒雄らは　妻子の産業¹をば　思はずろ²　年の八歳³を　待てど來まさず

あらをらは　めこのなりをば　おもはずろ　としのやとせを　まてどきまさず

3866 奧鳥　鴨云船之　還來者　也良乃埼守　早告許曽

沖つ鳥⁴　鴨とふ船の　還り來ば　也良の埼守⁵　早く告げこそ⁶

おきつとり　かもとふふねの　かへりこば　やらのさきもり　はやくつげこそ

3867 奧鳥　鴨云舟者　也良乃埼　多未弓榜來跡　所聞許奴可聞

沖つ鳥⁴　鴨とふ船は　也良の崎　廻みて⁷漕ぎ來と　聞え來ぬかも⁸

おきつとり　かもとふふねは　やらのさき　たみてこぎくと　きこえこぬかも

---

1 **産業**: 생활을 하기 위해서 하는 일이다.
2 **思はずろ**: 'ろ'는 영탄을 나타낸다.
3 **八歳**: 八은 많은 수를 나타낸다.
4 **沖つ鳥**: 오리를 수식한다.
5 **也良の埼守**: 하카타(博多)灣 노코(殘)島의 북쪽 끝이다. 이곳을 지나서 志賀島로 돌아간다.
6 **告げこそ**: 'こそ'는 願望을 나타내는 조동사이다.
7 **廻みて**: 도는 것이다.
8 **聞え來ぬかも**: 'かも'는 願望을 나타내는 조동사이다.

3865 아라오(荒雄)는요/ 처자의 생업 따위/ 생각지 않네/ 8년이란 세월을/ 기다려도 안 오네

해설

아라오(荒雄)는 아내와 자식들의 생계 따위는 생각을 하지 않는 것 같네. 8년이라는 세월을 기다리고 있어도 오지를 않네라는 내용이다.

3866 (오키츠토리)/ 오리라 하는 배가/ 돌아온다면/ 야라(也良) 곶 지키는 이/ 빨리 알려 주세요

해설

바다에 떠 있는 오리라고 이름을 한, 아라오가 탄 배가 돌아오고 있다면 야라(也良) 곶을 지키는 사람이여 빨리 알려 주세요라는 내용이다.

3867 (오키츠토리)/ 오리라 하는 배는/ 야라(也良) 곶을요/ 돌아서 저어 온다/ 소식 없는 것인가

해설

바다에 떠 있는 오리라고 이름을 한 배가 야라(也良) 곶을 돌아서 노를 저어서 이곳으로 오고 있다고 하는 소식은 들려오지 않는 것인가라는 내용이다.
아라오(荒雄)가 탄, 오리라는 이름의 배가 돌아오기를 기다리는 마음을 노래한 것이다.

3868　奥去哉　赤羅小船尓　裒遺者　若人見而　解披見鴨

　　　沖行くや¹　赤ら小船²に　裹³遺らば　けだし人見て⁴　披き見むかも

　　　おきゆくや　あからをぶねに　つとやらば　けだしひとみて　ひらきみむかも

3869　大舶尓　小船引副　可豆久登毛　志賀乃荒雄尓　潜將相八方

　　　大船に　小船引き副へ⁵　潜くとも　志賀の荒雄に　潜きあはめやも⁶

　　　おほふねに　をぶねひきそへ　かづくとも　しかのあらをに　かづきあはめやも

左注　右, 以神龜年中⁷, 大宰府差筑前國宗像郡之百姓宗形部津麿, 宛對馬送粮⁸舶梶師⁹也. 于時, 津麿, 詣於滓屋郡¹⁰志賀村白水郎荒雄之許語曰, 僕有小事¹¹, 若疑¹²不許歟. 荒雄答曰, 走¹³, 雖異郡, 同船日久. 志篤兄弟, 在於殉死. 豈, 復辭哉. 津麿曰, 府官差僕宛對馬送粮舶梶師, 容齒¹⁴衰老, 不堪海路. 故來祇候¹⁵. 願垂¹⁶相替矣. 於是荒雄許諾, 遂從彼事, 自肥前國松浦縣美祢良久¹⁷埼發舶, 直¹⁸射對馬渡海. 登時¹⁹忽天暗冥, 暴風交雨, 竟無順風, 沈没海中²⁰焉. 因斯妻子等, 不勝犢慕²¹, 裁作此歌. 或云, 筑前國守山上憶良臣, 悲感妻子之傷, 述志而作此歌²².

1　沖行くや: 'や'는 영탄을 나타낸다.
2　赤ら小船: 관료들이 타는 배이다.
3　裹: 선물이다.
4　人見て: 人은 아라오(荒雄)이다. 어디에선가 荒雄를 만나서.
5　大船に 小船引き副へ: 大船은 官船인가. 관선의 도움을 얻어서 우리들의 작은 배를 내어서.
6　潜きあはめやも: 'やも'는 강한 부정을 동반한 의문을 나타낸다.
7　神龜年中: 724~729. 憶良이 부임할 때는 그 후반이다.
8　粮: 大馬配備의 防人(사키모리)의 양식. 九州 여러 지방이 교대로 해마다 이천 석의 곡물을 운반한다.
9　舶梶師: 선장이다.
10　滓屋郡: 福岡縣 宗像郡의 서쪽. 志賀島는 하카타(博多)灣의 섬으로 예로부터 어부들의 근거지이다. 그중에 서도 강하고 젊은 사공이 아라오(荒雄)인가. 거친 남자라는 뜻으로 전승상의 이름일 것이다.
11　小事: 小用.
12　若疑: 혹은.
13　走: 僕과 같다.
14　容齒: 容은 모습, 신체를 말하며, 齒는 연령을 말한다.
15　故來祇候: 씩씩하게 옆에서 시중을 든다.
16　願垂: 아무쪼록. 幸垂 등과 마찬가지로 願望을 관습적으로 표현한 것이다.
17　肥前國松浦縣美祢良久: 五島列島의 三井樂.
18　直: 곧장 바로.
19　登時: 동시에.
20　沈没海中: 조난을 당한 것이다. 같은 종류의 사건은 續日本紀 寶龜 3년(772) 12월조에도 보인다.
21　不勝犢慕: 견마가 따르는 것과 같다.
22　述志而作此歌: 志賀島에 전해지는 슬픈 전승을 소재로 하여 憶良이 처음의 6수(그중에서 1수는 다른 전승 이므로 5수)를 창작하고, 그 뒤의 4수의 전승가와 함께 후에 전송된 것인가.

3868 바다를 가는/ 붉은 작은 배에다/ 물건 부치면/ 혹시 아라오(荒雄) 보고/ 열어 보지 않을까

🌸 **해설**

　　바다를 노를 저어서 가고 있는, 붉은 칠을 한 작은 배에 선물을 부치면 행여나 아라오(荒雄)가 알고 열어 보지 않을까라는 내용이다.

　　'人見て'를 大系・私注에서는 中西 進과 마찬가지로 '아라오(荒雄) 보고'로 해석하였다(『萬葉集』 4, p.157), (『萬葉集私注』 8, p.253)]. 그러나 全集에서는, '당사자 이외의 존재인 붉은 배의 선원 등을 가리킨다'고 하였다[『萬葉集』 4, p.144]. 아라오(荒雄)가 죽은 것을 알고 있으므로, 죽었지만 행여나 아라오(荒雄)가 선물을 열어 보지 않을까 하는 애절한 마음을 노래한 것으로 보는 것이 좋을 듯하다.

3869 큰 배에다가/ 작은 배를 붙여서/ 잠수를 해도/ 시카(志賀)의 아라오(荒雄)를/ 어찌 만날 수 있겠나

🌸 **해설**

　　큰 배에다가 작은 배를 매어 달아서 바다 속으로 들어가 찾아도 시카(志賀)의 아라오(荒雄)를 어떻게 만날 수 있을 것인가라는 내용이다.

　　좌주 　위는 神龜(724~729) 연간에 大宰府가 츠쿠시노 미치노쿠치(筑前)國 무나카타(宗像)郡의 백성, 무나카타베노 츠마로(宗形部津麿)를 지명해서 츠시마(對馬)에 식량을 보내는 배의 선장 일을 맡겼다. 그때 津麿는 카스야(滓屋)郡 시카(志賀)村의 어부였던 아라오(荒雄)에게 가서 말하기를, "나는 잠시 용무가 있어서 왔는데 들어주지 않겠는가"라고 하였다. 荒雄이 답하여 말하기를, "나는 그대와 비록 다른 郡이지만 오랫동안 같은 배를 탔다. 뜻은 형제 이상으로 깊고, 죽음을 함께 해도 좋을 정도이다. 싫다고 할 리가 없다"고 하였다. 津麿가 말하기를 "府官이 나를 지명해서 對馬로 양식을 수송하는 배의 선장을 삼았는데 나는 몸이 쇠약하고 나이가 들어서 바닷길을 감당할 수가 없다. 그래서 이렇게 온 것이다. 아무쪼록 나를 대신해서 할 수 있겠는가"라고 하였다. 이에 荒雄은 허락을 하고 마침내 그 일을 맡아 히노 미치노쿠치(肥前)國 마츠라(松浦)縣 미네라쿠(美禰良久)의 곳에서 배를 출발시켜, 곧장 對馬를 향해서 바다를 건너가려고 하였다. 그러나 배를 저어 출발하자마자 갑자기 하늘이 어두워지고, 비와 함께 폭풍이 불어 순풍을 얻지 못하고 바다 속에 침몰하였다. 그래서 남겨진 처자식들은 어른 소를 따르는 송아지처럼 荒雄을 그리워하며 이 노래를 지었다. 어떤 전승에 의하면 筑前國의 守인 야마노 우헤노 오쿠라(山上憶良)臣이 처자의 아픔을 슬퍼하여 생각을 말하여 이 노래를 지었다고 한다.

3870　紫乃　粉滷乃海尒　潛鳥　珠潛出者　吾玉尒將爲

　　　紫の　粉滷¹の海に　潛く鳥　珠潛き出ば　わが玉にせむ

　　　むらさきの　こがたのうみに　かづくとり　たまかづきでば　わがたまにせむ

　　　左注　右歌一首

3871　角嶋之　迫門乃稚海藻者　人之共　荒有之可杼　吾共者和海藻

　　　角島²の　迫門の稚海藻³は　人のむた　荒かりしかど⁴　わがむたは和海藻⁵

　　　つのしまの　せとのわかめは　ひとのむた　あらかりしかど　わがむたはにきめ

　　　左注　右歌一首

3872　吾門之　榎實毛利喫　百千鳥　千鳥者雖來　君曽不來座

　　　わが門の　榎の實⁶もり⁷喫む　百千鳥　千鳥は來れど　君そ來まさぬ

　　　わがかどの　えのみもりはむ　ももちどり　ちどりはくれど　きみそきまさぬ

　1　紫の　粉滷: '紫の'는 紫色이 짙다는 뜻으로 '粉滷'에 이어진다. 粉滷는 소재불명이다.
　2　角島: 山口縣.
　3　稚海藻: 해초의 일종이다. 젊은 여성을 비유하였다.
　4　荒かりしかど: 'あら'는 'にき'의 반대이다.
　5　わがむたは和海藻: 和女(にきめ)를 비유하였다.
　6　榎の實: 검붉은 열매를 가을에 비유하였다.
　7　もり: 따는 것이다.

3870 (무라사키노)/ 코가타(粉潟)의 바다에/ 들어가는 새/ 구슬 가지고 오면/ 나의 구슬로 하자

해설

코가타(粉潟)의 바다에서 물속으로 자맥질을 하고 있는 새야. 만약 바다 속에서 구슬을 가지고 나온다면 그것을 나의 구슬로 하자라는 내용이다.

좌주 위의 노래는 1수

3871 츠노시마(角島)의/ 세토(迫門)의 미역은요/ 남과 있으면/ 거칠었지만도요/ 나에게는 부드럽네

해설

츠노시마(角島)의 세토(迫門)의 미역은 다른 사람과 함께 있으면 거칠어도 나와 함께 있을 때는 부드럽네라는 내용이다.

다른 사람에게는 거칠지만 자신에게는 온순한 여자라는 뜻을 담은 노래이다.

私注에서는, '미역은 수확 때와 장소에 따라서 거칠고 부드러운 것이 있으므로 그것을 처녀가 어떤 사람에게는 친절하고 어떤 사람에게는 불친절한 것을 비유하는데 사용한, 그곳에서 발달한 민요일 것이다'고 하였다[『萬葉集私注』 8, p.258].

좌주 위의 노래는 1수

3872 우리 집 문의/ 개오동 열매 먹는/ 수많은 새들/ 많은 새는 오지만/ 그대는 오지 않네

해설

우리 집 문의 개오동나무 열매를 쪼아 먹는 수많은 새들, 그 새들은 많이 오지만 그대는 오지 않네라는 내용이다.

3873 吾門尓　千鳥數鳴　起余々々　我一夜妻　人尓所知名

わが門に　千鳥數鳴く¹　起きよ起きよ　わが一夜夫²　人に知らゆ³な

わがかどに　ちどりしばなく　おきよおきよ　わがひとよづま　ひとにしらゆな

> **左注** 右歌二首

3874 所射鹿乎　認河邊之　和草　身若可倍尓　佐宿之兒等波母

射ゆ鹿を⁴　つなぐ川邊の　和草の　身の若かへに⁵　さ寝し兒らはも

いゆししを　つなぐかはへの　にこぐさの　みのわかかへに　さねしこらはも

> **左注** 右歌一首

---

1 **千鳥數鳴く**: 우는 소리가 '오키요(일어나라), 오키요'라고 들리는 것에 흥미를 느낀 것이다.
2 **わが一夜夫**: 동거하지 않는 하룻밤 하룻밤의 상대방이다.
3 **人に知らゆ**: 'ゆ'는 수동.
4 **射ゆ鹿を**: 'ゆ'는 수동. 종지형으로 다음에 이어진다.
5 **若かへに**: '若くへ'(『古事記』 雄略천황조)와 같은 말인가. '若きうへに'의 축약형이라고 한다.

3873 우리 집 문에/ 많은 새가 우네요/ 일어나 일어나/ 나의 하룻밤 남편/ 남이 모르게 해요

🌸 **해설**

우리 집 문에서 많은 새가 우네요. 일어나세요. 일어나세요. 나의 하룻밤 남편이여. 남에게 알려지지 않게 하세요라는 내용이다.

中西 進은 神樂歌에 비슷한 노래가 있다고 하였다.

좌주 위의 노래는 2수

3874 맞은 사슴의/ 흔적 따라간 강변/ 연한 풀처럼/ 한창 젊은 몸으로/ 잠을 잤던 아이여

🌸 **해설**

화살에 맞은 사슴의 발자국 흔적을 따라서 찾아간 강변에 나 있는 부드러운 풀처럼, 젊은 몸으로 함께 잠을 잤던 그 아이여라는 내용이다.

작자가 젊었을 때 함께 잠을 잤던 아이는 지금 어떻게 지내는지 궁금해하는 노래이다.

좌주 위의 노래는 1수

3875 琴酒乎　押垂小野從　出流水　奴流久波不出　寒水之　心毛計夜尓　所念　音之少寸　道尓相
奴鴨　少寸四　道尓相佐婆　伊呂雅世流　菅笠小笠　吾宇奈雅流　珠乃七條　取替毛　將申物
乎　少寸　道尓相奴鴨

琴酒を　押垂小野ゆ[1]　出づる水　少熱くは出でず[2]　寒水の　心もけや[3]に　思ほゆる　音[4]の少
き　道に逢はぬかも[5]　少きよ[6]　道に逢はさ[7]ば　色着せる　菅笠小笠[8]　わが頸げる　珠の七
條[9]　取り替へも　申さむ[10]ものを[11]　少き　道に逢はぬかも

ことさけを　おしたれをのゆ　いづるみづ　ぬるくはいでず　しみづの　こころもけやに
おもほゆる　おとのすくなき　みちにあはぬかも　すくなきよ　みちにあはさば　いろげせ
る　すががさをがさ　わがうなげる　たまのななつを　とりかへも　まをさむものを　すくな
き　みちにあはぬかも

左注　右歌一首

---

1 **押垂小野ゆ**: 거문고와 술을 들고 가는 우타가키(歌垣)의 작은 들판이다. '押(おし)'은 강한 뜻을 나타내는
접두어이다. '小(を)'는 친애를 나타내는 접두어이다. 뒤에서 말하는 '音'이 많은 들판이다. 아직 들을 흘러가는
물은 미지근하다.
2 **少熱くは出でず**: 미지근하게 흘러가지 않고. 'ぬるく'는 다음의 'けやに'의 반대로, 만나도 미지근한 생각을
하는 상태를 말한다.
3 **心もけや**: 선명한. 만남의 강렬한 생각을 말한다.
4 **音**: 소리. 사람의 소문을 말한다.
5 **道に逢はぬかも**: 'かも'는 願望을 나타낸다.
6 **少きよ**: 문맥이 끊어진다. 이 두 개의 종지가 끝부분에 반복된다. 아마 이들 종지에는 추임새가 들어갔을
것이다.
7 **逢はさ**: 존칭이다.
8 **菅笠小笠**: '菅の小笠'을, 음조를 맞추기 위해서 '菅笠小笠'이라고 하였다.
9 **珠の七條**: 구슬을 일곱 끈도.
10 **申さむ**: 겸양.
11 **ものを**: 문맥이 끊어진다.

3875 (코토사케오)/ 가지고 가는 들을/ 가는 물처럼/ 미지근하지 않고/ 찬물 같이/ 마음도 깨끗하게/ 생각이 되는/ 사람 소리가 적은/ 길에서 만나고 싶네/ 소문이 적은/ 길에서 만난다면/ 채색하였는/ 골풀로 만든 삿갓/ 내 목에 걸었는/ 일곱 끈의 구슬을/ 서로 바꾸어/ 드리기도 할 텐데/ 소문 적은/ 길에서 만나고 싶네

✿ 해설

거문고와 술을 가지고 가는 들판을 흘러가는 물은 미지근하지 않고 차가운 물인데 그 물처럼 마음도 깨끗하게 생각이 되는, 사람들의 소문이 적은 길에서 만나고 싶네. 소문이 적은 길에서 만난다면 채색을 한 골풀로 만든 그대의 삿갓과 내 목에 걸고 있는 일곱 끈의 구슬을 서로 바꾸어 드리기도 할 것인데. 사람들의 소문이 적은 길에서 만나고 싶네라는 내용이다.

사랑하는 남성을 사람들이 없는 조용한 길에서 만나고 싶다고 하는 여성의 노래이다.

'琴酒を'를 私注에서는, '아내를 일반적으로 이별한다는 뜻으로, 그것은 강제적으로 하는 것이므로 강제한다는 뜻의 押을 수식하게 되었다고 생각된다'고 하고, '이별을 강제로 하게 한다고 하는 押垂의 들에서'로 해석하였다「萬葉集私注」 8, p.262].

'押垂小野'를 中西 進은 '들고 가는 들판'으로 해석하였다. 그런데 大系・注釋・全集에서는 지명 같다고 하였다(大系『萬葉集』 4, p.160), (『萬葉集注釋』 16, p.216), (全集『萬葉集』 4, p.147)].

좌주 위의 노래는 1수

豊前國白水郎歌一首

3876 豊國　企玖乃池奈流　菱之宇礼乎　採跡也妹之　御袖所沾計武

　　　豊國の　企玖[1]の池なる　菱の末を　採むとや妹[2]が　御袖濡れけむ

　　　とよくにの　きくのいけなる　ひしのうれを　つむとやいもが　みそでぬれけむ

豊後國白水郎歌一首

3877 紅尓　染而之衣　雨零而　尓保比波雖爲　移波米也毛

　　　紅に　染めてし衣　雨降りて　にほひはすとも　移ろはめやも

　　　くれなゐに　そめてしころも　あめふりて　にほひはすとも　うつろはめやも

---

1 **企玖**: 豊前, 企救郡. 福岡縣 北九州市.
2 **妹**: 상층계급의 여자인가.

토요노 미치노쿠치(豊前)國의 어부 노래 1수

3876 토요쿠니(豊國)의/ 키쿠(企玖)의 못에 있는/ 마름의 끝을요/ 따려고 하는 그대/ 소매는
젖었을까

🌸 **해설**

　토요쿠니(豊國)의 키쿠(企玖)의 못에 있는 마름의 끝을 따려고 하는 그대의 소매는 젖었을까라는 내용
이다.
　자신을 위해서 마름 끝을 따고 있는 여성을 생각한 노래이다.
　1249번가와 비슷한 내용이다.

토요노 미치노시리(豊後)國의 어부 노래 1수

3877 붉은 색으로/ 물을 들인 옷은요/ 비가 내려서/ 색 짙어지더라도/ 바래는 일 있을까

🌸 **해설**

　붉은 색으로 아름답게 물을 들인 옷은, 비가 내려서 옷이 젖어 색이 더 짙어져 아름답게 되는 일은
있어도 색이 옅어지는 일은 어찌 있을 수 있을 것인가라는 내용이다.
　무슨 일이 있어도 사랑은 더 강해질지언정 변하지 않을 것이라는 뜻이겠다.

能登國¹歌三首

3878 梯楯　熊來乃夜良尓　新羅斧　堕入　和之　阿毛侶阿毛侶　勿鳴爲曽祢　浮出流夜登　將見和之

梯立の²　熊來のやらに³　新羅斧⁴　落し入れ　わし⁵　懸けて懸けて⁶　な泣かしそね⁷　浮き出づるやと　見む　わし

はしたての　くまきのやらに　しらぎをの　おとしいれ　わし　かけてかけて　ななかしそね　うきいづるやと　みむ　わし

> **左注**　右歌一首, 傳云或有愚人⁸. 斧堕海底, 而不解鐵沈無理浮水. 聊作此歌, 口吟爲喩也⁹.

3879 楷楯　熊來酒屋尓　真奴良留奴　和之　佐須比立　率而來奈麻之乎　真奴良留奴　和之

梯立の　熊來酒屋¹⁰に　眞罵らる奴¹¹　わし　誘ひ立て　率て來なましを　眞罵らる奴　わし

はしたての　くまきさかやに　まぬらるやつこ　わし　さすひたて　ゐてきなましを　まぬらるやつこ　わし

> **左注**　右一首

---

1 **能登國**: 養老 2년(718) 越前에서 독립, 天平 13년(741) 越中에 병합되었다가 天平勝寶 9년(757)에 다시 독립하였다. 그 이후의 분류인가.
2 **梯立の**: 倉 등을 수식한다.
3 **熊來のやらに**: 七尾灣의 안쪽이다. 일대는 늪지대였던 듯하다. 'やら'는 늪이다.
4 **新羅斧**: 신라에서 만든 비싼 도끼이다.
5 **わし**: 추임새이다.
6 **懸けて懸けて**: 마음에 담아서. 후에 '결코'라는 의미가 되었다.
7 **な泣かしそね**: 'な…そね'는 금지를 나타낸다.
8 **愚人**: '愚'를 든 점에 권제16의 특징이 있다.
9 **口吟爲喩也**: 역설적인 비유이다.
10 **酒屋**: 양조장이다. 많은 노비가 일을 하고 있었을 것이다.
11 **眞罵らる奴**: 'ま'는 접두어이다. 'ぬらる'는 꾸중을 듣는다는 뜻인가.

노토(能登)國의 노래 3수

3878 (하시타테노)/ 쿠마키(熊來)의 늪에다/ 신라 産 도끼/ 떨어뜨리고/ 얼쑤/ 절대로 절대로/ 울어선 안 되지/ 떠올라 올 것인지/ 보자/ 얼쑤

🌼 해설

쿠마키(熊來)의 늪에다 신라에서 만든 비싼 도끼를 떨어뜨리고 얼쑤 절대로 절대로 울어서는 안 되지. 다시 떠올라 올 것인지 보자. 얼쑤라는 내용이다.

私注에서는, '熊來 늪은 뻘이 깊으므로 무거운 것은 바닥에서 뻘을 뒤집어쓰고 찾기 힘들므로 성립한 지방 민요일 것이다. 혹은 부근에 귀화족 등이 신라식의 도끼를 만드는 방법을 전한 사람이 있었던 것에 의한 것일까'라고 하였다[『萬葉集私注』 8, p.266].

좌주 위의 노래 1수는 전하여 말하기를, 어떤 어리석은 사람이 있었는데 그 사람은 도끼를 바다 속에 빠뜨리고 철이 가라앉으면 물에 떠오르지 않는다는 이치를 몰랐다. 그래서 잠시 이 노래를 지어서 부르고 가르쳐서 깨닫게 했다고 한다.

3879 (하시타테노)/ 쿠마키(熊來) 양조장서/ 야단맞는 녀석아/ 얼쑤/ 불러내어서/ 데려오고 싶은데/ 야단맞는 녀석아/ 얼쑤

🌼 해설

쿠마키(熊來)의 술을 빚는 양조장에서 야단을 맞고 있는 녀석아. 얼쑤. 불러내어서 데려와 버리고 싶은 걸. 야단을 맞고 있는 녀석아. 얼쑤라는 내용이다.

中西 進은 이 작품을, '노비들의 노동가일 것이다. 자조와 기대가 있다'고 하였다.

全集에서는, '能登지방은 조선반도와 밀접한 관계가 있는 지역으로, 熊來 등은 그곳의 뛰어난 양조기술이 전해지기에 알맞다고 한다'고 하였다[『萬葉集』 4, pp.148~149].

좌주 위는 1수

3880 所聞多祢乃　机之嶋能　小螺乎　伊拾持來而　石以　都追伎破夫利　早川尓　洗濯　辛塩尓　古胡登毛美　高坏尓盛　机尓立而　母尓奉都也　目豆兒乃刀自　父尓獻都也　目豆兒乃刀自

香島嶺¹の　机の島²の　小螺³を　い拾ひ⁴持ち來て　石以ち　宍き破り　早川⁵に　洗ひ濯ぎ　辛塩に　こご⁶と揉み　高坏⁷に盛り　机に立てて⁸　母に奉りつや　愛づ兒の刀自⁹　父に獻りつや　愛づ兒の刀自

かしまねの　つくゑのしまの　しただみを　いひりひもちきて　いしもち　つつきやぶり　はやかはに　あらひすすぎ　からしほに　こごともみ　たかつきにもり　つくえにたてて　ははにまつりつや　めづこのとじ　ちちにまつりつや　めづこのとじ

越中國歌四首

3881 大野路者　繁道森俓　之氣久登毛　君志通者　俓者廣計武

大野路は¹⁰　繁道森道¹¹　繁くとも　君し通はば　道は廣けむ¹²

おほのぢは　しげぢもりみち　しげくとも　きみしかよはば　みちはひろけむ

---

1 **香島嶺**: 七尾灣에 임한 산일 것인데 소재 불명이다.
2 **机の島**: 和倉 가까운 곳의 섬이다.
3 **小螺**: 소라.
4 **い拾ひ**: 'い'는 접두어이다.
5 **早川**: 고유명사인 것 같지만 소재 불명이다.
6 **こご**: 의성어이다.
7 **高坏**: 굽이 달린 그릇이다.
8 **机に立てて**: 高坏를.
9 **愛づ兒の刀自**: 사랑해야만 할 아이인 주부이다. 刀自는 주부이다.
10 **大野路は**: 礪波(토나미)郡의 지명이다. 富山縣 西礪波郡 福岡町.
11 **繁道森道**: 음수율을 맞춘 표현이다.
12 **道は廣けむ**: 그러므로 오면 좋겠다.

3880 카시마(香島) 산의/ 츠쿠에(机)의 섬의요/ 소라 등을요/ 주워 가지고 와서요/ 돌 가지고/ 찔러 깨어서는/ 하야(早) 강에다/ 깨끗이 씻어서/ 짠 소금으로/ 싹싹 주물러/ 高坏에다 담아서/ 상에다 놓아서는/ 어머니께 드렸는가/ 사랑스런 부인/ 아버지께 드렸는가/ 사랑스런 부인

🌸 해설

카시마(香島) 산 가까이에 있는 츠쿠에(机) 섬의 소라를 주워 가지고 와서 돌을 가지고 찔러서 깨어서 하야(早) 강에다 깨끗이 씻어서는 짠 소금으로 싹싹 주물러서 굽이 달린 높은 그릇에 담아서 상에 놓아서는 어머니께 드렸는가. 사랑스런 부인이여. 아버지께 드렸는가. 사랑스런 부인이여라는 내용이다.

大系에서는, '동요에서 기원한 노래인가'라고 하였다『萬葉集』 4, p.162].

코시노 미치노나카(越中)國의 노래 4수

3881 오호노(大野) 길은/ 삼림이 우거진 길/ 무성하여도/ 그대가 다닌다면/ 길은 넓어지겠죠

🌸 해설

오호노(大野)로 가는 길은 나무가 우거진 산속의 길이네. 그 길은 비록 나무가 무성하여 다니기 힘든 길이라도 그대가 다닌다면 길은 넓어지겠지라는 내용이다.

나무가 우거져서 다니기 힘든 大野 길로 오는 연인을 기다리는 여성의 노래인 듯하다.

中西 進은 이 작품을, 여성 집단의 민요라고 하였다. 全集에서는, '사랑의 길에 방해를 받아 기가 꺾이게 된 남자를 격려하는 여자의 노래'라고 하였다『萬葉集』 4, pp.149~150].

3882　澁谿乃　二上山尓　鷲曽子産跡云　指羽尓毛　君之御爲尓　鷲曽子生跡云

澁谿[1]の　二上山に　鷲そ子産といふ　翳[2]にも　君がみために　鷲そ子産といふ

しぶたにの　ふたがみやまに　わしそこむといふ　さしはにも　きみがみために　わしそこ
むといふ

3883　伊夜彦　於能礼神佐備　青雲乃　田名引日須良　霂曽保零 [一云, 安奈尓可武佐備]

伊夜彦[3]　おのれ神さび　青雲[4]の　たなびく日すら[5]　小雨そほ降る [一は云はく, あなに[6]神
さび]

いやひこ　おのれかむさび　あをくもの　たなびくひすら　こさめそほふる [あるはいはく,
あなにかむさび]

3884　伊夜彦　神乃布本　今日良毛加　鹿乃伏良武　皮服着而　角附奈我良

伊夜彦　神の麓[7]に　今日らもか　鹿の伏すらむ　皮服着て　角附きながら[8]

いやひこ　かみのふもとに　けふらもか　しかのふすらむ　かはごろもきて　つのつきながら

---

1 **澁谿**: 富山縣 高岡市. 그 서쪽에 二上山이 있다.
2 **翳**: 귀인을 가리는 긴 손잡이의 부채이다. 일산.
3 **伊夜彦**: 彌彦山. 新潟縣 西蒲原郡. 산기슭에 伊夜彦 신사가 있다. 다만 越中이 아닌 점이 의문이다.
4 **青雲**: 푸른 기운이 도는 구름이다.
5 **たなびく日すら**: 맑은 하늘인 날조차.
6 **あなに**: 感歎詩. 一云은 제6구로 佛足石歌體(575777형식)인가.
7 **神の麓**: 산기슭의 제의 장소를 말한다.
8 **角附きながら**: 사슴 춤의 모습이다. 그것을 자연의 사슴의 일로 노래한다.

3882 시부타니(澁谿)의/ 후타가미(二上) 산에요/ 수리 새끼 낳았다네/ 일산 될 거라/ 그대를 위하여서/ 수리 새끼 낳았다네

해설

시부타니(澁谿)의 후타가미(二上) 산에서 독수리가 새끼를 낳았다고 하네요. 일산으로도 사용해 달라고, 그대를 위하여서 독수리가 새끼를 낳았다고 하네요라는 내용이다.

577・577 형식의 旋頭歌이다.

원문 제3구의 '指羽'를 全集에서는, '귀인의 뒤에서 받치는, 새의 깃털이나 얇은 비단 등으로 만든 긴 손잡이의 부채 같은 것'이라고 하였다『萬葉集』 4, p.150).

'君がみために'를 全集에서는, '이 君은 지방의 大領 등 지방의 유력자를 말하는 것인가. 鳥獸도 덕이 있는 사람에게 봉사를 한다고 하는 내용으로 축하하는 노래일 것이다'고 하였다『萬葉集』 4, p.150).

中西 進은 이 작품을 二上山 기슭의 민요라고 하였다.

3883 이야히코(伊夜彦)/ 모습이 신령하여/ 푸른 구름이/ 끼어 있는 날조차/ 보슬비가 내리네[또는 말하기를, 무척 신령스러워]

해설

이야히코(伊夜彦) 산은 산 자체가 신령하여 푸른 구름이 끼어 있는 맑은 날조차도 보슬비가 내리네[또는 말하기를, 무척 신령스러워]라는 내용이다.

3884 이야히코(伊夜彦)/ 산의 기슭에서요/ 오늘쯤에도/ 사슴 엎드렸을까/ 가죽 옷을 입고서/ 뿔이 난 그대로요

해설

신령한 이야히코(伊夜彦) 산의 산기슭에 오늘도 사슴이 엎드려 있을까. 가죽 옷을 입고 머리에는 뿔이 난 그대로라는 내용이다.

이 작품을 全集에서는, '彌彦신사와 관계가 있는 사슴 춤에 수반된 노래인가'하고는 『萬葉集』 중에서 유일한 佛足石歌體(575777)의 노래'라고 하였다『萬葉集』 4, p.150).

乞食者[1]詠[2]二首

3885　伊刀古　名兄乃君　居々而　物尓伊行跡波　韓國乃　虎云神乎　生取尓　八頭取持来　其皮乎

多々弥尓刺　八重疊　平群乃山尓　四月与　五月間尓　藥獵　仕流時尓　足引乃　此片山尓

二立　伊智比何本尓　梓弓　八多婆佐弥　比米加夫良　八多婆左弥　宍待跡　吾居時尓

佐男鹿乃　來立嘆久　頓尓　吾可死　王尓　吾仕牟　吾角者　御笠乃波夜詩　吾耳者　御墨坩

吾目良波　真墨乃鏡　吾爪者　御弓乃弓波受　吾毛等者　御筆波夜斯　吾皮者　御箱皮尓

吾宍者　御奈麻須波夜志　吾伎毛母　御奈麻須波夜之　吾美義波　御塩乃波夜之　耆矣奴

吾身一尓　七重花佐久　八重花生跡　白賞尼　々々々

愛子[3]　汝背の君　居り居りて　物にい行くとは　韓國の　虎とふ神[4]を　生取りに　八頭取り
持ち來　その皮を　疊に刺し[5]　八重疊　平群[6]の山に　四月と　五月の間に　藥獵[7]　仕ふる時
に　あしひきの[8]　この片山[9]に　二つ立つ　櫟[10]が本に　梓弓[11]　八つ手挟み　ひめ鏑[12]
八つ手挟み　鹿待つと　わが居る時に　さ牡鹿[13]の　來立ち嘆かく　頓に　われは死ぬべし
大君に　われは仕へむ　わが角は　御笠のはやし[14]　わが耳は　御墨の坩[15]　わが目らは　眞澄の
鏡[16]　わが爪は　御弓の弓弭[17]　わが毛らは　御筆[18]はやし　わが皮は　御箱の皮に　わが肉は

---

1 **乞食者**: 유랑 예능집단이다.
2 **詠**: 그 집단이 가진 가요이다.
3 **愛子**: 듣는 사람을 부르는 것이다.
4 **虎とふ神**: 무서운 것을 신으로 한다.
5 **疊に刺し**: '疊'은 접는 것으로 까는 자리이다. '刺し'는 바늘로 꿰매어서 만든다.
6 **平群**: 접어서 겹치는 平群山(奈良縣 生駒郡의 서쪽 봉우리).
7 **藥獵**: 약초와 사슴뿔을 취하기 위한 사냥이다. 呪言을 하는 사람도 따라갔던 것인가.
8 **あしひきの**: 산을 상투적으로 수식하는 枕詞이다.
9 **この片山**: 한쪽만 경사가 진 산이다.
10 **櫟**: 상수리나무이다.
11 **梓弓**: 가래나무로 만든 활이다.
12 **ひめ鏑**: 'ひめ'는 갈라진 틈이라고 한다.
13 **さ牡鹿**: 'さ'는 접두어이다.
14 **御笠のはやし**: 'はや'는 번영하는 것을 말한다. 장식도 말한다.
15 **御墨の坩**: 목수가 먹을 넣어서 선을 긋는 도구이다. 실제로는 귀로 듣고 지었는가. 비유가 불분명하다.
16 **眞澄の鏡**: 비유이다.
17 **御弓の弓弭**: 활의 앞쪽이다.
18 **御筆**: 붓의 옛말이다.

乞食者의 노래 2수

3885　여러분/ 정다운 분들/ 집에만 있다/ 어딘가로 가려 하면/ 카라쿠니(韓國)의/ 호랑이라
하는 신/ 생포를 하여/ 여덟이나 잡아와/ 그 가죽을요/ 깔 자리로 꿰매/ 여덟 겹 자리/
헤구리(平群)의 산에서/ 4월달과/ 5월달의 사이에요/ 藥獵 행사에/ 봉사를 할 때에요/ (아
시히키노)/ 이 카타(片)의 산에서/ 두 그루 섰는/ 상수리나무 아래/ 가래나무 활/ 여덟
옆에 끼고/ 갈라진 화살/ 여덟 옆에 끼고/ 사슴 기다려/ 내가 있을 때에요/ 수사슴이요/
와서 탄식하기를/ 이제 곧바로/ 난 죽을 것이지요/ 우리 왕에게/ 나는 봉사하지요/ 나의
뿔은요/ 삿갓의 장식으로/ 나의 귀는요/ 먹줄통으로요/ 나의 눈은요/ 아주 멋진 거울로/
나의 손톱은/ 활의 활고자로요/ 나의 털은요/ 붓을 위한 재료로/ 나의 가죽은/ 상자의
거죽으로/ 나의 고기는/ 회감 재료로 하고/ 나의 간도요/ 회감 재료로 하고/ 나의 위는요/
소금 절임 재료로/ 늙어 버린 녀석인/ 나의 몸 하나에서/ 일곱 겹의 꽃 피네/ 여덟 겹
꽃 핀다고/ 말을 하여 주세요/ 말을 하여 주세요

🌸 해설

　　여러분, 친애하는 여러분. 집에만 가만히 계속 있다가, 자 어딘가로 외출을 하려고 하면 괴로운 일이지
요. 그 괴롭다는 말과 발음이 같은 韓國의 호랑이라고 하는 신을 생포하는데 여덟 마리나 잡아와서,
그 가죽을 벗겨서 꿰매어 깔 자리로 만들어서 여덟 겹 자리를 겹친다고 하는 뜻을 이름으로 한 헤구리(平
群) 산에서, 4월달과 5월달 사이에 산에 가서 약초를 채집하는 藥獵 행사에서 봉사를 할 때에, 걸어
가기가 힘든 이 카타(片) 산에 두 그루가 서 있는 상수리나무 아래에서, 가래나무로 만든 멋진 활을
여덟이나 옆에 끼고, 갈라진 살촉의 화살을 많이 옆에 끼고 사슴을 기다리고 있을 때, 사슴이 와서 탄식하
기를, "이제 곧바로 나는 죽겠지요. 죽으면 우리 왕에게 나는 전부 바치지요. 나의 뿔은 삿갓 장식으로
하고, 나의 귀는 목수가 먹을 담아 선을 긋는 먹줄통으로 하고, 나의 눈은 아주 멋진 거울로, 나의 손톱은
활의 활고자를 만드는 재료로, 나의 털은 붓의 재료로, 나의 가죽은 상자 겉에 붙이는 거죽으로, 나의
고기는 회를 만드는 재료로 하고, 나의 간도 회를 만드는 재료로 하고, 나의 위는 소금 절임의 재료로
하세요. 늙어 버린 녀석인 나의 몸 하나에서 이 정도로 일곱 겹으로 꽃이 피네요. 여덟 겹으로 꽃이
핀다고 왕에게 말을 전해서 칭찬해 주세요. 말을 전해서 칭찬해 주세요라는 내용이다.
　　'物にい行くとば'의 '物'을 全集에서는, '장소에 관해서 막연한 것을 가리키는 용법'이라고 하였다[『萬葉
集』 4, p.151].
　　大系에서는, '사슴을 위해 고통을 말했다고 하는 것은 표면적인 뜻이고, 실은 사슴이 인간에게 봉사하
는 것을 축복하는 壽歌이다. 이 노래와 다음의 노래에 사슴과 게를 선택한 것도 산짐승, 바다 해물을
대표로 하는 것을 한 쌍으로 한 壽歌가 되어 있는 것인지도 모른'다고 하였다[『萬葉集』 4, p.165].

御膾[19]はやし　わが肝も　御膾はやし　わが胘は　御鹽のはやし　耆いぬる奴[20]　わが身一つに　七重花咲く　八重花咲くと　申し賞さね[21]　申し賞さね

いとこ　なせのきみ　をりをりて　ものにいゆくとは　からくにの　とらとふかみを　いけどりに　やつとりもちき　そのかはを　たたみにさし　やへだたみ　へぐりのやまに　うづきと　さつきのあひだに　くすりがり　つかふるときに　あしひきの　このかたやまに　ふたつたつ　いちひがもとに　あづさゆみ　やつたばさみ　ひめかぶら　やつたばさみ　ししまつと　わがをるときに　さをしかの　きたちなげかく　たちまちに　われはしぬべし　おほきみに　われはつかへむ　わがつのは　みかさのはやし　わがみみは　みすみのつぼ　わがめらは　ますみのかがみ　わがつめは　みゆみのゆはず　わがけらは　みふみてはやし　わがかははみはこのかはに　わがししは　みなますはやし　わがきもも　みなますはやし　わがみげはみしほのはやし　おいぬるやつこ　わがみひとつに　ななへはなさく　やへはなさくとまをしはやさね　まをしはやさね

左注　右歌一首, 爲鹿述痛作之[22]也.

---

19 **御膾**: 잘게 썬 고기이다.
20 **耆いぬる奴**: 비칭이다.
21 **申し賞さね**: 'さね'는 희망의 조사이다.
22 **爲鹿述痛作之**: 본래 사슴 춤의 가사로 사슴의 입장에서의 노래인가.

私注에서는, '乞食은 壽詞를 노래하면서 여러 가지 물품을 얻으며 다녔던 사람이라고 한다. 가사는 부르는 사람이 즉흥적으로 짓는 일도 있겠지만, 대부분은 민요로 전해진 것일 것이다. 그러한 직업인 사이에 전해지는 동안 세련되고 변형되기도 하였을 것이므로 최초의 작자가 있었다 하더라도 그 사람에게는 창작자라고 할 정도의 의미는 없다고 말해도 좋다. 이 1수는 혹은 조정 봉사자가 藥獵 때 들은, 사슴의 탄식을 전한다고 하는 구상이다. 앞부분에서 듣는 사람에게 대한 인사말로 생각되는 것이 있는 것은 용도에 의해 발달한 것이겠다. 문학적으로는 수준이 낮지만 흥미로운 점도 적지 않다. 爲鹿述痛作之也는 편찬자의 설명일 것이다. 다음의 계와 대비되어 있다. 사슴의 고통을 동정하기보다는 사슴을 여러 가지로 이용하는 貴人에 대한 찬탄 쪽이 주제이며 주목적인 것은 말할 것도 없다'고 하였다『萬葉集私注』 8, p.277].

全集에서는, '현재도 사슴 춤(시시舞)이라고 해서 여러 종류의 짐승의 머리를 모방한 가면을 쓰는 예능이 있다. 그 중에 사슴 춤이라고 하는 것은 동북지방에 특히 많다. 여기서도 그러한 예능을 전문으로 하는 사람들 사이에서 불리어졌던 것인가'라고 하였다『萬葉集私注』 8, pp.152~153].

> **좌주** 위의 노래 1수는, 사슴을 위하여 고통을 말하여 지은 것이다.

3886 忍照八　難波乃小江尓　廬作　難麻理弖居　葦河尓乎　王召跡　何爲牟尓　吾乎召良米夜　明久　吾知事乎　歌人跡　和乎召良米夜　笛吹跡　和乎召良米夜　琴引跡　和乎召良米夜　彼此毛　命受牟跡　今日々々跡　飛鳥尓到　雖立　置勿尓到　雖不策　都久怒尓到　東　中門由　参納來弖　命受例婆　馬尓己曽　布毛太志可久物　牛尓己曽　鼻繩波久例　足引乃　此片山乃　毛武尓礼乎　五百枝波伎垂　天光夜　日乃異尓干　佐比豆留夜　辛碓尓春　庭立　手碓子尓春　忍光八　難波乃小江乃　始垂乎　辛久垂來弖　陶人乃　所作瓶乎　今日徃　明日取持來　吾目良尓　塩漆給　腊賞毛　々々々

おし照るや[1]　難波の小江[2]に　廬[3]作り　隠り[4]て居る　葦蟹[5]を　大君召すと　何せむに　吾を召すらめや[6]　明けく　わが知ることを　歌人と[7]　吾を召すらめや　笛吹と　吾を召すらめや　琴彈と　吾を召すらめや　かもかくも　命受けむと　今日今日と[8]　飛鳥に到り　立てれども[9]　置勿に到り　策かねども　都久野[10]に到り　東の　中の門ゆ[11]　参納り來て　命受くれば　馬にこそ[12]　絆掛くもの[13]　牛にこそ　鼻繩はくれ[14]　あしひきの　この片山の　もむ楡[15]を　五百枝剝ぎ垂れ　天光るや　日の異に[16]干し　囀るや　唐臼[17]に春き　庭に立つ　手臼[18]

---

1 **おし照るや**: 難波海를 상투적으로 수식하는 枕詞이다.
2 **難波の小江**: 'を'는 친애를 나타내는 접두어이다.
3 **廬**: 임시로 만든 잠자리이다. 게가 판 구멍을 말한다.
4 **隠り**: 'なまり'는 'なばり'와 같다.
5 **葦蟹**: 갈대가 있는 부근의 게를 말한다.
6 **召すらめや**: 'めす'는 식품 재료로서. 그런데 게는 使人으로서 부른다고 해석하고, 후반의 식품 재료로서의 모습과 대비시킨다. 'や'는 강한 부정을 동반한 의문을 나타낸다. 이 다음에 같은 표현이 반복되는 것은 가요의 형태이다.
7 **歌人と**: 이하 게 춤에 바탕한 표현으로 실제의 게를 말한 것은 아니다.
8 **今日今日と**: 이하 3개의 지명 모두 수식어를 가진다.
9 **立てれども**: 서 있으므로 놓지 않았는데 'おくな'. 'おくな'는 奈良縣 大和高橋原市의 奧田인가.
10 **都久野**: 桃花(츠키)野. 奈良縣 高橋原市.
11 **中の門ゆ**: 동쪽 문으로 들어가, 안쪽 가운데 문을 지나서.
12 **馬にこそ**: 이하 4구는 삽입적. 牛馬가 아닌 것을이라는 뜻이다.
13 **絆掛くもの**: 자유롭게 걸을 수 없게 하는 것이다. 배를 묶는 새끼 같은 것인가. 훈도시의 어원이다.
14 **鼻繩はくれ**: 佩의 재활용이다.
15 **もむ楡**: 껍질을 갈아서 주물러서 가루로 만들어 조미료로 한다. 따라서 '揉楡'라고 한 것인가.
16 **日の異に**: '日に異に'와 같은 것인가.
17 **唐臼**: 3817번가 참조.
18 **手臼**: 발로 찧는 唐臼에 대해 손으로 찧는 것이다.

3886 (오시테루야)/ 나니하(難波) 강 어구에/ 구멍을 파고/ 숨어서 있는요/ 갈대 밭 게를/ 왕이 부른다 하네/ 무엇 때문에/ 나를 부르는 건가/ 확실하게도/ 나도 알고 있는 걸/ 歌人으로서/ 나를 부를 리 없네/ 피리 불라고/ 나를 부를 리 있나/ 거문고 타라/ 나를 부를 리 없네/ 어찌 되었든/ 명령을 따르려고/ (케후케후토)/ 아스카(飛鳥)에 도착해/ (타테레도모)/ 오쿠나(置勿)에 도착해/ (츠카네도모)/ 츠쿠노(都久野)에 이르러/ 동쪽편의요/ 중간 문으로부터/ 들어가서요/ 명령을 들으니요/ 말에야 말로/ 줄은 매는 것인 것을/ 소에야 말로/ 코뚜레 꿰는 것을/ (아시히키노)/ 이곳 카타(片) 산의요/ 참느릅나무/ 오백 가지 벗겨내/ (아마테루야)/ 날마다 말려서/ (사히즈루야)/ 디딜방아로 찧고/ 정원에 놓은/ 절구로 찧고요/ (오시테루야)/ 나니하(難波) 강 어구서/ 첫물 소금을/ 짜게 떨어뜨려서/·도기장이가/ 만든 항아리를요/ 오늘 가서/ 내일 가지고 와서/ 나의 눈에다/ 소금을 발라서는/ 포로 해서 먹네요/ 포로 해서 먹네요

✿ 해설

눈부시게 빛나는 나니하(難波) 강의 어구에 구멍을 파고 작은 집을 만들어서 숨어 있는 갈대밭 부근의 게를 왕이 부른다고 하네. 어떻게 나를 부를 리가 있을 것인가. 그것은 나도 확실하게 알고 있는 것을. 노래를 부르는 사람으로 나를 부를 리는 없네. 피리 부는 사람으로도 나를 부를 리가 있을 것인가. 거문고를 타는 사람으로 나를 부를 리도 없네. 어찌 되었든 명령을 따르려고, 오늘 오늘하고 내일이 되는 내일이라는 뜻을 이름으로 한 아스카(飛鳥)에 도착해서, 물건이 서 있어서 놓지 않았는데도 일부러 놓지 말라는 뜻을 이름으로 한 오쿠나(置勿)에 도착하여, 지팡이를 짚지 않았는데 짚는다는 뜻을 이름으로 한 츠쿠노(都久野)에 도착해서, 궁중에 도착하여 동쪽의 중간 문으로 들어와서 명령을 받으니, 그야말로 말에게는 굴레를 씌워서 잘 걷지 못하게 하는 것을. 그야말로 소에게는 코뚜레를 꿰는 것인데. 걷기가 힘든 이 카타(片) 산의 참느릅나무의 껍질을 오백 가지나 껍질을 벗겨내어서 매달아 하늘에서 비치는 해에 날마다 말려서, 사람들이 하는 말이 마치 지저귀는 것 같아서 잘 알아들을 수 없는 다른 나라인 카라(唐·韓)의 디딜방아로 찧고, 정원에 놓아 둔 절구로 찧고 햇빛이 비치는 나니하(難波) 강의 어구에서 취한 모래로 걸러서 여과를 해서 만든 최초의 진한 소금을 짜게 떨어뜨려서, 도기장이가 만든 병을 오늘 가서 내일은 가지고 와서 내 눈에 소금을 발라서는 마른 고기로 해서 먹네요. 마른 고기로 해서 먹네요라는 내용이다.

私注에서는, '이 노래도 술자리 등에서 안주로 나온 사슴고기와 게를 앞에 두고 노래를 부른 것인지도 모른다. 그것이 드디어 술자리의 흥을 돕기 위한 직업인 즉 乞食者에 의해 불리게 된 것인지도 모른다. 古事記에 應神천황이 지은 것이라고 전해지는 것 중에 〈角鹿의 蟹〉라고 하는 것이 있는 것은 越前에서 생산되는 게로, 이곳의 것과는 다른 것이겠지만 향응으로 제공된 게를 노래로 부르는 것은 유사하다고 할 수 있다. 어쨌든 흥미를 위주로 한 노래이며 그 흥미도 말초적인 기교에 중심을 두고, 말 수식이

に舂き　おし照るや　難波の小江の　初垂[19]を　辛く垂れ來て　陶人[20]の　作れる瓶を　今日行き　明日取り持ち來[21]　わが目らに　鹽漆り給ひ　臘[22]賞すも　臘賞すも

おしてるや　なにはのをえに　いほつくり　なまりてをる　あしがにを　おほきみめすと　なにせむに　わをめすらめや　あきらけく　わがしることを　うたびとと　わをめすらめや　ふえふきと　わをめすらめや　ことひきと　わをめすらめや　かもかくも　みことうけむと　けふけふと　あすかにいたり　たてれども　おくなにいたり　つかねども　つくのにいたり　ひむがしの　なかのみかどゆ　まゐりきて　みことうくれば　うまにこそ　ふもだしかくもの　うしにこそ　はななははくれ　あしひきの　このかたやまの　もむにれを　いほえはぎたれ　あまてるや　ひのけにほし　さひづるや　からうすにつき　にはにたつ　てうすにつき　おしてるや　なにはのをえの　はつたりを　からくたれきて　すゑひとの　つくれるかめを　けふゆき　あすとりもちき　わがめらに　しほぬりたまひ　きたひはやすも　きたひはやすも

左注　右歌一首, 爲蟹述痛作之也[23].

怕物歌[24]三首

3887　天尓有哉　神樂良能小野尓　茅草苅　々々婆可尓　鶉乎立毛

天なるや　神樂良の小野[25]に　茅草[26]苅り　草苅りばかに[27]　鶉を立つも[28]

あめなるや　ささらのをのに　ちがやかり　かやかりばかに　うづらをたつも

---

19 **初垂**: 모래로 걸러 여과한 최초의 소금. 진하다. 그것을 느릅나무의 가루에 떨어뜨린다.
20 **陶人**: 도기를 만드는 사람이다. 도기는 바로 굽는 土師(하지)그릇과 달리 유약을 칠한 그릇이다. 도래인이 사는 특정 지역에서 생산하였다.
21 **明日取り持ち來**: 곧 가지고 와서. 관용적 표현이다.
22 **臘**: 그 당시에 게는 포나 소금 절임으로 하여 궁중에서 먹었다.
23 **爲蟹述痛作之也**: 사슴 노래와 마찬가지로 게의 입장에서 고통을 말한 요소와 바치는 사람에 대한 봉사 등을 노래한다. 게 춤의 노래는 『古事記』應神천황조에도 있다.
24 **怕物歌**: 무서운 것을 부른 노래로, 나쁜 것을 물리치는 주술적인 노래이다.
25 **神樂良の小野**: 실제가 아닌 가공의 들판이다.
26 **茅草**: 풀의 총칭이다.
27 **ばかに**: 양, 정도.
28 **鶉を立つも**: 당돌한 것을 '鶉立ち'라고 한다.

먼저이며, 의미로 말하면 전후의 균형이 맞지 않고 이치가 잘 맞지 않은 곳이 많지만 그것은 아마도 오랫동안 전승되면서 받은, 노래하는 것을 주로 하기 위한 변형에 의한 곳이 많기 때문일 것이다'고 하였다[『萬葉集私注』 8, pp.281~282].

全集에서는, '이 노래도 원래는 게의 모습을 하고 춤을 추는 사람들 사이에서 불리어지던 것이 아니었을까'라고 하였다[『萬葉集』 4, p.155].

> 좌주 위의 노래 1수는, 게를 위하여 고통을 말하여 지은 것이다.

무서운 것 노래 3수

3887 하늘에 있는/ 사사라(神樂良)의 들에서/ 풀을 베고요/ 풀을 베는 때에요/ 메추리 날게 하네

해설

하늘에 있는 사사라(神樂良)의 들에서 풀을 베고, 풀을 벨 때 메추리를 갑자기 날게 하네라는 내용이다.

私注에서는, '이것이 무엇 때문에 무서운 노래 속에 들어갔는지 알 수 없다. 장송, 혹은 임시로 화장장을 만들 때 등, 메추라기 모양을 만들어 세우기도 하므로 그것을 천상의 일로 하여 공포감을 강조한 것일까. 혹은 단순히 메추라기의 우는 소리가 쓸쓸하게 울리므로 갈대를 벤 곳에 서서 우는 소리에 무서움을 느낀 것일까. 메추라기가 날아서 간담이 서늘해진다고 하는 것도 '사사라(神樂良)의 들'에 이미 무서움이 있으므로 수긍 못할 것은 없다'고 하였다[『萬葉集私注』 8, pp.282~283].

3888　奥國　領君之　柒屋形　黄柒乃屋形　神之門渡

奥つ國[1]　領く君が　塗屋形　黄塗の屋形[2]　神が門[3]渡る

おきつくに　うしはくきみが　ぬりやかた　にぬりのやかた　かみがとわたる

3889　人魂乃　佐青有公之　但獨　相有之雨夜乃　葉非左思所念

人魂の　さ青なる君[4]が　ただ獨り　逢へりし雨夜の　葉非左[5]思ほゆ

ひとだまの　さをなるきみが　ただひとり　あへりしあまよの　葉非左思ほゆ

---

1 **奥つ國**: 바다의 세계이다. 알 수 없는 신이 지배하는 나라라고 생각했다.
2 **黄塗の屋形**: 'に'는 지금의 황색을 포함하는 붉은 색이다. 그 색으로 칠하고 집 모양으로 만든 배이다.
3 **神が門**: 'と'는 좁은 곳이다. 신이 있는 해협이다. '神が手'라는 말도 있다.
4 **人魂の　さ青なる君**: 'の'는 동격으로 사람 혼을 君이라고 하였다.
5 **葉非左**: 난해한 구이다.

3888 바다 세계를/ 지배하는 그대의/ 칠한 집 모양/ 붉은 색 집 모양 배/ 신의 해협 건너네

✿ 해설

바다 먼 곳의 세계를 지배하는 그대의, 붉은 색을 칠한 집 모양의 배, 황색을 칠한 집 모양 배가 신의 해협을 건너가네라는 내용이다.

私注에서는, '수장인가. 혹은 해안에서 시체를 황색으로 칠한 집 모양의 배 형태를 한 것에 넣어서 흘려보내는 관습이 있었던 것은 아닐까. 沖つ國은 바다의 먼 곳에 있는, 죽은 사람이 가는 곳으로 육지의 황천, 또 萬葉集의 예라면 먼 산속에 해당하는 것으로 보인다. 그곳을 지배하게 된 그대, 즉 죽은 사람이 황색으로 칠한 집 모양의 배를 타고 무서운 해협을 건너간다고 하는 것이라면 무서운 것의 하나이기는 할 것이다. 장송에 배 모양을 사용하는 관습이 있다고 한다면 육지의 장송을 바다처럼 생각한 노래일지도 모른다'고 하였다[『萬葉集私注』8, p.283].

'奧つ國'을 全集에서는, '바다 건너 멀리 있다고 생각되는 영원한 세계이며 죽은 사람의 영혼이 사는 명계이기도 했다'고 하였다[『萬葉集』4, p.156].

3889 사람의 혼인/ 새파란 그대가요/ 단지 혼자서/ 만났던 비오는 밤의/ 葉非左 생각나네

✿ 해설

사람의 혼인 새파란 그대가 단지 혼자서 비오는 밤에 만났던 葉非左가 생각나네라는 내용이다.

'人魂の'의 'の'를 大系에서는 中西 進과 마찬가지로 동격으로 보고, '人魂の さ青なる 君が'를 '사람의 혼이 된 파랗게 빛나고 있는 그대와'로 해석하였다. 그리고 '葉非左'는 'はぶり'로 읽고 장례식으로 해석하였다[『萬葉集』4, p.167]. 그렇게 해석하면 뜻이 통하지 않는다. 葉非左가 무엇인지 알 수 없지만 私注와 全集에서는 '사람의 혼 같은' 것으로 해석하였다([『萬葉集私注』8, p.284), (『萬葉集』4, p.156)]. 사람의 혼과 같은 것으로 보는 것이 좋겠다. '塗屋形'을 全集에서는, '도료를 칠한 집모양의 배. 나쁜 것을 물리치는 주술인가. (중략) 黃은 색채 이름으로 충분히 정착하지 않았고 붉은 색 계통으로도 보고 있었다고도 생각된다. 丹을 나타낸다고 보아 '黃染'은 ニヌリ로 읽는다'고 하였다[『萬葉集』4, p.156].

이연숙 李妍淑

부산대학교 국어국문학과를 졸업하고 동대학원 국어국문학과 석·박사과정(문학박사)과 동경대학교 석사·박사과정을 수료하였다. 현재 동의대학교 한국어문학과 교수로 있으며, 한일문화교류기금에 의한 일본 오오사카여자대학 객원교수(1999.9~2000.8)를 지낸 바 있다.

저서로는 『新羅鄕歌文學研究』(박이정출판사, 1999), 『韓日 古代文學 比較研究』(박이정출판사, 2002 : 2003년도 문화관광부 추천 우수학술도서 선정), 『일본고대 한인작가연구』(박이정출판사, 2003), 『향가와 『만엽집』 작품의 비교 연구』(제이앤씨, 2009 : 2010년도 대한민국학술원 우수학술도서 선정) 등이 있으며 논문으로는 「고대 동아시아 문화 속의 향가」 외 다수가 있다.

한국어역 만엽집 12
- 만엽집 권 제15 · 16 -

초판 인쇄 2017년 10월 24일 | 초판 발행 2017년 10월 30일
역해 이연숙 | 펴낸이 박찬익
펴낸곳 도서출판 박이정 | 주소 서울시 동대문구 천호대로16가길 4
전화 02) 922-1192~3 | 팩스 02) 928-4683
홈페이지 www.pjbook.com | 이메일 pijbook@naver.com
등록 2014년 8월 22일 제305-2014-000028호
ISBN 979-11-5848-345-6 (93830)

* 책값은 뒤표지에 있습니다.